# El espacio entre Tú y Yo

Katherine Hoyer

# El espacio entre Tú y Yo

© Katherine Hoyer, 2023

Katheeehoyer

Katherine Hoyer

Katherinehoyer19

**Ilustraciones realistas**

Anna Novic

**Ilustración conceptual**

Ivana Angrisani
Chriss Braund

**Correctores gramaticales**

Verónica Verenzuela
Altagracia Javier
Vianny Vergara

**ISBN: 9798393566579**

# PRÓLOGO

Hace unos años conocí a una persona que tenía un don, pero no sabía la dimensión de ese talento. Conocí a alguien que decidió aprender, iniciando en un mundo que desde hace tiempo la estaba llamando. Como si las letras, sin ella saberlo, estuvieran atrayéndola. Menos mal que se dejó llevar por esa atracción, porque gracias a eso hoy tienes en tus manos EL INICIO. El comienzo de un viaje que no tendrá fin. La apertura del universo Hoyer, uno en el que el crecimiento no es opcional, en donde las letras te llevan a descubrirte, a ver por encima de lo que has sido, a reconciliarte con tu pasado, y sobre todo, a quererte por lo que tú quieres ser, y no por lo que otros desean que seas.

Este libro llegó para abrir puertas a la autora, para que descubriera que su talento era infinito, que solo tenía que moldearlo. Pude presenciar, mientras le enseñaba, que su sed de aprender iba por encima de sus miedos, de esas dudas que todos tenemos y que algunas veces dejamos que nos aplasten. Es curioso que, por encima de las adversidades, Katherine ha crecido igual que sus personajes, igual que Emily descubriéndose y amándose más allá de sus miedos, o como Victoria, esa chica valiente que, a cada paso, defiende sus ideas de aquellos que quieren silenciarla y alza la voz por lo que cree correcto.

Katherine decidió escribir libros, pero en el camino ha sido muchas otras cosas para nuestra editorial. Ha diseñado *best sellers*, ha escrito cuentos infantiles, se ha encargado de muchos aspectos, tantos que llenaría cada página expresándolos. Por eso, hoy solo quiero decirles que tienen a una autora completa, una que siempre está ayudando a que otros crezcan, y que hoy tiene la oportunidad de que ustedes, quienes creyeron en ella, tengan este libro en sus manos.

Este libro es sobre el amor, pero también sobre la aceptación personal. Sobre el hecho de valorar nuestra existencia, de amar lejos de las cadenas, de entender que Dios está en nosotros de muchas formas, y que el amor jamás será un limitante. Katherine, a través de estas líneas quiere que cada lector pueda vivir su propia reflexión. Más allá de una historia de amor entre dos mujeres, es la posibilidad de vernos como realmente somos, cambiando aquello que podemos mejorar, y enamorándonos de esas partes que tal vez otros juzguen, o llamen pecados, pero al final… siempre será amor.

Y yo que he visto todo su proceso, solo puedo decirles que es el comienzo, el inicio de una autora en crecimiento, cuyo potencial en vez de estancarse, crece cada día más. Es un honor formar parte de este instante que recordaré en unos años cuando haya llegado aún más lejos. Solo puedo decirles que siento orgullo. Lo que comenzó como una oportunidad para aprender a escribir y publicar en mi cuenta de *Wattpad*, hoy es un libro que tiene una gran red de apoyo y que ha unido a tantas personas. Es ese otro de los mensajes de *El espacio entre tú y yo*:

Los sueños están allí cada vez que te detienes a imaginar aquello que anhelas, tú y cada persona puede vivir de lo que ama, puede adentrarse a sus pasiones hasta hacerlas una realidad. Este libro es sobre arriesgarse, sobre entender que un simple paso puede ser el inicio para la gran meta. Así que espero que disfrutes tanto como yo de este viaje que acorta espacios creando puentes, porque eso es una de las tantas cosas significativas que ofrece *El espacio entre tú y yo*.

*Nacarid Portal*

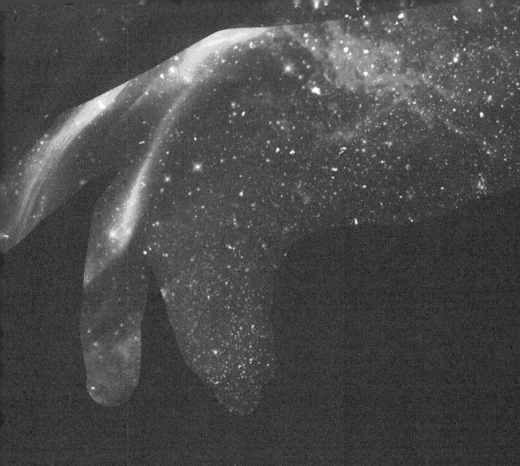

Dice una antigua leyenda, que las almas gemelas son dos mitades de un alma que fue dividida, y que estas, a lo largo de su existencia, se buscan para volver a unirse y convertirse en una sola alma.

Todos tenemos un alma gemela que en alguna parte nos espera, con quien estamos predestinados a reencontrarnos para no separarnos jamás.

Algunos ya la encontraron, otros... estamos a una luz roja y un choque, de encontrarla.

*Para todos aquellos que creen en el amor en todas sus presentaciones.*
*Para quienes alguna vez han tenido miedo.*
*Para quienes hoy desean que se les ame por lo que son,*
*sin juicios ni prejuicios.*
*Este libro es para aquellos que todavía*
*creen en la magia de los 11:11*
*Espero que este libro te inspire a seguir explorando los misterios*
*del amor y la existencia humana.*

# Playlist

🎵 Bruno Mars - Talking To The Moon

🎵 Camila Cabello - She Loves Control

🎵 Rihanna - Love On The Brain

🎵 The Weeknd - Angel

🎵 Rosenfeld - Do It For Me

🎵 Kany García - Para siempre

🎵 Raquel Sofia - Cada día

# VIERNES TRECE
## Victoria Brown

El reloj marcaba las 4:52 a.m. cuando desperté. Un terrible dolor de cabeza quería acabar con mi vida y los recuerdos de la noche anterior estaban muy borrosos en mi mente. Algunos *flashazos* venían y se iban. En todos ellos me encontraba yo tomando lo que parecían *shots* de tequila, bailando, tomando más alcohol y luego un tatuaje de un infinito roto en la parte baja de la espalda de una chica. Estaba sin camisa y su rostro no se veía con claridad, pero lo que sí puedo recordar es que cuando se acercó a mí, su presencia me dio paz. Parecía un ángel y pensé que en vez de ser un recuerdo de la noche anterior, posiblemente se había tratado de un sueño.

El sol todavía no entraba por mi ventana, así que decidí seguir durmiendo hasta que la maldita resaca desapareciera, pero para mí desgracia, un movimiento en la cama de alguien que no era yo, cambiaría todos mis planes.

«¡Mierda!».

Fue lo que me dije cuando vi al chico que se encontraba desnudo a mi lado y del cual no recordaba su cara ni mucho menos su nombre.

—¡*Hey*! ¡Despierta! Necesito que te vayas. —Lo golpeé con mi almohada intentando hacer que despertara, pero fue inútil. Parecía que estaba muerto—. Oye, amigo, levántate. La fiesta terminó.

Dio varias vueltas en la cama, hasta que por fin despertó.

—Buenos días, princesa —musitó con voz sensual—, tú me invitaste a tu casa, permíteme ser un caballero e invitarte el desayuno, ¿sí? —Me mostró lo que supuse sería su sonrisa más encantadora.

—Quiero que levantes tu puto culo de mi cama y te largues ahora mismo —objeté, ignorando lo que había dicho y con mi brazo señalé la puerta.

El chico corpulento, de brazos tatuados y melena larga y desordenada, de nuevo me dio una media sonrisa negando con la cabeza.

—¿Quién entiende a las mujeres?

Fue lo que dijo, mientras se levantaba de la cama cubriéndose con mis sábanas al tiempo en que intentaba conseguir sus pertenencias.

Durante su búsqueda, observé su abdomen marcado y esa espalda que decían sobre el tiempo que dedicaba a ejercitarse. No estaba nada mal y tenía sentido que despertara en mi cama, aunque no recordaba nada de lo que había sucedido.

—¡Ya entiendo! —exclamó, como quien descifra un gran misterio—. ¡Eres de las chicas que no involucran sentimientos! ¡Déjame adivinar! ¿Un imbécil te rompió el corazón y ahora crees que el amor es una mierda?

—¿De verdad crees que voy a tener esta conversación con alguien que ni siquiera conozco?

—¿Y lo que hicimos anoche no cuenta? Para mí eso fue una gran presentación y podría decirse que ya nos conocemos muy bien. —Recorrió mi cuerpo con su mirada—. Por eso te voy a decir que es verdad, amar es complejo y es solo para valientes. Pero, por más que quieras, por más que lo evites y te opongas, al final te encuentra. ¡Es inevitable! Además, bonita, aunque te escondas en el papel de chica ruda e insensible, puedo ver como con la misma intensidad con la que le temes al amor, con la misma fuerza, lo deseas. Una lástima no ser yo tu alma gemela, pero siempre que quieras puedo satisfacerte con buen sexo.

El chico seguía usando ese tono de egocéntrico seductor y esa sonrisa que ya empezaba a perturbarme.

—Por cierto, me llamo Nicolás, pero tú ya me puedes decir Nico. Y sé que lo dejaste claro anoche, pero ¿estás segura de que no quieres darme tu número?

—Lo que puedes tener es la amabilidad de largarte ya mismo antes de que te quite esa sonrisita de «chico *sexy*» que tienes.

—Entiendo, entiendo. Está bien, ya me voy. —Abrió la puerta, pero antes de salir, agregó—: Por cierto, gracias por lo de «chico *sexy*».

Me guiñó el ojo y se fue.

Siempre era de irme a los excesos. Pocas veces sabía cuándo parar, aunque honestamente, nunca pensaba en parar. Iba al límite. Fiestas, alcohol, sexo y una vida llena de libertinaje, era todo lo que conocía. Creía que no me hacía falta nada, hasta que alguien, sin previo aviso, me haría entender que nunca estuve tan equivocada en mi vida, pero es que, ¿cómo puedes anhelar algo que nunca has tenido?

Salí de mi cama y el contacto del frío del piso en mis pies hizo que me estremeciera de forma involuntaria. De inmediato, me dirigí a la cocina. Necesitaba mi dosis de café para comenzar el día, y por supuesto una aspirina que aniquilara el dolor de cabeza que no pude calmar, gracias al idiota que amaneció en mi cama.

Debía presentarme en un nuevo instituto. Mi tutor consiguió que me aceptaran después de que me expulsaron del anterior. Ya iban a mitad de curso y tuve suerte. O eso fue lo que me dijo la última vez que hablamos, pero yo no le veía la fortuna. Me explicó que con mi historial no sería fácil encontrar escuela, nadie quiere a alguien que escribe en la pared de la entrada de la escuela «Váyanse a la mierda», y lo firma con su nombre y apellido. Que incita a revoluciones escolares por falta de máquinas dispensadoras de sodas, o que organiza huelgas para que se bajen los precios de la tasa estudiantil, con el objetivo de lograr que las personas de bajos recursos puedan tener acceso a una buena educación. Pero cómo iba a saber que en ese instituto no se respetaba el arte ni la libertad de expresión.

¿Defender nuestras ideas no es lo que se supone nos deben enseñar en las escuelas?

Una vez lista, tomé el casco y las llaves de mi fiel compañera: una moto *Triumph Thruxton 900cc* negra, y me dirigí al instituto.

El día era una muestra de lo monótona que puede ser nuestra vida. La brisa se sentía fría y nostálgica, aunque podía sentir cómo el sol quemaba mis manos. Las personas comunicaban su estrés a través del claxon de sus autos. Los transeúntes caminaban con prisa como todos los días, como si la vida no fuera algo más que solo existir.

El día ya había empezado de una forma particularmente extraña. La sensación que me hizo sentir la chica en mis sueños y esas palabras del tal Nico seguían dando vueltas en mi cabeza. No era la primera vez que llevaba a un desconocido a mi casa después de una buena borrachera. Tampoco era como si fuese una promiscua, pero nunca cruzaba conversación con ellos. Teníamos sexo y era todo, cuando despertaba ya se habían ido. Esa era mi regla: sin nombres, sin números de teléfonos y sin desayunos o buenos días. Solo sexo.

Decidí dejar de pensar y aumenté la velocidad. En la distancia pude ver el gran letrero de mi nuevo instituto *El Cumbres* y a mi derecha un mural que llamó toda mi atención, provocando que desviara mi vista de la vía, así como del semáforo que, con su luz roja, me indicaba que debía parar. Ignorarlo ocasionó que ese viernes trece, se convirtiera en un día de muy mala suerte.

Caí al piso después de impactar con una camioneta que procedía a avanzar en su luz verde. De ella bajó un hombre de unos treinta años aproximadamente. Se veía muy nervioso por lo que acababa de pasar. Como pude me levanté y al parecer estaba bien. No tenía ninguna lesión más allá de los pequeños golpes que me provocó la caída. El conductor no dejaba de preguntar si me encontraba bien e insistía en que llamáramos a una ambulancia. Me sentía aturdida y sus preguntas me desesperaron. Mi reacción fue empujarlo en varias ocasiones, incluso, de un manotazo tiré su celular al piso. Cuando me dispuse a ver mi moto, me enfurecí y el juicio se me bloqueó. Lo empujé con tanta fuerza que el hombre se golpeó contra su propio auto. Una chica bajó del asiento del copiloto y sin poder predecirlo me empujó y comenzó a gritarme.

—¿Qué demonios le pasa? ¿Acaso no ve que fue usted quien se pasó la luz roja? ¿No se da cuenta de que él solo quiere ayudarlo y asegurarse de que se encuentre bien? ¿Cuál es su maldito problema y por qué tiene que agredirlo?

En sus reclamos se percibía la impotencia de quien no soporta las injusticias.

—¿Perdón? Este señor casi me mata con su puto auto y me dices que yo tengo la culpa. ¿Es en serio? —le pregunté, mientras me quitaba el casco para poder hablar cara a cara. Y ella, por alguna extraña razón, detuvo su histeria durante unos segundos—. ¿Acaso escuchas lo que dices o solo vas por la vida siendo una justiciera que no ve más allá de sus narices? —inquirí con sarcasmo.

Saqué un cigarrillo y procedí a encenderlo. Necesitaba calmarme. Nunca fumo, excepto en momentos de mucho estrés o cuando el clima está muy frío.

—Sí, tú eres la culpable de todo esto, porque si no fueras una irresponsable para la que, al parecer, las señales de control de tránsito son un puto adorno en la ciudad, nada de esto estuviera pasando. Ahora, si te encuentras bien y no necesitas de ninguna atención médica, espero no te moleste que nosotros nos retiremos. ¡Vámonos, Jorge! Ya no tenemos nada que hacer aquí.

Se fue al carro, después de agregar otras palabras que ya no recuerdo, por la molestia que sentía en el momento que las dijo. Su actitud de niña justiciera me había hecho enfurecer.

Es impresionante cómo las personas somos capaces de defender lo que para cada uno representa «su verdad». Ella no estaba equivocada. Defendía lo que, según sus ideales, representaba un atropello: yo golpeando a una persona que solo intentaba ayudarme; y ella intentando aplicar la balanza de la justicia. Su actitud ni siquiera me molestaba, tenía toda la razón de ponerse así. Fui yo quien hizo mal al no respetar el alto, y era yo quien seguía haciendo mal cuando agredía al hombre que conducía y que solo estaba preocupado por mí. Pero hay algo que va más allá, y es el orgullo de los que defendemos nuestra verdad, aunque esta ni siquiera esté cerca de ser justa.

Lo que sabía era que no podía darle el gusto a la chica y decirle que ella estaba en lo correcto. Eso significaba ponerme la soga al cuello y, en momentos como esos, el instinto de supervivencia actúa de manera automática. Ese automatismo que te limita psicológicamente a pensar o actuar de forma corrupta con el único fin de sobrevivir, sin cuestionarte si los medios usados entran dentro de lo moral o no.

Intenté levantar mi moto, pero la molestia me hizo actuar con torpeza y fallé. La moto volvió a caer al piso.

—Señorita, no quiero molestarla, pero ¿me permite ayudarla, por favor? —Era el conductor: Jorge, como lo había llamado anteriormente la chica. Me lo preguntó con timidez y no me pude resistir a tanta nobleza, así que le regalé una sonrisa que expresaba las disculpas que no salían de mi boca. Él, con la misma amabilidad que manifestó desde el principio, procedió a levantar mi moto.

—¿Está segura de que no quiere que la llevemos al médico o a revisar su moto? —insistió.

—Estoy bien, de verdad, no se preocupe. Además, la señorita que lo acompaña se ve que tiene prisa —le dije, dirigiendo mi mirada hacia el auto, en donde estaba ella. Su mirada era un rifle que apuntaba en mi dirección, listo para asesinarme.

Me odiaba. Sin embargo, me enfrentaba a la dualidad que me generaba toda su personalidad. Por una parte, sus ínfulas de niña justa me sacaban de mis casillas, y por otra, admiraba la forma en la que defendía sus ideales y no se callaba ante lo que consideraba una injusticia. Odiaba su arrogancia, pero no tanto como saber que mi «yo consciente» reconocía que ella tenía la razón.

Jorge se despidió de mí, pero no sin antes darme una tarjeta con su número y un apretón de manos con el que hicimos las paces.

«¡Vaya manera de comenzar el día!», pensé mientras retomaba mi camino. La discusión con esa chica me había dejado un mal sabor de boca, pero agradecí que no pasara a mayores. No tenía permiso para conducir, ya que era menor de edad. Estaba bien y solo quería olvidar todo ese incidente. Lo que entendería luego, es que no sabemos por qué suceden las cosas, pero hay puntos de quiebres y ese fue uno de ellos. Ignorar el semáforo y la vía, ocasionó que mi vida cambiara para siempre.

# EN CONTRA DE LAS INJUSTICIAS
## Emily Wilson

Me arreglé con premura para ir al instituto. Era mi último año, y el sabor de la despedida me hacía querer disfrutar cada segundo de una etapa que sabía que no iba a volver, pero que en su paso, dejó increíbles recuerdos y personas que ahora formaban parte de quien era yo, y si les soy sincera, eso me afligía un poco, porque no quería tener que separarme de mis mejores amigos: Daniela, Joaquín y Laura. Cuando sientes que tienes todo, empezar de cero, puede asustar un poco. Nunca fui buena para enfrentar los cambios. Me gustaba el confort que me daba mi zona segura. Tenía mi rutina, mis amigos, mi vida. Pero un ciclo estaba llegando a su final y tenía que despedirme de todo lo que conocía, pero no me sentía lista para hacerlo.

Todos daríamos inicio a una nueva aventura. Daniela se iría a estudiar sistemas informáticos, nadie sabía manejar mejor una computadora que ella. Laura y Joaquín irían a la facultad de medicina, ella sería pediatra, por su pasión por los bebés y él, cirujano plástico por su pasión por... las partes del cuerpo femenino. Vulgarmente, decía que pasaría su vida viendo todas las «tetas» que nunca pudo ver en el instituto.

Mis mejores amigos eran con quienes pasaba la mayoría de mi tiempo, pero también tenía a Santiago. Él estaba enamorado de mí desde que éramos unos niños, y para ese entonces llevábamos dos años «saliendo», aunque no le habíamos dado ningún nombre a lo nuestro. No me había pedido que fuera su novia y no estaba muy interesada en que lo hiciera, pero aun así, nos guardábamos cierta exclusividad. Todos en el instituto sabían que estábamos juntos.

Santiago era conocido por sus fiestas y por su físico. En mi caso me reconocían por mi «exclusividad». Todas querían ocupar mi lugar. Soñaban con tener lo que yo tenía: la vida perfecta de Emily Wilson.

Santiago y yo éramos la pareja ideal. Esa que ves y dices: «yo también quiero eso». Él no paraba de decir que la adolescencia es la mejor etapa de la vida y que la recordaríamos por las buenas anécdotas, los amigos, los primeros y grandes amores, pero sobre todo, por las fiestas... las buenas fiestas que recuerdan que el tiempo que se disfruta es el verdadero tiempo vivido.

Yo me dejaba llevar por lo que habíamos construido. Por eso que representábamos ante todos. Me gustaba que los demás nos vieran como referentes, como lo que quieren, pero no pueden tener. Y también me gustaba lo que era Santiago, ese chico aventurero, extrovertido, bueno con todos, en especial conmigo. Yo era todo para él: su prioridad, su mundo.

Pero había un problema... yo no podía amarlo. No como lo hacía él. Y no era porque no quisiera, de verdad no podía hacerlo por mucho que me esforzara, y eso se lo debía a Emma, mi hermana mayor.

Salí de mi habitación y me dirigí a la cocina, en donde encontré a mi padre y un delicioso olor a café recién colado y pan tostado. Aunque no me gustaba el café, disfrutaba de su aroma. Él valoraba los desayunos. Siempre ha dicho que no hay mejor forma de comenzar el día que compartiendo con las personas que amas. Estaba en video llamada con mamá, que se encontraba de gira dando conferencias de motivación personal.

Mi padre, al verme llegar, me regaló una sonrisa extendiendo sus brazos como una clara invitación a abrazarlo.

—¿Cómo amaneció mi pequeña saltamontes?

Plantó un beso en mi frente y yo me sumergí en su perfume, que combinado con su piel, podría decir que era de mis olores favoritos en el mundo.

—Muy bien, papá. —Lo abracé.

—Ya llamé a la señora Teresa, estará aquí a las tres, así que cuando regreses del instituto, debe tener tu cena lista —me dijo, refiriéndose a la señora que me cuida desde que tenía tres años y a quien por cariño le llamo Tete.

—Papá, sabes que no me gusta que Tete me cocine. Insiste en incluir carbohidratos y grasas a mi dieta porque dice que estoy muy delgada. Se aprovecha de que conoce mi debilidad por las harinas y de que no puedo rechazar su pizza cuatro quesos. No era necesario que la llamaras.

Intenté no sonar grosera, pero él me dio una sonrisa en señal de que ya sabía que diría eso. Me conoce y siempre que tiene una oportunidad, la aprovecha para demostrármelo.

—Jorge te espera afuera para llevarte al instituto. Te veo en una semana, cariño, llámame si necesitas algo. Recuerda que siempre estaré disponible para ti.

Recogió unos papeles de la mesa y su maleta para dirigirse al aeropuerto, ya que también saldría de viaje por su trabajo como el mejor arquitecto del país.

El instituto quedaba a unos veinte minutos de mi casa. Jorge hacía que el camino fuese agradable, gracias al buen sentido del humor que lo caracterizaba. Siempre tenía una sonrisa en la cara y, aunque generalmente se dirigía a mi como «señorita Emily», y sabía mantener la distancia, ir con él me hacía sentir cómoda y en confianza. Nunca me hacía preguntas de más ni exageraba cuando me hablaba de su vida.

Unas calles antes de llegar al instituto, mientras esperábamos que el semáforo nos indicara nuestro turno para seguir, desvié mi mirada hacia un mural que me gustaba admirar todas las mañanas. En él se veía a un joven caminar en dirección a lo que parecía una pared fronteriza, y en su espalda llevaba una mochila de donde sobresalía una casa con flores a su alrededor, un birrete, un corazón y un porta retratos familiar en el que se incluía un peludo cachorrito, mientras que en su antebrazo derecho llevaba una paloma blanca y por su mejilla corría una lágrima. Sin duda, ese mural sensibilizaba todos mis sentidos.

El carro se desplazaba con normalidad, hasta que sentí un frenazo acompañado de un fuerte ruido y una pequeña sacudida que me sacaron del momento de reflexión.

Cuando Jorge me dijo que habíamos atropellado a alguien, mi cerebro asimiló rápidamente lo que significaba la palabra «atropellar», porque mi cuerpo comenzó a temblar de forma automática. Estaba a un paso de una crisis nerviosa, hasta que vi a la persona ponerse de pie, sin señal de estar herido. Jorge me indicó que me quedara en el auto, pero ver el primer empujón me indignó y no pude resistirme.

Me bajé y empecé a gritarle con toda la impotencia que sentía, y de mi boca salían palabras que en mi estado normal jamás diría, pero no existe algo que odie más en esta vida que las injusticias.

Lo que pasó después sucedió en cámara lenta, y no sé por qué razón lo sentí así, solo sé que mi cuerpo se congeló cuando la persona que «habíamos atropellado», procedió por fin a quitarse el casco. Y vaya sorpresa me llevé cuando vi caer su cabello castaño claro. Llevaba un aro en su labio inferior y pude ver un tatuaje con el número veintiocho en el lateral de su cuello. Sus labios gruesos color carmesí y sus ojos... el color de sus ojos no los puedo describir, pero tenían una combinación entre misteriosos, dulces y peligrosos, y por una extraña razón sentí que ya los había visto antes.

La chica tenía el cinismo de sentirse indignada por mi reclamo. Tomó una cajetilla de cigarros de su chaqueta de cuero, y con un sutil movimiento de manos que ignoraba la ira que transmitía su voz, sacó el cigarrillo y lo llevó a su boca para proceder a encenderlo.

«¡Esto tiene que ser una puta broma!», expresó, y una risa sarcástica salió de su boca mientras expulsaba el humo.

Yo estaba paralizada, y todo se movía más lento desde que se quitó el casco. Verla fumando y observándome con superioridad, me sacaba de quicio y también me ponía nerviosa.

¿Por qué una mal educada y grosera, me estaba generando eso?

No apartaba su mirada de mí y quise decirle lo desagradable que era como persona, pero, no me interesaba seguir cruzando palabras con ella y tampoco iba a enseñarle modales a una desconocida. Solo quería largarme y no volver a verla nunca.

—¿Sabes qué? ¡Suerte con tu vida! La vas a necesitar si llevas esa actitud. ¡Es pésima!

—¿Tú crees? A mí me parece que me depara un fortuito destino, niñita sabelotodo.

Me echó el humo de su cigarrillo en la cara y juro que quise matarla. Tuve que respirar profundo para recuperar mi autocontrol. Emily Wilson nunca perdía la cordura ni la educación.

—¡Menos mal que no voy a volver a verte en mi vida! —Me di la vuelta y me monté a toda prisa en el carro. No sé por qué Jorge tardó tanto hablando con ella, incluso hasta los vi despedirse con apretón de manos.

¡Qué bien, lo que faltaba, ahora eran grandes amigos!

De camino al instituto, mi indignación era tan grande que tuve que preguntarle a Jorge cómo es que existían personas tan desagradables en el mundo: «Todos estábamos muy nerviosos, señorita Emily. No debemos sacar juicios de las personas sin antes conocerlas, y menos en situaciones difíciles. Recuerde... lo que percibimos, puede no ser la realidad», fue su respuesta y era de esperarse. Él se caracterizaba por ver lo mejor de las personas, pero yo no veía nada bueno en ella.

Gracias al percance con esa chica, llegué tarde a clases, pero para mí eso no era un problema. Siempre fui la favorita de casi todos los profesores y gozaba de privilegios. Tenía conocimiento de lo que le gustaba a la profesora Jenny, así que lo usé a mi favor. Logrado el objetivo de pasar sin amonestación por llegar tarde, me dirigí a tomar asiento y no podía creer lo que estaban viendo mis ojos.

Tenía que ser una puta broma. La desagradable chica de la moto estaba sentada justo al lado del único asiento que quedaba libre.

—Este instituto cada vez es menos selectivo —expresé, intentando disimular mi sorpresa al ver que ahora compartiría la misma escuela que yo. Tomé asiento junto a ella sin siquiera voltear a mirarla.

Sabía que mis curiosos amigos no esperarían a que la clase finalizara para preguntar por qué había llegado tarde. Pero su curiosidad llegó más rápido de lo que pensé. Un papel ordinariamente arrugado aterrizó en mi mesa:

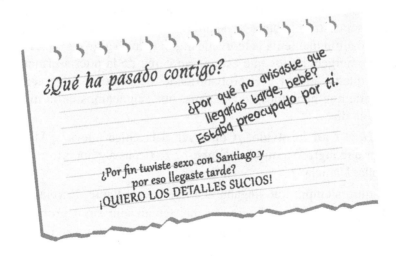

¿Qué ha pasado contigo?
¿Por qué no avisaste que llegarías tarde, bebé? Estaba preocupado por ti.

¿Por fin tuviste sexo con Santiago y por eso llegaste tarde? ¡QUIERO LOS DETALLES SUCIOS!

La nota tenía diferentes letras, lo que indicaba que cada uno escribió su pregunta y yo sabía perfectamente a quién correspondía cada una.

Arrugué su nota hasta hacer una bola, arranqué un pedazo de hoja de mi cuaderno y les respondí:

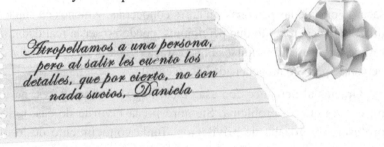

*Atropellamos a una persona, pero al salir les cuento los detalles, que por cierto, no son nada sucios. Daniela*

Arrojé la hoja de vuelta y al leer mi respuesta, pude ver sus caras de asombro y la forma en que su intriga se multiplicaba.

Iniciada la clase, intenté prestar atención a lo que explicaba la profesora, pero estar sentada al lado de ella me tenía inquieta, y sentir su mirada puesta en mí, me puso nerviosa.

¿Qué estaba haciendo?

¿Por qué me observaba con tanta dedicación?

Y lo más importante...

¿Por qué me inquietaba tanto?

Escuché a la profesora ponerle fin a la tortura diciendo: «La próxima clase se lo dedicaremos a Johann Wolfgang von Goethe y a su obra *Las penas del joven Werther*.

Al salir, fui a la cafetería en compañía de Dani, Lau y Joaquín. Tomamos nuestros lugares de siempre, en las mesas de la entrada, porque Joaquín mantenía la teoría de que si ocurría algo que ameritara salir de emergencia, los que estuvieran cerca de la puerta principal, eran los que tenían mayores probabilidades de salvarse. Era gracioso, pero desde que hablamos de ese tema, nos sentábamos en la misma mesa cada día.

—¡*Hey*! Casi lo olvido. ¿Cómo ven a la chica nueva? ¿Alguien sabe por qué ingresó a mitad del curso? ¿Ya tienes alguna información sobre ella, Daniela?

Joaquín siempre que llegaba una nueva estudiante, la veía como comodín para olvidar a Laura, ya que tenían «un amor prohibido» que solo ellos entendían, porque en realidad no había nada que les impidiera ser novios o vivir su amor.

Se habían enamorado y decidieron sacrificar lo que sentían, por hacer eterna la amistad que nos unía a los cuatro.

«La amistad puede convertirse en amor, pero el amor nunca desciende a amistad», era lo que decían para justificar el no estar juntos.

—Fue expulsada de su anterior instituto, pero si quieres saber más detalles, deberías preguntarle tú mismo. —Daniela señaló discretamente con los ojos hacia la entrada—. La chica nueva va a pasar justo frente a nosotros.

—¡Oye, chica nueva! —gritó mi amigo, y yo apreté su mano en señal de que no lo hiciera, pero ya era tarde.

—¡Hola! —contestó ella, con una sonrisa de amabilidad que se borró de su rostro en seco cuando me vio.

—Soy Victoria, pero muchos me dicen Vicky y me gusta más que «chica nueva» —soltó.

«¡Qué pesada!», pensé, al tiempo que puse mis ojos en blanco.

—Hola, yo soy Joaquín, ella es Laura, Daniela y Emily —nos presentó, señalando con sus manos seguido de nuestros nombres.

—¿Desde cuándo eres el anfitrión del campus, Joaquín? El buen samaritano —dije, y sentí la antipatía apoderarse de mí.

—Desde que chicas tan guapas ingresan a este instituto, Emy. Supongo que Victoria necesitará un guía para conocer la escuela. Es muy grande, y quién mejor que yo para serlo.

—Eres muy amable, Joaquín. —Extendió su mano hacia él para luego completar—: Lástima que no pueda decir lo mismo de todos.

—Yo puedo enseñarte las áreas prohibidas del insti. Joaquín es un cobarde para eso, y tú te ves que eres de las que buscan diversión. No creo que te hayan botado de tu escuela por buena conducta. Así es que si quieres romper las reglas, eso es conmigo.

Laura era una indiscreta, pero solo lo hacía por celos. Ella era capaz de hacer cualquier cosa para mantener a las nuevas lejos de Joaquín. Era su forma de marcar territorio y lo peor es que le funcionaba siempre.

—No soy el hijo del senador. Si me pillan, no seré castigado con un recorte en la mesada o cancelando mis tarjetas de crédito. Mi beca se iría directo a la basura.

Joaquín se veía molesto por el comentario de «cobarde».

Los celos de Laura no tenían límite.

—Son bastante tentadoras sus ofertas. —Victoria me miró para luego agregar—: Pero me da la impresión de que las influencias las tienes tú, ¿cómo es que es tu nombre? ¿Emily?

Me señaló y supe que venía por mí.

—Quién mejor que la niña que compra a los maestros con regalitos para enseñarme el funcionamiento de mi nuevo instituto. ¡Esa fue una excelente jugada! No creo que te moleste ser mi guía. ¿Qué dices?

Era obvio que quería sacarme de quicio y lo estaba logrando.

—En el módulo de información, le entregan un mapa a las personas a las que el cerebro no les da para entender las señalizaciones que adornan todos los pasillos. Además, no recuerdo haberme ofrecido como voluntaria. Los tres pueden jugar a la casita, a los *boy scouts* o hacer un trío si quieren, y seguiría sin estar interesada.

Yo hablando de tríos, eso sí era nuevo.

Daniela no me quitaba la mirada de encima. No había nadie que me conociera mejor que ella. Se veía confundida por mi actitud, pero se mantuvo en silencio y sacó su computadora, aislándose de todos.

—Las propuestas cada vez se hacen más interesantes y tentadoras. Nunca me habían ofrecido un trío en mi primer día de clases. Pero te doy un dato. —Se acercó a mi oído y susurró—: Prefiero que me inviten una copa de vino primero, aunque siempre hay excepciones... y tú podrías ser una de ellas.

Se separó de mí con la sonrisa más descarada que he visto en mi vida, y tuve una sensación en mi cuerpo que no supe identificar.

No entendía a qué estaba jugando. Tampoco la incomodidad que me generaba su presencia, mucho menos por qué su cercanía me puso tan nerviosa. Que estuviera cerca de mis amigos, en mi círculo, estudiando en el mismo instituto que yo y saber que desde ese momento, tendría que verla todos los días, estaba arruinando mi vida, pero eso era solo el principio.

# LOS JUEGOS DEL DESTINO
*Victoria Brown*

Hay sensaciones que no podemos explicar con simples palabras y palabras que se convierten en clichés en un intento de aligerar las cargas de la vida. Como decir que «todo pasa por una razón» cuando queremos justificar nuestras fallas o calmar algún dolor. Cuando le atribuimos a la suerte la responsabilidad de estar o no, en el lugar que queremos. O cuando culpamos al destino por aquello que teníamos y una mañana, al despertar, ya no estaba.

Siempre fui fiel creyente de que nosotros marcamos nuestro camino, con decisiones acertadas o errores que nos elevan a nuestro siguiente nivel, pero ese día descubrí que hay accidentes que cambian, sin aviso, el rumbo de las cosas, y que por más que quieras, nada vuelve a ser igual.

Llegué a la escuela y no había alumnos afuera. Era mi primer día y estaba llegando tarde. Detestaba llegar tarde. Me dirigí a toda prisa al que sería mi salón de clases. Encontrarlo no fue fácil. El lugar era gigante. Tenía muchos accesos que conectaban con los tres edificios que conformaban *El Cumbres*.

Mi aula estaba en la zona C. La opulencia de las instalaciones dejaba claro que era un entorno al que pocos tenían acceso. Era territorio de privilegiados, pero eso a mí no me hacía sentir especial.

Según el cronograma, me tocaba Literatura.

—Buenos días, ¿puedo pasar? —dije, una vez que pude conseguir mi salón.

—Tarde —fue lo que dijo la profesora, al tiempo que me miraba por encima de los lentes. Se veía que era de ese tipo de profesores que odian la impuntualidad.

Minutos antes de llegar al aula, tuve la astucia de detenerme en la dirección del instituto. Mi intuición me dijo que llegar tarde me traería problemas. Quería pensar que pude conseguir un pase especial porque la directora había considerado el incidente por el que había pasado, y no por ser la hija de Eleanor Hamilton, pero en ese momento no me importó que me relacionaran con esa mujer.

Me dirigí al escritorio de la profesora que me estaba negando la entrada y le entregué la hoja que me había dado su superior. Me miró con recelo y no tuvo otra opción que dejarme pasar. Ya saben... «Donde manda capitán, no manda marinero», y la profesora era solo una simple tripulante de ese gran barco llamado *El Cumbres*.

«Uno de los principales requisitos para aprobar mi clase, es la puntualidad. Las faltas o demoras deberán ser justificadas y comprobadas. Sus padres no ven clases conmigo y yo, no formo mediocres», puntualizó la profesora, sin dejar de mirarme.

Como era de esperarse, todos tenían su mirada puesta en mí. Las chicas me observaban de arriba abajo con cierto rechazo. Los chicos parecían disfrutar mi llegada, se asemejaban a lobos hambrientos y yo... yo era su presa.

—Buenos días, profesora.

Escuché una voz mientras me dirigía a tomar asiento, y por una extraña razón, creí reconocerla.

Me dispuse a voltear y vi a la profesora sonreír complaciente a la alumna que acababa de ingresar y que se mantenía de espalda a nosotros. Al parecer, su discurso sobre la impuntualidad tenía sus excepciones. ¿El costo? Un café tamaño grande y una dona de chocolate que le entregó la chica, quien procedió a tomar asiento con una sonrisa presuntuosa y mi odio aumentó cuando la reconocí.

En ese momento supe que el destino se había propuesto jugarme una puta broma, cuando decidió que debía compartir la misma escuela y el mismo aire con la persona que deseé no volver a ver nunca más en mi vida.

Pase del perdón

Observé a todos a mi alrededor y solo dos personas llamaron mucho mi atención. Uno de ellos fue un chico que no era el más listo, pero sí el más guapo. Tenía ojos cafés con largas pestañas que se escondían debajo de unas cejas gruesas y pobladas, unos dientes blancos y perfectos que dibujaban una sonrisa encantadora en su rostro. Era simplemente el sueño de toda niña.

Por lo que pude escuchar, su nombre era Santiago.

Y luego ella, la chica del accidente, a quien la situación no me permitió percibir que era muy bonita. Su belleza era del tamaño de su arrogancia. Tenía un largo y abundante cabello negro que caía con ondas naturales y que hacía que su piel se viera muy blanca y que resaltara el lunar que tenía sobre su labio superior. Ojos grandes, de un azul intenso y brillante. Y no sé si era el efecto de sus lentes de leer, pero en ellos no se percibía lo prepotente y presuntuosa que aparentaba ser. Vestía recatada y se veía, por su apariencia y sus gestos, que era de las chicas que lo tenían todo: una buena posición social, padres y amigos perfectos, un príncipe azul, excelentes notas y un futuro prometedor.

Coincidimos en la cafetería y lo que le susurré al oído pareció enfurecerla. Me quería matar con la mirada y pudo haberlo hecho, de no haber sido por el chico guapo del salón que llegó a salvarme.

—¡A ti te estaba buscando, princesa! —dijo, mientras plantaba un beso en los labios de la chica engreída—. ¿Puedes ver a mamá hoy en la tarde? Necesita que la ayudes con unos detalles que faltan para mañana. Ya sabes cómo es de controladora y si voy con ella, seguro terminaremos peleando.

—¿Pasar el día con tu madre? ¿Acaso me estás pidiendo una prueba de amor? —le reprendió ella.

—¿Puedes hacerlo por mí, por favor, princesa?

El chico esbozó una sonrisa tierna en su cara mientras juntaba sus manos en señal de súplica.

—Bueno, prometí ser linda en tu cumpleaños, pero al parecer te lo tomaste muy en serio. Cuenta conmigo. Yo me pongo en contacto con ella, ¿está bien?

A Emily ser una odiosa le salía natural, pero no puedo negar que había cierta ternura en su forma de tratarlo.

—¡Sabía que podía contar contigo y por eso me encantas! —El chico besó desenfrenadamente todo su rostro.

¡Qué gran novedad! La típica historia de la chica creída con el más guapo de la escuela. Se veían tan perfectos juntos que si me quedaba un segundo más, vomitaría sobre ellos.

—¡Estamos presentes! —exclamó Joaquín, con un carraspeo en su voz que terminó con la escena romántica que estaban protagonizando, al mismo tiempo que detuvo mi plan de huida—. Hablábamos de algo muy importante... la chica nueva… perdón…Victoria —se retractó—, necesita un guía que le muestre las instalaciones, y le estaba diciendo que yo soy la persona más calificada para serlo, ¿puedes confirmárselo, por favor, Santiago? —insistió.

—¡Hola! Tú eres Victoria Hamilton, la hija de Eleanor Hamilton, ¿cierto? Yo soy Santiago —dijo, mientras cruzaba su brazo por el hombro de Emily, quien procedió a quitarlo con cierta incomodidad, pero él no parció notarlo y se apresuró a tomar su mano.

Al parecer no podía despegarse de ella.

—Victoria Brown —refuté.

—No sé quién sea el mejor guía para ti. Lo que sí puedo confirmar es que no puedes faltar a mi fiesta. Mañana celebraré mi cumpleaños dieciocho y todo *El Cumbres* asistirá. Habrá mucho alcohol y la banda **Sweet-N-Dark** tocará en vivo. El primer paso para conocer tu nuevo instituto, es descubrir cómo se divierten las personas con las que compartirás tus días de ahora en adelante, y ahí nos conocerás en nuestra faceta más real: ¡Ebrios!

No sé qué me molestaba más, si su voz de niño *guay* presumido o que haya hecho de conocimiento público mi parentesco con Eleanor.

—¡Lo pensaré! Pero gracias por la invitación.

—¡No, no, no! No tienes nada que pensar. Nadie faltará a mi fiesta. Observa... ¿Quién va a la fiesta de Santiago De Luca? —gritó en plena cafetería y todos reaccionaron con euforia—: ¿Ya ves? No puedes perderte la mejor fiesta del año. Créeme... ¡Será inolvidable! —expresó, y sus ojos brillaban de emoción.

—¿Podemos dejar de perder el tiempo? Si la nueva no quiere asistir, no se va a terminar el mundo.

Emily puso los ojos en blanco, y yo empezaba a creer que de verdad quería picarme en pedacitos, prenderme fuego o cualquier acto que me impidiera respirar su mismo aire.

—¡Ella irá a la fiesta conmigo! —Una chica rubia con un corte asimétrico y demasiados accesorios brillantes para mi gusto, me tomó del brazo. La acompañaban dos chicas más, pero se notaba que ella era la cabecilla del grupo «la abeja reina», y las otras solo imitaban lo que ella hacía.

¿Quién era y por qué se suponía que iría con ella?

—Algo me dice que la inteligencia no es una de tus cualidades, chica nueva. Pero caer en manos de Amanda Jones, es lo más decepcionante que existe. ¡*Hmm*, qué pena! —manifestó Emily, que sin esperar respuesta se levantó de su asiento y todos la siguieron—. Vamos, este lugar ya perdió su encanto y no puedo estar un segundo más aquí.

Estaba odiando a esa chica con todas mis fuerzas. La sangre me estaba hirviendo. Mi cuerpo era una bomba de tiempo y ella era el detonante. Quería matarla con su propio veneno: Una gran cantidad de arrogancia, un poco de prepotencia, una pizca de superioridad y el egocentrismo como ingrediente final.

No le daría el gusto y la tal Amanda Jones parecía molestarla, así que lo usaría a mi favor. Ella me daría el arma que acabaría con sus ínfulas de dueña del mundo.

## Última clase: Filosofía.

El día parecía no tener fin y ya estaba empezando a desesperarme. El profesor Erick, de apariencia *hípster* y bastante joven para ser profesor de filosofía, rompió con el típico cliché de aquel catedrático viejo, calvo y de anteojos que solo se para frente a sus alumnos a hablar de los grandes filósofos que marcaron la historia. Por el contario, era jovial, dinámico y muy elocuente.

Su clase se tornó entretenida. Empezó a hablar del sentido de la existencia humana:

—A lo largo de mis estudios... y digo de «mis estudios», porque mis años como profesor son menores a los libros que he leído, y los cursos de preparación que he tenido, he podido observar cómo poco a poco la sociedad ha perdido el valor de lo que significa la verdadera esencia de la vida. El sentido que tiene el paso de cada ser humano por este espacio terrenal. Enfocamos nuestra energía en el alcance de una meta y nos olvidamos de que el camino también es la meta. Que es una evolución permanente, porque es ir descubriéndote en tus derrotas. En tus alegrías. En lo que das. En las personas que se cruzan fugazmente y te enseñan que lo efímero puede convertirse en infinitud, porque su huella jamás se borra, forma parte de lo que eres ahora, bien o mal, dejaron una enseñanza que contribuyó en tu evolución como ser humano.

Hablaba con tanta pasión, que consiguió sumergirnos en cada palabra que decía.

—No es fácil hablar de disfrutar de la vida, cuando estamos viviendo en una sociedad que se alimenta de maldad, en una sociedad con sueños de cristal, donde la ira y la intolerancia se han convertido en una forma de vida. Guerras, feminicidios, apatía, odio, violaciones, son el pan nuestro de cada día —intervine por impulso.

—Para combatir la maldad se necesita gente buena. Edmundo Burke dijo: «Lo único que necesita el mal para triunfar en el mundo, es que los buenos no hagan nada». En mi opinión, el mundo está lleno de magia, pero no todos somos capaces de verla. Esa magia la encontramos en paisajes, momentos y, a veces, en personas —intervino Emily, después de haber permanecido callada durante todas las clases anteriores. Y antes de continuar, volteó a mirarme—: Y esta última es la más difícil de encontrar, ya que estamos rodeados de personas que tienen el ego más grande que el corazón. Personas que salen a la calle y olvidan traer consigo la amabilidad, la tolerancia y la gratitud que harían del mundo, sin lugar a dudas, un lugar mejor —finalizó y sabía que se refería a mí.

La chica era una caja de sorpresas. Aparentaba ser algo, pero luego se transformaba en otra cosa. Primero, era una defensora de injusticias. Luego, una creída a más no poder; y después, hablaba de la magia en las personas y de cómo se podía curar lo jodido que estaba el mundo.

Sus múltiples formas de ser no me permitían descifrar quién era de verdad, y en la misma medida que sentía que la odiaba, también aumentaba mi curiosidad.

—Personalmente, creo que nos tomamos tan en serio el papel de jueces, que vamos por la vida juzgando y condenando las acciones de los demás, sin antes detenernos a pensar. ¿Qué estamos haciendo nosotros para mejorar el mundo? ¿Acaso lo que hacemos está contribuyendo a mejorar algo? Desear el dolor a quienes nos dañaron, no nos hace buenas personas. Creernos mejores que los demás, no ayuda para nada a la evolución de la sociedad, solo alimenta nuestro ego y nos coloca en una encrucijada de la cual se hace muy difícil salir.

Sin darme cuenta, había iniciado un debate entre ella y yo.

—Bastante interesantes sus cuestionamientos. ¿Cuál es tu nombre? No recuerdo haberte visto en mi clase antes.

El profesor, sin saberlo, cortó la tensión que empezaba a aumentar entre nosotras. Me presenté y percibí una buena energía en él. Empezaba a agradarme hasta que se le ocurrió la genial idea de arruinarlo todo.

—Las quiero juntas en la actividad de hoy. Estoy seguro de que de la unión de sus mentes podremos aprender mucho. Además, puede que los siguientes cuestionamientos filosóficos salgan a la luz —dijo jocoso, y con emoción.

—Pero, profe, Emily es la compañera de grupo de Daniela. Yo puedo ser el compañero de Victoria si quiere —se ofreció Joaquín, que insistía en estar conmigo.

—Estoy seguro de que Daniela puede sobrevivir y seguir desta-cándose en mi clase sin Emily, pero agradezco su desinteresada oferta, señor Evans.

Todos rieron, mientras arrojaban trozos de papel a Joaquín en señal de burla.

—Disculpe, profe, pero Joaquín tiene razón. Siempre he hecho grupo con Daniela y me gustaría que siguiera siendo así —señaló Emily.

—Yo no tengo problema en hacer lo que usted dice, profe. Quizá tenga mucho que aprender de mi compañera y de su forma de tratar a los demás. También me gustaría conocer la magia de la que hablaba hace unos minutos —añadí con sarcasmo, solo para fastidiarla.

—Reconozco los talentos. Así como también cuándo deben unirse para sacar lo mejor de ellos. Confíen en mí. Muy pocas veces me equi-voco, y sé que ustedes no serán la excepción. Así que escojan a su pareja y empecemos. ¡Y no, no están permitidos los grupos de tres! —Empezó a escribir en el pizarrón y todos empezaron a formar sus grupos.

Emily no podía disimular su incomodidad al no tener influencias sobre la decisión del profesor. Por lo que vi, le gustaba tener la última palabra, pero ese día, fue la excepción.

—¿Qué pasó, Wilson? ¿El profesor Erick no está en tu nómina de cafés y donas? —inquirí, mientras movía mi escritorio frente a ella para empezar con la actividad que mandó el profesor.

—¿Puedes dejarme en paz?

—Chica justiciera... si esto apenas empieza.

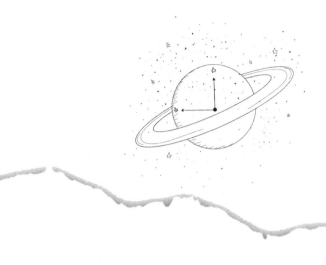

# DEMASIADO TARDE
## Emily Wilson

No sé en qué pensaba el profesor cuando decidió ponerme a hacer la actividad con ella. Dijo reconocer cuándo dos mentes debían convertirse en una para lograr grandes cosas, pero Victoria y yo, sin duda, éramos polos opuestos. No teníamos nada en común y nuestra forma de ver la vida, estaba segura de que era muy distinta.

El profesor Erick escribió en la pizarra: «Si pudieran cambiar algo en la humanidad, ¿qué sería y por qué?».

Era un tema que me había cuestionado muchas veces, y tenía tantas cosas que escribir, pero eso a Victoria no le importaba, ella lo único que quería era llevarme la contraria.

—¿Empiezas? —me preguntó, entregándome una hoja en blanco que arrancó de su cuaderno y yo la tomé.

Comencé a escribir lo que creía que era la respuesta. Terminé mi parte y se la entregué. Ella procedió a leerlo y no entendía por qué en su rostro se dibujaba una sonrisa burlona, pero me estaba empezando a molestar.

—No lo sé, tu respuesta carece de… honestidad —expresó, sin filtro.

—¿Perdón? —inquirí—. ¿Eres tú quien calificará mi respuesta o será el profesor? —pregunté, molesta.

—¡Hey! Relájate. No estoy diciendo que esté mal, y no, efectivamente no soy yo quien evaluará tu respuesta, pero para eso somos pareja, ¿no?

No sé por qué eso que dijo al final me incomodó tanto, o quizá fue su forma de decirlo o la sonrisa en su rostro que ya empezaba a molestarme.

—Estamos «haciendo equipo»... —hice énfasis en la última palabra—, porque así el profesor lo dispuso, no porque yo lo haya elegido —contesté, tajante.

—Seamos sinceras y reconozcamos que esto no tiene nada que ver contigo —me dijo, para luego empezar a leer en voz alta lo que había escrito:

> *Si pudiera cambiar algo en la humanidad, cambiaría la tendencia de las personas a centrarse en sí mismas y en sus propios intereses en lugar de considerar el bienestar de los demás. En mi opinión, muchos de los problemas actuales del mundo, como la pobreza, la desigualdad y el cambio climático, se deben en gran parte a la falta de empatía y cooperación entre las personas y las naciones.*
>
> *Creo que si más personas pudieran cultivar una mentalidad de servicio y compasión, y trabajar juntas para abordar los desafíos globales, podríamos construir un mundo más justo, pacífico y sostenible. Además, creo que cultivar la empatía y la compasión también sería beneficioso a nivel individual, ya que nos ayudaría a conectarnos más profundamente con los demás y a encontrar significado y propósito en nuestras vidas.*

—La que vi hace unas horas, no tiene nada que ver con esta que está escribiendo esto, porque ahí afuera parecías formar parte del problema, y no de la solución. ¿Empatía? ¿En serio? —expresó.

—El profesor Erick cometió un gran error. Tú y yo no tenemos nada que hacer en equipo.

—Al parecer a la señorita «yo controlo el mundo», le molesta que no se haga su voluntad —dijo Victoria—. Pero no todos los profesores tienen precio, creo que por eso este me agrada más que la profesora de literatura.

—Yo no compro a los profesores. Son las consecuencias de ser una de las mejores estudiantes del instituto, pero dudo que puedas entender de lo que hablo —refuté, con arrogancia.

—A algunos nos parece más excitante ir contra las reglas, pero dudo que puedas entender de lo que hablo —replicó ella con mis propias palabras, al parecer no nos daríamos tregua.

—No me sorprende, viniendo de alguien que ni siquiera sabe respetar la luz roja del semáforo.

—Una distracción la tiene cualquiera, pero tú no parecías una alumna ejemplar en ese momento. ¿Y ahora vienes a hablar de empatía?

—Ya va, ¿es idea mía o estás intentando justificar tu imprudencia de esta mañana? Ja, esto es increíble —bufé.

—¡No! Reconozco que fue mi culpa y que mi actitud fue pésima… por lo menos hacia Jorge. —Hizo énfasis en la última oración—. Pero a ti te dije lo que merecías. Fuiste una histérica y una grosera que no dejaba de gritarme. ¡Debes aceptarlo! La actitud que tuviste en ese momento es cuestionable, señorita, ya que habla mucho de quién eres realmente —concluyó, y no podía creer lo que estaba escuchando.

—¡No, no, no! Lo que me faltaba. Ahora yo soy la mala del cuento ¡IN-CREI-BLE! —dije, mientras me reía de forma sarcástica.

—¡Al parecer están disfrutando de la actividad! —El profesor se acercó a nosotras—. Estar cerca de Emily puede ser muy bueno para usted, señorita Brown, ella es una de mis mejores estudiantes —expresó el profesor Erick, y yo no pude evitar que una sonrisa de superioridad se dibujara en mi rostro.

—No tengo dudas de eso, profesor, estoy aprendiendo mucho de su filosofía de vida —respondió Victoria, fingiendo amabilidad.

Ella empezó a escribir su parte y no tuve interés en leer lo que decía, ni de debatir las cosas que le gustaría cambiar de la humanidad. No después de ver la clase de persona que era.

Sonó el timbre y me paré del asiento sin esperar que le hiciera la entrega de la hoja al profesor. Necesitaba salir del instituto lo más rápido posible. Me sentía asfixiada.

Sin duda, había sido un viernes trece muy loco. Por primera vez en mucho tiempo, no me sentía yo. Me vi inducida por la rabia, y esta me llevaba a actuar de una forma que desconocía. Y en ese momento recordé lo que dijo Carl Jung: «Todo lo que nos molesta en los demás nos puede conducir a la comprensión de nosotros mismos».

Condenaba la forma en la que Victoria había actuado en la mañana, pero me molestaba reconocer que ella tenía razón, yo me había estado comportando de la misma manera durante todo el día, entonces... ¿Qué me hacía diferente o mejor que ella?

Al salir de clase, Victoria pasó frente a mí, cogida del brazo de Amanda. Parecía que se conocían de muchos años atrás. Y como era costumbre, las acompañaba su clan perfectamente amaestrado. En el camino, una de ellas les hablaba sobre ir al salón de belleza para quedar perfectas para la fiesta, pero ellas ni la determinaban. Victoria no quitaba su peculiar mirada retadora de mí y esbozó una sonrisa maliciosa. Mientras que Amanda me observaba con esa aura de grandeza que tenía de manera innata. Sonreía como si me hubiese quitado algo: victoriosa.

Verlas juntas y acopladas de manera perfecta, me hizo pensar que personas como ellas se reconocían entre las multitudes. Aunque debo admitir que escuchar a Victoria hablar como lo hizo en clase de filosofía, me llevó a cuestionar por unos segundos la perspectiva que tenía sobre ella. Sin embargo, cuando la vi reírse con fuerza y tan amistosa con Amanda, volví a la realidad.

No tengo nada en contra de Amanda, pero es el tipo de persona con la que prefiero guardar distancia. Es de las que eleva su ego pisoteando el de los demás. Va por el mundo sintiéndose la dueña de todos. Utilizando el miedo de los que no quieren ser excluidos y desean formar parte de «algo importante», aunque esto signifique perderse a ellos mismos.

Cinthya y Sarah, sus fieles seguidoras, eran chicas brillantes y hermosas, pero, en su afán de encajar, perdieron la esencia que las caracterizaba. Decidieron convertirse en los clones malvados de una dictadora insensible, con el único fin de no quedar en el anonimato. De no sentirse invisibles y lograr que, de alguna manera, alguien las recordara, sin importar si ese recuerdo valía la desdicha de aquellos que elegían como sus víctimas.

El *bullying* en *El Cumbres* era liderado por Amanda y Lucas.

Cuando conocí a Amanda, era una chica muy simpática. Incluso fuimos amigas. Un día, nos quedamos en mi casa a estudiar. Fue, digamos, una noche de chicas. Recuerdo haber reído como nunca. Hablamos de todo un poco. Ella me contaba una de sus elocuentes historias, hasta que Santiago nos interrumpió con una llamada. Me pidió que me quedara con él al télefono hasta que se sintiera bien. Algo referente a su antigua ciudad lo afligió y decía necesitarme. Nos dormimos y al despertar, Amanda ya no estaba. Intenté llamarla y no contestó. Ya no me volvió a saludar. Me ignoraba todo el tiempo y sin verlo venir, se convirtió en una chica pesada que no dejaba de molestarme.

Su popularidad se basaba en el miedo que infundía en los demás de ser rechazados o excluidos, y su competencia directa era yo. Sin embargo, a diferencia de ella, yo no humillaba a nadie para obtener respeto.

Muchos decían que me odiaba porque estaba enamorada de Santiago. Otros, que me tenía envidia y no soportaba que la gente me prefiriera a mí. Yo, decidí no indagar en sus razones y aceptar que ya no seríamos amigas.

He aprendido que de la misma manera en la que las personas entran a tu vida, de la misma forma se van y, por más que lo quieras, no puedes evitarlo.

Mi día había sido distinto. Desde que Victoria Brown se cruzó en mi camino, todo empezó a ir diferente. El salón de clases, la cafetería, los pasillos, mis amigos, los profesores, el instituto completo se sentía como un lugar nuevo. Desconocido. Su presencia alteró lo que representaba mi espacio personal. Después de desear no volver a verla, debía aceptar que ahora formaría parte de mi círculo.

Seguía sintiéndome molesta y muchas cosas no estaban teniendo sentido para mí. Lo único que sabía era que necesitaba respirar. Quería salir corriendo del instituto. Ese lugar que sentía que había sido invadido.

Una vez que salí, caminé hacia la salida, donde debía estar Jorge esperándome, pero todo apuntaba a que las cosas ese día no iban a ser como yo deseaba.

—No tan rápido, señorita. —Daniela frustró mi huida y en su cara pude ver el interrogatorio que estaba a punto de iniciar.

—¿Ahora sí me vas a explicar qué fue todo eso? ¿Qué te traes con la chica nueva? —preguntó.

Supongo que mi pésima actitud me delató.

—No sé de qué estás hablando. Debo irme, tengo prisa —mentí, en un intento por escapar, pero a Daniela nadie se le escapa tan fácil. Ella lo controla todo. Una de sus mejores habilidades es descifrar. No solo computadoras, también le funciona con personas.

—«Este instituto cada vez es menos selectivo» «Te creí más inteligente, qué pena», ¿continúo? —me remedó—. ¿De verdad piensas que voy a creer que no pasa nada? De Laura no me sorprendería, pero de ti. Necesito una explicación que me ayude a entender qué fue todo eso y no te dejaré ir hasta que me la des. Si quieres irte, es mejor que dejes de dar vueltas y empieces a hablar —sentenció, cruzándose de brazos, en señal de que su amenaza era real.

—Simplemente no me cae bien. ¡Es todo! —exclamé, en otro intento fallido por escapar.

—Emy, ni siquiera la conoces. Tú no eres así. Defendías de Laura a Jennifer, a Paula, Ainhoa y puedo seguir la lista de chicas y no terminaría hoy. —Daniela, con su intervención, solo me demostraba lo mucho que me conocía—. Nunca has hecho un mal comentario sobre alguien. Jamás te he escuchado criticar a nadie. No haces juicios ni condenas. ¿Qué fue lo que cambió hoy con esa chica?

—Sí la conozco, ¿está bien? Y es una grosera, petulante y maleducada. Perfecta para ser súbdita de Amanda. No se equivocó al escogerla. Esa chica cumple con los estándares que necesita para su clan de arpías. Ahora, ¿me puedo ir o necesitas saber algo más?

Hablar de ella me hacía perder el control y para ser sincera, no entendía por qué me lo estaba tomando tan a pecho, y por qué me estaba molestando tanto verla con Amanda, si eran tal para cual.

Daniela me haló por el brazo para dirigirme a las bancas de espera que se encontraban en la entrada del instituto. Intenté resistirme, pero fue inútil.

—¿Que si quiero saber algo más? Por lo visto te drogaste y no invitaste a nadie. Por supuesto que necesito saber más... ¡Necesito saberlo todo! Así que empieza desde el inicio sin omitir ningún detalle —dijo, cruzando sus piernas en posición de mariposa, como indicio de que escucharía paciente la historia que le contaría un momento después.

Le conté todo sobre el incidente de la mañana y la forma tan desagradable en la que conocí a Victoria. Pareció estar de mi lado, pero su intervención daría inicio a un sermón.

—El mundo es un pañuelo, pero encontrarte en la misma escuela con la chica que casi muere atropellada por ustedes, eso sí es épico. ¡Amiga, el universo te odia! —emitió, burlona.

Golpeé ligeramente su brazo y le quité un trozo del chocolate que había sacado, y el cual comía como quien come palomitas en una gran función de cine. Me generaba ansiedad verla comer así.

—Espera, hablando en serio... ¿Recuerdas a aquella chica genio de primaria que llegó el primer día de clases llorando porque su mamá no le había permitido traer el brazo mecánico, que había construido para usarlo cuando necesitara borradores o lápices, y ella no tuviera que mover la mano para tomarlos de la mesa? ¿Quién me daba los lápices y los borradores para que no extrañara el brazo mecánico? Y eso que ni me conocías. Y cuando el idiota de Lucas dijo en público que Joaquín nunca había besado a una chica, y este se le fue encima con la fuerza que no imaginamos que tenía, y le rompió la cara a golpes hasta hacerlo llorar. ¿Quién le dijo que a las personas malas se les enseña con amor y que la violencia en ninguna de sus presentaciones sería la solución?

No entendía adónde quería llegar contándome la historia de cómo los conocí a ella y a Joaquín. No tenía relación alguna. Ellos no eran unos groseros sin educación, como lo era esa chica.

—Emy, tú me enseñaste que la amabilidad es una forma de demostrar amor a los demás. No quiero que te conviertas en lo que ellos creen que eres. Tus actos siempre te han diferenciado de los pesados del instituto, en especial a Amanda Jones. No caigas en la trampa de cambiar lo que eres, porque alguien actúa de forma equivocada. No permitas que otros determinen quién eres y que sus malos actos opaquen la nobleza que hay dentro de ti —concluyó, dándome un abrazo. Daniela odiaba los abrazos o cualquier muestra de afecto que involucrara el contacto físico.

Entendí a lo que quería llegar. Sabía que esa no era la Emily que había crecido con ella. Y después de reflexionar unos segundos sobre lo que terminaba de decirme, me lo propuse. Realmente quise hacerlo. Quise olvidar el incidente y eliminar el sentimiento de antipatía hacia Victoria Brown, pero antes de que pudiera si quiera intentarlo, ya era demasiado tarde. Nuestra rivalidad apenas empezaba.

Subí al auto y le indiqué a Jorge que arrancara. Pero Victoria se había propuesto arruinarme el día y parecía que su plan no tenía fin.

Sentí una sacudida que me trasladó al incidente de la mañana otra vez. Miré al frente y mi indignación aumentó cuando la vi en su moto frente a nosotros, obstruyendo nuestro paso. Estaba parada con una posición desafiante y su cara apuntando en nuestra dirección, mientras presionaba el acelerador sin moverse de su lugar.

Todo el sermón de Daniela se borró de mi mente. Ese era el efecto que generaba en mí Victoria Brown.

—¿Qué demonios hace? —pregunté con indignación.

—¿Acaso es la misma señorita de esta mañana? —preguntó Jorge.

—¿Tú qué crees? Solo una loca problemática intenta ser atropellada dos veces en un mismo día, y por el mismo auto —confirmé enojada y bajé la ventana—. ¿Qué diablos sucede contigo? ¿Estás demente? —grité en dirección a ella desde mi ventanilla.

Avanzó, abriéndonos camino sin quitar su vista de nosotros. El casco me impedía ver su rostro, pero podía imaginar la arrogancia en su cara. Una vez despejado el camino, Jorge procedió a conducir otra vez.

Dirigí mi mirada al espejo retrovisor, y verla conducir con sigilo detrás de nosotros, me enfureció.

—¿¡Qué rayos está mal en esta chica!? —fue lo que dije, mientras volteé a ver en su dirección para entender qué era lo que planeaba hacer.

Aceleró hasta llegar a mi ventanilla y con sus nudillos golpeó el vidrio solicitando que lo bajara.

—¡Hola, Jorge! ¡Qué gusto volver a verte! ¿Ya te dijo Emily que somos compañeras de clases? —preguntó, subiendo el vidrio de su casco para así, dejar ver sus ojos.

—Qué gusto verla otra vez, señorita Brown. Me alegra ver que se encuentra bien. ¿Compañeras de clases? Eso sí es una gran noticia.

—¡Ya sé, es una locura! El mundo es un pañuelo, ¿cierto? —exclamó, y se notaba en su mirada lo mucho que disfrutaba molestarme.

—¡Estás mal! ¡Aléjate del auto y deja de fastidiarme de una vez por todas! —me exalté. Ella apoyaba una mano en mi ventanilla y con la otra conducía a la misma velocidad que nosotros.

—Yo solo quería disculparme con tu amigo. Fui una tonta esta mañana y lo reconozco. Tarde, pero seguro. No entiendo tu amargura. ¿Qué tiene de malo que quiera hacer las paces con él? —respondió con cierto sarcasmo, aunque, en el fondo, sus palabras se sentían sinceras.

—Decir que fuiste una tonta, se queda corto. No seas tan modesta contigo misma, por Dios. Ahora, si ya terminaste con tus disculpas, ¿puedes alejarte del auto, por favor? Este circo no es necesario.

Por más que lo intentaba, había algo en ella que me inspiraba a ser una odiosa en mi máximo nivel.

—También quería decirte que será un placer verte en la fiesta de tu novio. Al final me convenciste con esa propuesta del trío.

Pellizcó suavemente mi mejilla, sin siquiera perder el equilibrio en su moto. Me guiñó el ojo y con una sacudida de mano se despidió de Jorge, para luego acelerar y alejarse por fin de nosotros.

Me quería morir de la vergüenza. ¿Cómo se le ocurrió decir eso? Quería desaparecer del instituto y gracias a ella, empecé a desear con todas mis fuerzas que la tierra me tragara en ese instante. Jorge no hizo ningún comentario al respecto, pero eso no evitó que sintiera cómo mis mejillas se sonrojaron.

—Llévame a la oficina del señor De Luca, por favor. Quedé en verme allá con la mamá de Santiago. Los preparativos de su fiesta lo volverán loco, y al parecer quiere arrastrarme a mí a su locura, pidiéndome que vea a su madre. ¿Puedes creerlo? —dije, intentado hacer que olvidara la broma de mal gusto de Victoria.

—Santiago es muy afortunado. Usted es una gran chica, señorita Emily, y tiene un gran corazón. ¡No lo olvide!

Intenté pensar en las cosas que hablaría con la mamá de Santiago. Él me había dado un bosquejo de lo que hacía falta y tenía algunas ideas en mente, pero algo me impedía concentrarme: saber que Victoria estaría en la fiesta, me generaba incomodidad e inquietud.

Sentía la necesidad de olvidar todo lo que ella había generado en mí desde el primer momento. Quería que su existencia dejara de molestarme. Sonaba ♪*Bruno Mars - Talking To The Moon*♪, y subí el volumen para aislarme de mis pensamientos, pero por más que quise, por más que cantaba internamente, y aunque el volumen estaba en su máximo nivel, Victoria Brown no salió de mi cabeza ni un segundo.

El universo actúa de forma misteriosa y muchas veces llegamos a subestimarlo. Creemos tener el control y cuando menos lo esperamos, nos damos cuenta de lo lejos que estamos de la realidad. Algo sucede de forma imprevista... o alguien inesperado llega a mover tu mundo, para bien o para mal, no lo sabes, pero desde ese momento, nada vuelve a ser igual.

## LA FIESTA
*Victoria Brown*

Durante todo el día de lo único que se hablaba en el instituto era de «Los dieciocho de Santiago De Luca». Amanda y su grupo estaban planeando hasta el mínimo detalle, desde el vestido perfecto hasta los aretes que usarían, y fue difícil quitármela de encima.

Por lo que pude observar, creía haber encontrado a otra de sus discípulos. Me hablaba de las normas de etiqueta que debía seguir para pertenecer a su grupo, indicando hasta la ropa que teníamos que llevar el día de la fiesta, y no pude controlar reírme internamente por todo lo que estaba escuchando. Algo andaba mal en la cabeza de esa chica. Pero Emily y ella, al parecer no se llevaban bien. ¿Lucha de poder? ¿Celos por un chico? No lo sabía, pero de lo que sí tenía certeza, era de que la tal Amanda Jones me daría la información que necesitaba de la chica justiciera.

Soportar a personas como Amanda era un reto fácil para mí. En mi escuela anterior abundaban, sin embargo todos me tenían respeto, incluyendo a las chicas populares, porque no era una amenaza para ellas. Nunca me interesó ser la «popular» del instituto, aunque todos querían estar cerca de mí. Amaban mi rebeldía y mi forma de decir las cosas. No tenía filtros y era como su voz. Todo lo que querían expresar, lo hacían a través de mí. No abusaba de mi poder ni me creía superior a nadie. Nunca tuve miedo de las consecuencias que podía traerme el hecho de defender en voz alta, las ideas en las que creía; y ellos confiaban en mí.

Ahí aprendí que las personas siempre van a buscar a alguien a quien admirar para descubrirse a través de ellas, pero yo siempre he pensado que ese es el error más grande del ser humano. Descubrirte no es ser como alguien más, tampoco seguir los designios de esa persona que crees perfecta y libre de equivocaciones. Descubrirte es saber que no hay nada malo en ti, que somos perfectos en lo más profundo de nuestro ser y que esa plenitud que tanto buscamos, esa realización o satisfacción interna, la vamos a encontrar cada vez que le quitemos una capa a nuestro interior. Cada vez que amemos, que riamos fuerte, que reconozcamos nuestras fallas, que celebremos nuestros triunfos. Cada vez que nos mostremos auténticos. Reales. Que nos preocupemos más por lo que damos, que por lo que recibimos. Por *ser* más. Que aprendamos a perdonar y sobre todo, que recuperemos la inocencia y la pasión con la que veíamos el mundo cuando éramos niños. Cuando entendamos que dentro de nosotros, está la felicidad que buscamos, y que solo nosotros podemos descubrirla. Y allí, justo en ese momento, habremos entendido el verdadero sentido de la plenitud.

¿Una fiesta llena de niños pijos que se creían los dueños del mundo? ¡No! Definitivamente eso no era lo que tenía pensado como plan perfecto para un sábado, pero no estaba pensando con claridad. Mi deseo de arruinarle la noche con mi presencia a esa presumida, me motivó a rechazar el concierto que había esperado por meses para ver tocar a mi grupo favorito.

No exageraban cuando decían que Santiago se destacaba por hacer las mejores fiestas. Su cumpleaños era el día más esperado porque sus fiestas superaban cualquier película de adolescentes de Hollywood, y no me quedó duda cuando al llegar, vi todo perfectamente organizado y la ostentosidad se veía desde la puerta principal.

En la entrada me recibieron dos malabaristas en monociclo y trajes increíbles. El de la derecha tenía en sus manos una botella de licor, y el de la izquierda, le arrojaba con perfecta sincronía los *shots* donde serviría los tragos que luego procederían a entregarnos como bienvenida.

A medida que te adentrabas a la gran mansión, podías ver una gran fuente dispensadora de alcohol. ¡Sí! No era una fuente de agua... eran litros y litros de alcohol que caían en forma de cascada. Por el aire, tres trapecistas realizaban acrobacias sobre largas telas de seda rojas. A lo lejos, podías ver malabaristas con antorchas de fuego, mesas de juegos al mejor estilo *Las Vegas*. Una pista de baile de piso luminoso con colores interactivos. Una especie de cápsula de cristal gigante que, en su interior, tenía tambores que al tocarlos derramaban pinturas fluorescentes. Todos llevaban accesorios luminosos que hacían que la fiesta fuera un espectáculo visual.

A través de un gran ventanal, se veía una piscina iluminada con colores y cubierta de espuma; pelotas acuáticas flotando y algunas chicas jugando lucha montadas sobre los hombros de otros chicos.

Verlos tan alocados, me hizo sentir que había llegado en el momento en el que ya todos estaban ebrios, pero era imposible, apenas eran las nueve treinta y la fiesta había empezado a las ocho.

La banda que tocaba en vivo sabía perfectamente lo que hacía. Solo en la última fiesta a la que asistí escuché una música tan buena como la que sonaba en ese momento. Y cabe destacar que había asistido a muchas fiestas y conciertos en los últimos tres meses, desde que logré sacar una identificación falsa que me daba acceso a clubes nocturnos, conciertos y fiestas privadas.

Amanda me vio llegar y no tardó ni un segundo en apoderarse de mi brazo, *again*.

¡Esa chica era insufrible!

—¡Te dije que debías venir de rosa! —expresó, mientras me veía de arriba abajo con desapruebo—. Pero te lo dejaré pasar por ser nueva integrante de nuestro grupo. Debes aprenderte las reglas de vestimenta y la tercera de ellas, es que el negro solo lo usamos cuando alguna subió de peso o cuando nuestro sueño de casarnos con Paul Walker se va directo al más allá. —Fueron sus palabras al ver mi pantalón de cuero negro con el *crop top* del mismo color que decidí usar esa noche.

Para descubrir las debilidades de Emily Wilson, estaba pagando un precio muy alto: número de *likes* en *Instagram*, antidad de seguidores ganados, cálculo de calorías para cada cosa que se llevaban a la boca, críticas a los «peores vestidos» y el intento fallido de disimular la envidia al ver a las que lucían muy bien. Esas eran algunas de las cosas que debía soportar.

Necesitaba un trago o terminaría ahorcándome con mis propias manos. Esa fuente de alcohol en el centro, sin duda, era mi salvación. Pero lo que no sabía en ese momento, era que no solo me ayudaría a sobrevivir a las *Hello Kittys* humanas, sino también a lo que estaba a punto de ver.

Un reflector redireccionó la vista de todos a la escalera principal, por la cual se disponían a bajar los protagonistas de la noche.

Él, con la vestimenta perfecta que lo hacía lucir como modelo recién sacado de una revista, o como un príncipe de cuentos de hadas versión moderna: pantalón beige ajustado al tobillo, camisa de vestir blanca sin corbata, saco rosa pastel sin abrochar que le daba un toque elegante pero relajado, y zapatos *brogue* semi formal. Su cabello peinado a la perfección y esa sonrisa con la que las cautivaba a todas. Se veía muy bien.

Ella tenía un vestido dorado tan largo que rozaba el piso. Del lado derecho su pierna salía por una elegante abertura. Hombros y pecho descubierto de forma sutil, sin llegar a lo vulgar. Discretamente *sexy*, diría yo. Y de verdad quisiera poder decir que verla así vestida no causó estragos en mí.Traía el cabello recogido hacia un lado, y él la sujetaba de la mano, como si ella fuese su mejor regalo de cumpleaños.

Se veía increíble, pero algo me decía que ella no pensaba lo mismo. Su expresión corporal reflejaba cierta incomodidad. Se veía inquieta. A diferencia de su novio, ella lucía avergonzada. Sus esfuerzos por disimularlo eran inútiles, por lo menos, esa era mi percepción. O quizá estaba equivocada y era igual de egocéntrica que él, aunque se me hacía difícil saberlo.

Siempre he sido muy buena para analizar a las personas. Es una especie de don. Nunca fallaba, phasta que la conocí a ella y me hizo dudar de mis habilidades. Sin embargo, ya había podido sacar mi propio *test* de personalidad de quienes la rodeaban. Santiago: chico divertido, extrovertido, pero sensible. Lo tenía todo, pese a no presumir de ello. La humildad y sencillez podían ser unos de sus mayores encantos.

Daniela: con evidente desinterés en las relaciones interpersonales o en agradarle a los demás. Aislada, aunque no ausente. Analiza a todos en silencio. Crees que está en su mundo, pero tiene la habilidad de hacer varias cosas al mismo tiempo. Es versátil y parece ser amigable y leal.

Joaquín y Laura: él, inocente, auténtico, se deja ver tal y como es. Sus ansias de enamorarse no le permitían ver que el amor lo tenía frente a sus ojos. Ella, posesiva y un tóxica. Relajada, perspicaz, carismática y un poco tonta al pensar que no se le notaba el amor por su mejor amigo.Ambos muy leales.

Amanda: egocéntrica, insensible y con una rivalidad con Emily que iba más allá de una competencia por poder. Las razones por las que la odiaba, eran un misterio para todos.

Emily... Emily Wilson: chica inmune a mis habilidades analíticas. Mis destrezas como observadora profesional quedaban sin validez cuando se trataba de ella. Bastante frustrante para mí, ya que era quien más me interesaba descifrar.

Tomé el trago fondo blanco. El paso del alcohol quemaba mi pecho mientras me recordaba el objetivo de mi asistencia a esa fiesta. Tomé otro en un intento de sacar de mi cabeza la imagen perfecta de ella bajando las escaleras.

—¿Por qué tardas tanto? No puedes alejarte de nosotras mucho tiempo sin decirnos dónde estarás —dijo Amanda. Esa chica con ínfulas de dictadora estaba agotando mi paciencia, hasta que el tema que me interesaba por fin salió a relucir.

—No sé a quién pretende impresionar Emily con su vestimenta. Todos sabemos que ella nunca elegiría un vestido de ese nivel. Es insípida, sin gusto, y su closet lo demucstra. Estoy segura de que la mano y el buen gusto de la señora De Luca están detrás de todo eso. —La frivolidad en su voz solo reflejaba la envidia que la carcomía por dentro.

—¿Por qué no se llevan bien Emily y tú? —inquirí, tratando de entender un poco más a qué se debía su rivalidad.

—Emily Wilson no es nadie. Cree serlo por estar con Santiago, pero ella solo me da penita. Intentó llenar con él, el vacío que le dejó

Emma cuando la abandonó. Solo está a su lado por conveniencia. Se siente muy popular y aparenta que son la pareja perfecta, pero no hay nada más falso que eso. No hay nada que tengan en común. Son como...

—¿Quién es Emma? —la interrumpí.

—La oveja negra de su familia —musitó Sarah, y Amanda le echó una mirada que la dejó en silencio.

Esas chicas no la admiraban ni la respetaban. Su autoridad se basaba en el miedo que le tenían. Respiraban cuando ella se los ordenaba. No tenían autonomía. Solo obedecían a los deseos de una chica que les hacía sentir que formaban parte de algo, y al parecer les bastaba, aunque eso significara perder hasta su voz.

—Emma es la hermana mayor de Emily. Se fue de su casa hace tres años. No se despidió de ella. Solo le dejó una carta y un lugar importante en *El Cumbres*. Emma era la reina de ese lugar. Todos querían estar cerca de ella —manifestó, mientras sonreía para la cámara de su celular y procedía a sacarse una selfie—. Desde que su hermana se fue, Emily no volvió a ser la misma. Eran muy unidas. Inseparables. Quiso dejar de ser reconocida como «La hermanita de Emma», y se convirtió en «La novia de Santiago». Estar con alguien a quien no ama y que nunca amará, fue el precio que decidió pagar para superar el abandono de su hermana.

Amanda logró por primera vez hacer que me interesara en algo de lo que salía de su boca. Toda mi atención estaba puesta en lo que decía. Aunque me incomodaba percibir el veneno en cada una de sus palabras. Su forma de expresarse estaba llena de crueldad, pero luego me daría cuenta de que nada me diferenciaba de ella.

—¿Qué le dijo la hermana en la carta? —indagué, sintiendo como la curiosidad invadía cada parte de mi cuerpo.

—Eso nadie lo sabe. Lo guardó para ella como un gran secreto. Ni sus padres supieron qué dijo Emma en esa carta. En el exterior de ella decía: «Para mi M&M. Léela cuando me necesites. Te ama, Emma» —expresó, para luego agregar—: Sí, Bastante cruel decir que amas a alguien a quien estás abandonando sin siquiera despedirte.

Emily Wilson tenía un punto débil y yo lo había encontrado.

Todos sabemos cuándo hacemos algo mal. Cuándo tus actos te convierten en una mala persona. Tu conciencia te indica cuándo la maldad oscurece tu alma. Es una sombra que te persigue y te recuerda que estás podrido. Puedes engañarte o tratar de justificarte diciendo que se lo merecía o que debías darle una lección, pero creerte el juez del universo no es tu misión en la vida. Descubrir las debilidades de Emily y disfrutar la idea de usarlas para hacerla pagar todos sus desplantes, no me alejaban de ser una pésima persona, al contrario, me convertían en alguien despreciable, pero eso lo supe demasiado tarde.

La seguí con la mirada, como quien no quiere perder de vista a su presa. Arruinar su noche era mi misión y realmente quería disfrutar mientras lo hacía.

Caminé en su dirección con pasos lentos, maquinando en mi mente lo que usaría para quitar su presunción de superioridad y enseñarle que ella no era mejor que nadie. Estaba con Daniela y Joaquín. Ellos hablaban, pero ella miraba a su alrededor sin prestar atención a lo que decían. Su mirada se cruzó con la mía, pero no la sostuvo por mucho tiempo. Su intento de ignorar mi presencia, me dio más ánimo para seguir.

—Magnífica entrada, su majestad —dije, haciendo un gesto de reverencia ante ella. Amanda se burló y detrás de ella, por defecto, se burlaron Cinthya y Sarah.

Ella giró su cuerpo en dirección al mío, con una posición firme. Lista para defenderse ante mi ataque.

—Otra vez tú, ¿es en serio? —dijo, poniendo los ojos en blanco—: Entiendo que meterte conmigo le dé algo de sentido a tu existencia, pero de verdad ya tu jueguito empieza a fastidiarme. ¡Búscate una vida, por favor! —agregó, aburrida.

—Emily Wilson pensando que el mundo gira a su alrededor... ¡Vaya! ¿Por qué no me sorprende?

—Chicas, ¿por qué mejor no siguen su camino, se divierten y dejan de ser tan venenosas, al menos por una noche? ¿O es mucho sacrificio para ustedes? —expresó Daniela.

—¿Venenosas? Pero si solo queremos saludar a la princesa Emily. No se está con la realeza todos los días —me burlé.

—Tu forma de incluirte a la vida social de *El Cumbres* carece de originalidad, pero te voy a hacer un favor, y no te preocupes, no tienes que agradecérmelo.

Ahí estaba Emily, a punto de darme el arma que usaría contra ella misma.

—Te explico... meterte conmigo no te dará ningún lugar importante en el instituto. Personas como tú, ya abundan por los pasillos, y por lo general terminan viviendo del desprecio de los demás, si no pregúntale a tu nueva amiguita, quien lleva años intentándolo y solo ha logrado ser una temible dictadora a la que todos obedecen por miedo a convertirse en sus víctimas, ¿o no chicas? —preguntó en dirección a Sarah y Cynthia.

Pude ver la furia apoderarse del cuerpo de Amanda, pero antes de que pudiera decir algo, levanté la mano, indicándole que yo me haría cargo.

—A ver, ya que estás tan bondadosa, ¡ilumíname con tu sabiduría, Wilson! ¿Cuál sería la forma más original? Porque unirme a la dictadora del instituto era mi plan A, aunque tengo otras ideas en mente, algo así como... ser la novia del chico más guapo y popular, o tal vez seguir el legado de alguien que no está, como por ejemplo... el de mi hermana.

Pude notar su confusión, y de inmediato le dedicó una mirada inquisitiva a Amanda, con la que me daba a entender que había descubierto a mi fuente.

—¡Espera! Se me ocurre una más original: Ser la novia del chico más guapo del campus para no sentir que el legado de mi hermana no llena el vacío que me dejó cuando se fue sin siquiera despedirse, ¿qué te parece ese?

La crueldad se hizo parte de mí. Pude sentirlo en cada palabra que dije, y se me hace difícil describir la cara de Emily en ese momento. Su entrecejo fruncido reflejaba rabia, confusión e impotencia. ¡Quería asesinarme!

Su mirada transmitía el dolor de aquello que todavía le quemaba. La apertura de una herida que no había cicatrizado. Identifiqué su tristeza. Conocía lo que veía y me reconocí en sus ojos. Su mirada era un espejo en el que podía verme a mí y a todas las heridas que hasta ese momento me lastimaban al igual que a ella.

Y entendí que las palabras tienen el poder que tú quieras darles. Puedes usarlas para construir o para destruir. Pueden ser un despertar para aquellos que están inmersos en la desidia o ser un incendio emocional imposible de apagar. Pueden ser balas que penetran tu piel hasta rasgar tu alma. Yo había decidido usarlas como arma destructiva.

—¿Eres imbécil o qué demonios pasa contigo? —intervino Daniela, y Joaquín tuvo que frenar su cuerpo que venía con furia hacia mí.

Ellos sabían lo que le afectaba a Emily y cumplían muy bien su papel de mejores amigos.

—¡Damas y caballeros, hoy Emily Wilson se embriagará por primera vez! —gritó Laura enérgica, interrumpiendo inocentemente la situación. Traía una bandeja con varios *shots*, de los cuales Emily tomó uno y lo llevó a su boca, para luego tomar otro sin siquiera mostrar repulsión por el sabor de un tequila que, hasta el olor, podía embriagar a cualquiera en la distancia.

—¡*Wow, wow*! Con calma, amiga, que no es agua —expresó Laura, sin percatarse aún de la tensión del ambiente.

Emily no quitaba su mirada de la mía. Yo también la mantenía fija en ella. Estaba logrando mi objetivo, pero no se sentía como esperaba. No había congruencia entre mis pensamientos y mis emociones. De inmediato sentí culpa. Me sentía una basura. Y la sensación aumentó cuando vi sus ojos brillar, producto de las lágrimas que se negaban a salir frente a mí. Su mirada se debilitó ante la mía y se dispuso a salir corriendo. No pudo decir nada. Su silencio me hizo sentir peor. Hubiese preferido que me insultara o usara como defensa ese tono de superioridad que la caracterizaba, pero no lo hizo.

Daniela fue detrás de ella, y Joaquín me observaba confundido. Parecía que su interés por mí se había esfumado. Me veía con cierta decepción y, por una extraña razón, su mirada me afectaba. Amanda parecía orgullosa de mi hazaña, sin embargo, no puedo describir cómo me sentía yo. Necesitaba un trago, y por efecto del alcohol que había tomado, también un baño.

Bordeé la escalera y abrí una puerta que me daba entrada a un largo pasillo. La arquitectura y decoración de la mansión eran increíbles. El buen gusto se veía en cada detalle del piso, paredes y techo. Al final, se veían dos puertas «Alguna debe ser un baño», pensé, mientras me desplazaba en dirección a la que estaba a mi derecha. Supongo que siguiendo la teoría del arquitecto uruguayo, Carlos Pascua sobre el porqué los baños están siempre al fondo a la derecha.

Mi inercia actuó y la teoría era cierta. Era un baño.

Mis pensamientos sobre lo que acababa de pasar y la imagen de la mirada de Emily triste y a punto de quebrarse, llegaron a mi cabeza y me hicieron tardar más de lo que me gusta en un sanitario.

Un fuerte azote de la puerta me sacó de mis pensamientos. Olvidé cerrar con seguro y ahora había alguien más invadiendo mi privacidad. Intenté esperar que la persona que había entrado se fuera para yo salir, pero algunos objetos cayeron al piso y lo siguiente que pasó, fácil podía ser una escena para una película de comedia o por lo menos, a mí me pareció un chiste.

—¡Estúpida Victoria Brown!

Fueron las palabras que escuché y que de forma automática dibujaron una sonrisa de satisfacción en mi cara. Esta vez no estaba llena de maldad, al contrario, la voz de una niña molesta y malcriada que usaba la palabra «estúpida», como máximo insulto hacia alguien que acababa de tocar una fibra rota de su alma, generó cierta ternura en mí.

¿Reivindicarme o liarla más? Eran mis dos opciones.

—Seré muy estúpida y todo lo que quieras, pero por lo menos sé que el corrector en los ojos se coloca con el dedo anular, ¿sabes?... por eso de que es el dedo que menos fuerza tiene y por ende, menos daño le hará a tu rostro —revelé, mientras ella arreglaba su maquillaje. Y no sé con exactitud qué me hizo pensar que era una buena idea decir esa estupidez.

Ella me miró a través del espejo y optó por ignorarme. Sus ojos rojos revelaban que había llorado.

*Felicidades, Victoria, lograste tu objetivo. La pregunta es, ¿por qué no lo estás disfrutando?*

Arrepentirme de mis actos no era una de mis costumbres, y pedir perdón tampoco formaba parte de mis hábitos. Tenía conocimiento de la magnitud de lo que había hecho, pero no era suficiente como para doblegarme ante ella.

En mis pies se encontraba un labial proveniente de los objetos que habían caído al piso. Lo recogí hasta donde estaba para entregárselo. Lo tomó con aspereza sin siquiera voltear a verlo, y con cierta brusquedad procedió a guardar en su bolsa el resto del maquillaje.

Mi presencia sin duda le estaba desagradando y con toda la razón.

—A ver, Wilson, lo de hace un rato fue...

Por primera vez intentaría enmendar mis malos actos, pero ella no me lo permitió.

—Lo de hace rato fue tu boleto al destierro social. —Se acercó quedando a centímetros de mi cara con una actitud amenazante.

«¿Qué demonios pasa conmigo?», me pregunté cuando una corriente eléctrica recorrió mi cuerpo y mis piernas se tornaron débiles. Pude sentir el olor de su perfume *CHANEL* activar mi sentido del olfato. Era uno de mis perfumes favoritos y, a decir verdad, le quedaba perfecto a su pH. Sus grandes ojos azules me tenían en el blanco. Y estaba bloqueada. No reaccionaba ante su cercanía. No estaba entendiendo nada de lo que estaba pasándome.

—No la vas a tener fácil de ahora en adelante, Victoria Brown. Te dije que me dejaras en paz y ahora ya es tarde para ti. No debiste meterte conmigo.

Su voz sonó amenazante. Y cuando se separó de mí para dirigirse a la salida, se lo impedí sujetando su brazo trayéndola otra vez cerca de mi cara. Ella no lo esperaba y los nervios la hacían pestañear con mucha rapidez.

—¡Tienes que saber que tus amenazas de niñita caprichosa no me asustan. ¡Peores personas lo han hecho! —repliqué, y no mentía. No era la primera vez que alguien amenazaba con destruirme.

—¡Pero ninguna era yo! —enfatizó justo antes de soltarse de mi agarre con rudeza—. No digas que no te lo advertí.

Salió del baño teniendo la última palabra. Ya se le estaba haciendo costumbre dejarme con la palabra en la boca, y a mí cada vez me molestaba más.

Era una declaración de guerra y yo la había iniciado. Dejarse matar o sacar una bandera blanca en señal de paz no eran una opción. Íbamos por todo.

Las casualidades también harían acto de presencia esa noche y un rostro conocido, más que disgustarme, representaría para mí una salida a tanta tortura. No creía que fuese estudiante de *El Cumbres*. Se veía mayor.

No podía recordar su nombre, pero sí las palabras que me dijo esa mañana del viernes trece, pero ¿qué hacía en esa fiesta?

# UNA VERDAD IMPREDECIBLE
*Emily Wilson*

El cumpleaños de Santiago estaba empezando a convertirse en una tortura para mí, pero él se veía más emocionado que nunca. Insistía en decir que yo era su mejor regalo y que se sentía feliz de poder compartir conmigo su gran día.

«¿Qué es de un hombre si no hay una hermosa mujer sujetando su mano?... Emily, solo si tú estás, celebrar la vida tiene sentido» fueron sus palabras para hacerme saber que realmente deseaba que lo acompañara en su gran noche, y yo no era tan insensible como para no cumplir lo que me pedía.

Santiago conmigo dejaba salir toda la ternura que ocultaba en los pasillos del instituto. Su prioridad siempre era hacerme feliz. No comprendía qué había sido lo que le atrajo de mí. No era la más romántica ni tampoco la más atenta, pero era lo más importante para él, y yo no podía decir lo mismo. Tener conocimiento de ello tampoco le molestaba. Me entendía. Era comprensivo y no le gustaban los conflictos ni el drama. Tampoco intentaba cambiarme o convertirme en lo que él quería que fuera. Me aceptaba tal y como era.

En nuestra relación no había celos, posesión o control sobre lo que hacíamos o dejábamos de hacer. Nos salíamos del común de las relaciones y eso me gustaba. En mi opinión, y creo que Santiago compartía lo mismo, los celos y el querer controlar cada paso de la persona que está a tu lado, son un sentimiento tóxico que solo refleja la inseguridad de quien lo hace. Si logramos entender y aceptar que nada ni nadie nos pertenece, ni siquiera nuestra propia vida, comprendiendo que todo se nos ha sido prestado por un tiempo limitado. Si logramos aprender a vivir con el desapego, a no aferrarnos. Aceptando la idea de que nada es para siempre. Que se cumple un rol de maestros fugaces, donde enseñamos y aprendemos, y una vez cumplida la misión debemos soltar y dejar ir, pudiésemos vivir y disfrutar de todo lo que se nos presenta, incluso de esos instantes que nuestro ego quisiera convertir en eternos.

De esa forma habíamos mantenido una relación estable, en la cual muchos opinaban que nos encontrábamos en una relación con exceso de confianza o con evidente falta de interés. Pero la verdad es que eso era algo que nunca me había cuestionado. Disfrutaba de su compañía tanto como disfrutaba de mi libertad.

Todo *El Cumbres* estaba en la fiesta. Tener a más de trescientos ojos puestos en mí, no era algo que me incomodara, pero esa noche se sentía diferente.

Santiago quería que ese día fuera increíble. Inolvidable. Él mismo cuidó cada detalle. Lo del reflector fue idea de la señora Helena, su madre. Me pareció exagerado, para no decir ridículo. Y aunque intentamos oponernos, fue inútil. «Siéntanse grandes y serán grandes», fue lo que dijo para convencer a Santi de hacer esa estúpida entrada.

Cuando sentí el gran reflector penetrar mis pupilas, y convertirme en el centro de atención a la misma velocidad de la luz que me impedía ver con claridad a la multitud que nos observaba, quería que la tierra se abriera y me tragara. Esa entrada era demasiado, incluso para mí, pero el *show* había comenzado y debía continuar.

Me sujeté muy fuerte de su mano, rogando que mis pasos al bajar fueran firmes y no tropezar, y así convertir la gran entrada en una gran humillación. Por suerte todo pasó muy rápido y cuando pude darme cuenta, ya estaba abajo caminando en dirección a mis amigos que me esperaban con cierta gracia en sus rostros. No tardarían en hablar de nuestra gran entrada.

Como era de esperarse, Laura fue la primera. Estaba furiosa. Me reclamaba por no haberle advertido que vendría con vestido de gala a una fiesta de adolescentes, en la que lo único seguro era que todas las chicas terminarían con zapatos en manos, vomitando por los rincones de la gran mansión; y los chicos inconscientes, desnudos, tirados en alguna parte sin poder recordar las idioteces que habían hecho la noche anterior.

—Sí lo que querías era opacarnos, lo hiciste muy bien. Somos unas cucarachas aplastadas y el zapato en nuestras cabezas es el tuyo.

¡Laura estaba de verdad furiosa!

—Yo creo que te ves hermosa, Laura —expresó Joaquín—. Eh, digo, las tres se ven muy hermosas —corrigió con nerviosismo, intentando no cruzar la línea que se había propuesto no pasar entre ellos.

—¡Qué dramática eres! Deberías agradecer que no fue a ti a quien un gran reflector le guió la entrada como artista de Hollywood o como si fueras la reencarnación de la princesa Diana. *Queverguenza.com*.

Daniela acompañó su comentario con una carcajada llena de sarcasmo, sin quitar la mirada de su celular, y yo le di un suave golpe en su brazo, riendo también. Pensarías que nunca está escuchando por estar metida en sus aparatos electrónicos, pero siempre te sorprende demostrándote que está en todo.

—¡Dios mío! Será que fui yo quien quemó en la hoguera a Juana de Arco o quizá crucifiqué a Jesús. Algo así de malo tuve que haber hecho para merecer unas amigas como ustedes —bromeé—. ¡Ya deja de lloriquear! El vestido es un regalo del señor y la señora De Luca, que alegó que «su hijo no cumple dieciocho todos los días», para hacer que accediera a usarlo. Ahora, ayúdame a sobrevivir a esta tortura como solo tú sabes hacerlo, ¿sí? Por favor.

Dibujé en mi cara el gesto de niña chiquita que nunca fallaba.

—¡Voy por unos tequilas! Y esta vez no hay bebidas sin alcohol para ti… «Tu novio no cumple dieciocho todos los días».

Laura me sacó la lengua burlándose de lo que dije segundos antes, y no me iba a permitir negarme. Esa sería su forma de vengarse porque ella sabía que yo odiaba el tequila.

Todos estaban disfrutando de la fiesta. Lucas, como el salvaje que era, con ayuda de su tribu de cavernícolas tenían a los nerds sujetados por las piernas, y con mangueras les hacían tomar todo el alcohol que pudieran.

Las chicas estaban enloquecidas por los integrantes de la banda **Sweet-N-Dark** y los chicos, en el intento por llamar su atención, se las llevaban en hombros para arrojarlas a la piscina y así lograr transparentar su ropa, o hacer que las más desinhibidas se despojaran de ella sin ninguna pizca de pudor.

«Los hombres son tan básicos y algunas mujeres contribuyen para que sigan siéndolo», pensé al ver esas escenas.

—¿Ya se enteraron de lo que dicen de la nueva? —preguntó Joaquín, sacándome de mi armonía al recordarme que era posible que Victoria estuviera en la fiesta como lo insinuó el día anterior.

—Dime qué escuchaste y te confirmaré si es veraz lo que te dijeron.

Ahí estaba Daniela otra vez, siendo la dueña de la información. Algo me dijo que ya la había investigado, pero sus investigaciones las revelaba solo cuando era necesario. No le gustaba hablar de la vida de los demás y decía que era un delito divulgar información confidencial sin el consentimiento del investigado. Se tomaba demasiado en serio eso de conocer la vida de todos gracias a sus talentos con las computadoras, pero nunca abusaba de ello.

—No sé por qué le sigues dando tanta importancia a esa chica. Te aconsejo que no te hagas ilusiones. Estar interesado en ella es casi lo mismo que decir que lo estás por Amanda —espeté, y Joaquín frunció el entrecejo con cierta confunsión Daniela sonreía frente al celular y sacudía la cabeza negando para ambos lados.

No sé por qué, pero hablar de ella me irritaba.

Me dispuse a ignorar lo que iba a decir Joaquín. No me interesaba saber nada que tuviera que ver con ella, al contrario, quería que desapareciera. Su presencia me estaba perturbando desde el día uno, pero mi esfuerzo por ignorar su existencia no resultaría tan fácil. Mi mirada se cruzó con la de ella y verla caminar lentamente en mi dirección, como leopardo a punto de devorar a su presa, y en compañía de Amanda y sus clones, me puso en un estado de alerta e inquietud. Nada bueno pasaría si decidía detenerse a molestarme.

No sabemos cuál pueda ser el detonante de una persona, pero Victoria había encontrado el mío cuando decidió que ya no jugaría limpio y quiso llevar el juego a un siguiente nivel. Emma siempre sería mi talón de Aquiles y fue un error compartirlo con Amanda cuando pensé que éramos amigas. Gracias a ella, Victoria también lo sabía y lo usó en mi contra. Me pregunté cuál de las dos era peor, pero la respuesta fue clara: las dos estaban llenas de maldad.

No sé cuántas veces la asesiné en mi mente ni las diferentes maneras en que lo hice, pero en todas, mis manos tenían su sangre y yo lo disfrutaba. Tampoco sé cuánto tiempo estuvimos mirándonos, pero la cara de Emma apareció en mi cabeza y los recuerdos de nosotras en la escuela, hicieron que mi mirada se debilitara. Pude sentir mis ojos llenarse de lágrimas y la necesidad de correr se hizo presente.

Corrí de ahí abriéndome camino entre todos los que bailaban y cantaban con euforia. Pude escuchar a Laura preguntarme adónde iba y a Daniela decirle que no se preocupara, que ella vendría conmigo, pero pude perderme entre la gente y por suerte no me alcanzó, porque necesitaba estar sola.

Entré a la biblioteca del señor De Luca. Conocía a perfección la casa de Santiago y estaba al tanto de que su papá no permitía que entraran allí, así que sería el último lugar en donde me buscarían. Para mi mala suerte, en la habitación se encontraban dos chicos que en el momento no reconocí. Si los hubiese encontrado el señor Héctor, habrían estado en serios problemas. Se estaban besando y uno de ellos no tenía camisa. La bragueta de su pantalón estaba desabotonada, mientras el otro tenía la mano en sus partes íntimas, que se notaban... *Hmm*, erectas.

¿Por qué estaba viendo sus partes íntimas?

Al verme, se pusieron blancos como un papel, como si hubiesen visto a un fantasma. El chico que estaba sin camisa, con movimientos rápidos y nerviosos, subió su cremallera y torpemente intentó vestirse, pero no lo logró, así que optó por taparse con la ropa. Los dos estaban paralizados frente a mí sin poder decir una palabra.

Los chicos eran muy guapos. El que estaba sin camisa tenía su piel dorada como canela. Cuerpo atlético, cabello despeinado, cejas muy pobladas y ojos color ámbar. El otro era de tez blanca, cabello negro y un poco más delgado, pero bastante alto. Este último se veía menos nervioso que su acompañante.

—¡Perdón! No pensé que habría alguien aquí, pero ya me voy. Discúlpenme —dije, avergonzada.

—No, no, no tienes que irte. Puedes quedarte si quieres.

¿Acaso me estaba invitando a unirme? ¡Qué asco!

—Lo que él quiso decir, es que puedes quedarte porque ya nosotros nos íbamos —aclaró el otro, golpeando el brazo de su amigo o novio, no lo sabía.

Se dirigieron a la puerta murmurando entre ellos y antes de cerrarla, el chico que estaba desnudo se detuvo, indicándole al otro que lo esperara afuera.

—Sé que va a sonar un poco raro lo que te voy a pedir, pero ¿podría contar con que lo que acabas de ver no salga de esta elegante habitación? —preguntó con un tono relajado y divertido, intentando disimular su nerviosismo—. Tampoco vayas a creer que soy un marica. Me encantan las mujeres, pero soy de los que cree que hay que disfrutar del sexo en todas sus presentaciones, eliminando las etiquetas y todas esas tonterías que pretende vendernos la sociedad como lo «correcto», ¿sí me entiendes?

Me regaló una sonrisa que clamaba complicidad.

No entendí el objetivo de su comentario. No sé si intentaba convencerme de algo o quizá a él mismo. No me importaba si era gay o un promiscuo. Era su vida y no tenía que darle explicaciones a nadie de cómo había decidido vivirla, pero no iba a ser yo quien se lo dijera, así que solo asentí con la cabeza y le devolví la sonrisa que él esperaba. Esa con la que le decía sin palabras, que su secreto estaba a salvo conmigo.

No sé cuánto tiempo estuve en esa habitación. Mi cabeza estaba llena de recuerdos que en su momento me hicieron feliz pero que en ese instante me quemaban como el frío. Tenía los ojos cerrados y podía sentir que me había ido a otro lugar. El silencio era gratificante. Era como si las paredes llenas de libros perfectamente ordenados y el olor a habano cubano, hubiesen sanado todo el mal rato que me había hecho pasar Victoria Brown.

Podía quedarme allí lo que quedaba de noche, pero Santiago y mis amigos debían estar preocupados. Tampoco podía darle el gusto a Victoria de arruinarme la fiesta y al mismo tiempo, arruinársela a ellos.

Salí de la biblioteca y me dirigí a uno de los baños que se encontraba justo al lado del despacho. Debía arreglar mi maquillaje, las lágrimas lo habían arruinado.

Pude haber sentido vergüenza al percatarme de que me había escuchado llamarla «estúpida», pero mi molestia era tan grande, que lo único que llegó a mi cabeza fue: Ella y yo solas en un baño, con mis ganas de asesinarla despacio y sin testigos que pudieran delatarme.

¡Ya sé! Bastante preocupante mi instinto criminal. Yo pensé lo mismo en el momento en que lo tuve. Por suerte, nada de eso pasó.

Lo que sí hice fue amenazarla con destruir su vida social en *El Cumbres*, y eso era una sorpresa para mí considerando que yo no podría matar ni a una mosca.

Salí furiosa del baño. Mi respiración estaba agitada y el corazón se me quería salir del pecho. No había una explicación lógica del por qué sus ojos y tenerla tan cerca me pusieron nerviosa, pero mi indignación era más fuerte que todo.

—¿En dónde te habías metido? Llevo horas buscándote —exclamó Santiago, preocupado.

—No me sentía bien, pero ya estoy aquí. Lo siento.

—¿Qué sucede? ¿Estás bien? —inquirió, mientras sujetaba mi cara con sus dos manos.

—No es nada. Estoy bien, no te preocupes.

Santiago no indagó más y me llevó de la mano para saludar a sus amigos. El vocalista de la banda era como su hermano. Tenía tres años más que nosotros y había dejado la universidad para cumplir su sueño de crear un grupo musical. Arriesgarse le funcionó, porque su banda era la sensación del momento y él, uno de los solteros más cotizados. Todas las chicas morían por su atención, mientras que él moría por todas.

—¿Se puede ser tan hermosa y estar con un *pelele* como este? —preguntó el amigo de Santiago, dándole un empujón para luego saludarme con un beso en la parte superior de mi mano, como si fuera un príncipe.

—Quisiera contradecirte, pero esta vez tienes razón —respondió Santiago, devolviéndole el golpe. Parecían dos niños y así era siempre que se veían—. ¿A poco no soy el hombre más afortunado?

—Hablando de fortunas... Desde el escenario pude ver al amor de mi vida. El destino me la puso otra vez en el camino, debe ser una señal —expresó su amigo—. No me la he sacado de la cabeza desde la última vez que la vi. ¡Es hermosa! Aunque algo me dice que su corazón está roto y necesita de mis dones de sanación.

—¿Quién será la víctima esta vez? —preguntó Santiago, y ambos nos reímos.

No era la primera vez que hablaba de haber encontrado al amor de su vida. Se había enamorado —profundamente— infinitas veces desde que lo conocí.

—¡Ahí está! —exclamó con emoción, señalando a nuestra izquierda donde Victoria Brown empezaba a aparecer como si fuera una sombra que me perseguía adonde quiera que fuera.

—¿La nueva? —preguntó Santiago, sorprendido—. Sí que quieres apuntar alto, hermano. Nada más y nada menos que la hija de Eleanor Hamilton. ¿De dónde es que la conoces? ¿Ya cayó en tus garras?

—¡Los caballeros no tenemos memoria! Recuérdalo, no te voy a durar toda la vida. No me hagas arrepentirme por haberte dejado el camino libre con Emily. Compórtate como un hombre —expresó con superioridad. A Santiago no le molestaban las bromas de su amigo, siempre fue como el hermano mayor que nunca tuvo.

—¡Idiota! Vamos a ver si como cantas, bailas. Vuelvo enseguida, princesa. —Me dio un beso y se dirigió en dirección a donde estaba Victoria, a quien traería con nosotros segundos después.

—Victoria, mi amigo asegura haber soñado contigo. Y digo soñado porque dudo que una chica como tú, siquiera le dirija la palabra a un payaso con melena como este —expresó Santiago, y ella sonrió sin quitar su mirada de mí.

—Tu rostro se me hace conocido, pero no logro recordar tu nombre —manifestó ella, y escuché a Santiago burlarse de su amigo.

—Soy Nicolás, pero recuerda que tú puedes decirme Nico. —Le dio un beso en la mano, así de básico como lo hizo conmigo y como lo debía hacer con todas.

—Nosotros le decimos «Nicotina» porque mujer que lo prueba, mujer que se hace adicta —agregó Santiago, pasando su brazo por los hombros de Nico, para luego darle golpes de orgullo en el pecho como machos alfas, y me pareció tan estúpido su comentario y su actitud, que no pude evitar sentir vergüenza ajena.

—No todas, amigo. Cuando hablas de las mujeres no puedes generalizar porque, aunque se parezcan, siempre hay una cuya pieza no encaja y se convierte en el enigma de tu rompecabezas.

¡Lo que me faltaba, un Nico poeta!

Un mesero con otra ronda de tragos pasó junto a nosotros, y sin pensarlo tomé dos *shots* más. Me los llevé a la boca y me los tomé a fondo uno detrás de otro. Nico no podía ser más imbécil cuando le gustaba una chica y al parecer Victoria Brown los volvía locos a todos.

*Es linda, sí, pero por Dios, no es para tanto.*

—Deberíamos salir alguna vez los cuatro —propuso Santiago, y de nuevo mi instinto criminal apareció. ¡Quería arrancarle la cabeza!

Me fui a buscar a mis amigos, dejándolos con la conversación abierta. En mi búsqueda fallida, varios tequilas entraron a mi organismo y una copa con un líquido azul se convertiría en mi siguiente bebida y, sin duda, en la causante de lo que pasaría después.

Todo me daba vueltas y sentía que mis oídos estaban tapados. Apenas podía escuchar la música. Necesitaba sentarme. Me alejé del resto buscando respirar un poco de aire fresco. El jardín fue mi mejor opción. Estaba alejado de la multitud y era justo lo que quería. No coordinaba y mis pasos eran torpes. Me recosté de uno de los arbustos, deseando que nadie me encontrara hasta sentirme mejor. Había tomado demasiado y ahora necesitaba esperar que el efecto se me pasara.

—¿Qué, Wilson? ¿Aquí planeas cómo acabarás con mi vida?

Era Victoria. Las palabras no me salían. Todo me daba vueltas, y pensé que iba a caerme al piso, hasta que sentí su mano sujetar la mía.

—Oye, ¿te sientes bien? —preguntó, llevando su mano a mi cara y buscando fijar su mirada en la mía que estaba un poco perdida. Todo estaba muy borroso—. ¡Tomaste tequila como si fuera agua, señorita! Te pondría a que hicieras un cuatro, pero seguro terminarías rodando por el suelo. ¡Ven! Busquemos a tu novio o alguno de tus amigos.

—¡Suéltame! No tienes que hacerte la buena conmigo. Sé perfectamente la clase de persona que eres. No pretendas engañarme ahora —balbuceé, y mis palabras salían más alargadas de lo normal. Al parecer, mis habilidades motoras estaban ahogadas en alcohol.

—Es que ni ebria te quitas los guantes, ¿no? ¡Dios mío, eres insufrible!... Vamos, mañana me puedes seguir odiando, ¿*okey*? —sentenció justo antes de empezar a halarme invitándome a caminar, sin embargo, yo puse resistencia con un movimiento que la trajo a centímetros de mi boca.

La observé en silencio por unos segundos, detallando más de lo que debía —y sin razón lógica— todo su rostro.

—¿Cómo es que alguien con unos ojos tan bonitos, puede ser una persona tan despreciable? —cuestioné, y sí, definitivamente había perdido la cordura.

Mis manos se desplazaron por su rostro con suavidad, dejando caricias llenas de intriga e intentando responder preguntas que ni siquiera tenía formuladas. El alcohol en mis venas desarrolló mis sentidos al cien por ciento. El roce de la yema de mis dedos en su cara era tranquilizante. Su olor era embriagador y podía escuchar su corazón latir a una gran velocidad, o quizá era el mío que intentaba correr lejos de allí.

—¡*Hey*! Estás diciendo muchas tonterías. Mejor vamonos que estás muy ebria —ordenó, pero no se movió.

—¡*Shhh*! Intento descubrir algo —susurré, llevando mi dedo índice a sus labios, para luego con mis manos esconder su cabello detrás de sus orejas y continuar jugando con su cara.

—A ver... ¿Y qué es exactamente lo que quieres descubrir?

—¡Justo eso es lo que intento averiguar!

Mis ojos fueron a parar a su boca y, tal vez por reflejo, ella mordió con suavidad su labio inferior, eliminando así la poca sensatez que quedaba en mí.

El alcohol es un desinhibidor por excelencia y antes de que pudiera darme cuenta, ya mis labios estaban contra los de ella. Victoria estaba inmóvil hasta que, unos segundos después, sentí cómo abría la boca para corresponder a mi beso y cómo sus manos alcanzaban mi cuello. Sus labios eran muy suaves... era diferente, no lo sé, pero me gustaba cómo se sentía. Empezamos despacio y de verdad lo estaba disfrutando.

«Qué bien besa» pensé, mientras me dejaba llevar por sus besos.

Mi ritmo cardíaco aumentó en el momento justo en el que sentí su lengua tocar la mía. Mis piernas se tornaron débiles y ella lo notó. Entrelazó sus manos por mi cintura anclándome a su cuerpo y devolviéndome la estabilidad que había perdido. Mientras más la besaba y más agitada sentía mi respiración, más incógnitas se hacían espacio en mi cabeza. ¿Qué era lo que estaba sintiendo? ¿Por qué besar a una chica me estaba causando ese torbellino de sensaciones? Nunca me había sentido así. Con tantas ganas de más. No quería parar. Hasta que las palabras del chico del despacho llegaron a mi cabeza: «No soy un marica», lo recordé decir. No estaba entendiendo nada. ¿Acaso ahora era lesbiana?

Me separé de repente en cuanto esa palabra apareció en mi mente y ella me miró confundida.

«¡Mierda!» pensé, y la borrachera parecía haberse evaporado en ese beso. Debía actuar rápido. ¿Cómo le explicaba lo que acababa de hacer si ni siquiera yo lo sabía?

Una bofetada en la cara de Victoria fue lo que mi mente consideró oportuno. ¡Sí, una bofetada!

—¿Estás demente? —preguntó confundida, y yo no pude decir nada. Solo salí corriendo. Necesitaba alejarme de ella.

Ese beso había creado caos en mi cabeza y yo corría y corría. ¿De qué huía exactamente? ¿De ella y de lo que me había hecho sentir o de ese miedo a lo desconocido que poco a poco se alojaría como huésped indeseable en mi cuerpo? No lo sé. Lo cierto es que no podemos correr para siempre, porque tarde o temprano nuestros mayores demonios o nuestra verdad impredecible terminan por alcanzarnos.

Victoria me siguió y logró alcanzarme. Pasaba por la piscina cuando sentí su mano sujetar mi brazo con fuerza y el intento por escapar de su agarre, me llevó a caer al agua, pero antes su mano se quedaría con un pedazo de tela proveniente de mi vestido. Lo había rasgado por completo.

—¡Emily! —gritó Santiago, quien salió corriendo a auxiliarme. Detrás de él llegaron Joaquín, Dani y Lau.

Santiago me sacó de la piscina sin mucho esfuerzo, como si fuera una muñeca de plumas. Al observar mi vestido roto se quitó su saco y me cubrió con él.

—¿Qué fue lo que pasó? —preguntó Joaquín, preocupado.

El frío no me dejaba hablar y la mandíbula me temblaba sin control.

—Nada. La señorita se hizo muy amiga del tequila y ya descubrió que ese mexicano es un traicionero —respondió Victoria, burlándose.

—¿Y qué haces con un trozo del vestido de Emily en tu mano?

Laura se veía molesta.

—¿Estaban discutiendo o solo fue idea mía? —inquirió Joaquín.

—Discuten mucho, considerando que se acaban de conocer. ¡Es curioso! —insinuó Daniela, con esa sonrisa de sabelotodo que nunca antes me había enfadado tanto como ese día.

—Solo sácame de aquí, por favor. —Tomé la mano de Santiago y nos alejamos del grupo que se había formado gracias a mi caída.

Fuimos hasta su cuarto y él se apresuró a darme una toalla seca.

—Aquí está la ropa que dejaste en mi clóset la última vez que dormiste aquí. Te espero afuera, princesa. —Me dió un beso en la frente y antes de que se volteara, sujeté su mano—: Quédate, por favor.

La solicitud salió en un susurro. Me quité ante sus ojos el vestido mojado, quedando solo en ropa interior. Él no entendía lo que estaba pasando y a decir verdad, yo tampoco.

—¿Estás segura? —preguntó con dulzura.

Yo afirmé con un beso en sus labios, y él me cargó en sus brazos para llevarme hasta su cama.

Sus manos empezaron a recorrer lentamente mi cuerpo mientras dejaba besos en mi cuello.

—Si te estoy lastimando me dices, ¿está bien?

Santiago era un príncipe. De esos que hoy ya no abundan. De los que de verdad piensan en ti por encima de lo que tienen entre las piernas. De los que te cuidan. De esos que te quieren bonito.

Empezó a presionar mis senos con delicadeza y cuando intentó bajar su mano hacia mi parte más íntima, lo detuve.

—¿Qué pasó? ¿Te hice daño? —preguntó, preocupado.

—Solo vamos despacio, ¿sí?

Él era un príncipe y yo... era la bruja del cuento, porque lo había engañado... y con una mujer.

Sus besos se hicieron cada vez más intensos, y podía sentir su dureza presionar mi pierna. El roce de su lengua con la mía me llevó a recordar el beso con Victoria, logrando sacarme de toda la atmósfera que intentaba crear con Santi. Intenté con todas mis fuerzas concentrarme en él, pero fue imposible. No podía sacarla de mis pensamientos.

—¡Perdóname, pero no puedo! —Me salí de sus brazos y fui directo a ponerme la ropa que él había sacado minutos antes, para luego salir corriendo, dejándolo solo y confundido.

—Emily... ¡espera! —lo escuché decir, pero no me detuve.

Y ahí estaba yo, huyendo otra vez. Dejé atrás la gran mansión y me encontré corriendo sola por la calle, sin ningún rumbo y a altas horas de la madrugada. Me faltaba el aire de tanto correr, así que paré unos minutos para recuperar el aliento.

En la distancia, una luz se dirigió en mi dirección a gran velocidad. No le vi intenciones de parar y cerré los ojos como autoreflejo esperando el impacto. Escuché el sonido del freno de una moto muy cerca de mí. Demasiado diría yo. Se detuvo a solo centímetros de mi cuerpo.

—¡Hoy es su día de suerte, señorita! Mi yo asesino no salió a matar esta noche —bromeó, mientras se quitaba el casco. Y sí, para mi mala suerte era Victoria.

—¡Estás demente! ¡Desquiciada! Pudiste haberme matado, loca —grité, y todo mi cuerpo temblaba del susto.

—Pero por desgracia no lo hice, así que deja de ser tan histérica y dime, ¿qué haces a estas horas caminando por aquí sola?

—¿Desde cuándo te importa?

—Bueno, el hecho de que me hayas comido la boca y luego me abofetearas, posiblemente tenga algo que ver, pero no te emociones, mejores besos me han dado. Aunque a los tuyos fácil podría darles un... cinco.

Victoria para todo tenía un chiste. Era insoportable.

—¡Eres una idiota! Lárgate y déjame en paz —dije, y ella solo se reía. Hasta que su sonrisa se borró de forma súbita.

—Wilson, sube a la moto ahora mismo —sentenció, y yo resoplé burlándome de lo que estaba solicitando.

—No te lo voy a decir otra vez, Emily, sube a la moto en este puto instante. —Su semblante se tornó diferente. Algo andaba mal.

Un hombre salió de uno de los callejones saboreándose los labios con una mirada depravada. Estaba paralizada y mi cuerpo no obedecía a mis órdenes.

—Buenas noches, señoritas, ¿a dónde van tan solitas? ¿Necesitan un escolta? Yo las puedo cuidar, si lo desean —dijo el sujeto con voz rasposa, y luego se pasó la lengua por los dientes. Me generaba repulsión verlo hacer eso, pero seguía sin poder moverme, y cuando quise darme cuenta, ya lo tenía muy cerca de mí.

—¡Ni se te ocurra tocarla, imbécil! ¡Aléjate de ella! —advirtió Victoria, con rudeza.

—Oh, ¿es tu noviecita? No te preocupes que no soy celoso.

Se acercó más a mí, tanto que podía sentir su respiración en mi oído. Tomó un mechón de mi cabello para olerlo, y sentí miedo.

—Que conste que te lo advertí —indicó Victoria, mientras aceleraba su moto continuamente, sin moverse de su posición. Lo miraba en la distancia con unos ojos amenazantes y el hombre solo se reía.

Victoria aceleró en dirección a nosotros como lo había hecho minutos antes conmigo. Frenó justo en frente de él, al tiempo que sacó de su bolsa una pistola. Era tan pequeña que parecía de mentira, o eso quise creer cuando la vi.

¿Qué demonios hace una chica de 17 años con una pistola?

—¡Voy a contar hasta tres y si al terminar sigues aquí, te reventaré la puta cabeza de un balazo, sádico de mierda! —lo amenazó, apuntándole a la cara con el arma—. Y tú, bonita... ¿harás una pijamada con él o subirás de una vez a la moto?

—Tranquila, niña, que yo solo estaba siendo amable.

El hombre se veía aterrado y yo también lo estaba, pero una vez montada en la moto me sentí segura. Me aferré a su abdomen, y ella procedió a sacarnos de ahí.

—No te vas a caer, ni yo iré a ninguna parte. Aquí estaré, te lo prometo, pero necesito respirar para seguir con vida.

Esa fue su forma de decirme que la estaba sujetando muy fuerte.

Nunca me hubiese imaginado que las palabras que Victoria Brown dijo esa noche en forma de chiste, se convertirían en lo más real que iba a escuchar en mi vida.

# UN LUGAR MÁGICO
*Victoria Brown*

El miedo siempre tendrá una definición diferente en el diccionario de cada persona y sus variantes pueden ser infinitas. Hay quienes le temen a estar solos y a quienes les aterran los lugares con demasiada gente. Miedo a hablar en público o a decir algo que no genere ninguna importancia para alguien. Miedo a ser ignorados o sentirnos insignificantes. Hay quienes le temen a no ser correspondidos y a quienes les da pánico no dar la talla. Existimos los que le tememos a despertar una mañana, y darnos cuenta de que nuestra vida se fue al carajo por tener tantos miedos en la puerta, que no nos dejaron salir a comernos el mundo como queríamos. También está el miedo a lo desconocido, a eso que no entendemos, a lo que no queremos sentir, como el miedo a enamorarnos; porque si enamorarse de por sí está jodido, imagínense enamorarse de quien no debes hacerlo. Y justo en ese punto, te encuentras en la encrucijada de si aceptas caminar con ellos o aprendes a vencerlos y a disfrutar de esa sensación de libertad a la que te lleva vivir sin miedos.

Hablar con Nico no estaba mejorando mi noche, no me caía mal, pero realmente no tenía ningún interés en él. Era apuesto y pude observar que todas las chicas morían por llamar su atención, pero a mí no me interesaba. Me pidió que apuntara mi número de teléfono en su celular, algo sobre no querer perderme de vista otra vez, es lo que recuerdo que usó para conseguirlo. Lo hice para salir del paso y luego le dije que debía ir al baño.

No dejaba de pensar en lo que había pasado con Emily y en ella yéndose con Santiago después de que nosotras. Bueno... no sé qué esperaba que pasara. Era su novio y en ese momento solo estaba ebria.

Salí hasta donde tenía estacionada mi moto. Necesitaba un cigarrillo.

Antes de que pudiera encenderlo, vi salir a una chica a toda prisa por la puerta principal. Corría como si estuviera huyendo de alguien. No lograba distinguir bien, hasta que pasó por uno de los faros y pude ver su cara: era Emily.

¿Adónde iba sola y a esas horas de la noche?

Una parte de mí me decía que la siguiera y me asegurara de que estuviera bien, y la otra me gritaba que parecía una psicópata obsesiva. Que por qué tenía que importarme si ella no era mi problema. Como sabrán, hice caso omiso a esa última. Actué por impulso siguiendo mi intuición. Me subí a mi moto y fui tras ella.

He cometido muchos errores y tomado muy malas decisiones, pero asistir a esa fiesta y seguir a Emily esa noche, fue mi reivindicación. Sin duda, lo más acertado que hice.

Después de recorrer varios kilómetros lejos del incidente con el desagradable hombre en la oscuridad, paramos en una estación de servicio que quedaba en la vía. Le pedí que me esperara y regresé con una botella de agua y unas gomitas de panditas rojas.

—Dicen que el azúcar es buena para calmar los nervios y bueno... también son mis favoritas —le dije, y ella sonrió como forma de agradecimiento—. ¿Ahora sí me vas a decir qué hacías caminando sola por ahí? No pensarás que vives en el *País de las Maravillas* como Alicia, ¿o sí? —pregunté, tratando de entender qué la había hecho salir así de la fiesta, sin medir el peligro que representaba.

—Bueno, al parecer soy tan tonta como Alicia.

—No me vayas a decir que hablas con gatos, ves reinas que te quieren cortar la cabeza y tomas pociones que te hacen crecer o reducir de tamaño —fue lo único que se me ocurrió para hacer que se relajara después del susto que pasó.

—¡Qué graciosa! —dijo, con una mueca de burla.

—Bueno, no podemos subestimar el poder de una bebida. Y si realmente eres Alicia, eso explicaría el porqué viste en mi boca el pastel con la etiqueta de «cómeme». —De mi boca estaban saliendo estupideces sin control alguno.

—Ser tan insoportable se te da natural, ¿no? —Me miró con seriedad—. Gracias por el agua y las gomitas.

Me dio la espalda e intentó irse.

—¡Espera! —La detuve halándola de la mano, y al voltearse quedó muy cerca de mí. Más de lo que podía soportar, diría yo—. ¡Lo siento! ¿Sí? Ya sé, soy una bruta, pero así actúo cuando no sé cómo actuar.

Fui sincera, por primera vez desde que la conocí.

—Pues... deberías empezar por actuar como eres y ya. Supongo que no le puedes caer bien a todos —respondió, soltando mi mano para llevar la suya a rascar la punta de su nariz con cierto nerviosismo.

—Tampoco lo estoy intentando. No me importa caerle bien al mundo, pero me gusta que me juzguen después de conocerme bien —respondí, para luego agregar —: Tienes dos opciones y entre ellas no está irte sola otra vez.

—Déjame adivinar... ¿Esta es la parte en donde debo mostrar curiosidad? —expresó, y la Emily que conocía estaba de vuelta.

—Por una extraña razón, tu odiosidad ahorita no me molesta. De hecho, estoy ignorándola en este preciso momento. Intento hacer las paces y no me estás ayudando. ¡Solo para que sepas!

—Está bien, lo siento. A ver, cuéntame... ¿Cuáles son esas opciones que tengo? —Sonrió, mientras abría y ponía a mi disposición la bolsa de gomitas que le había entregado.

—Iba a intentar ser menos dictadora, pero con tu odiosidad, perdiste la oportunidad de conocer mi «yo democrática». Así que ahora vienes conmigo.

Me dirigí a sacar el casco adicional que siempre traía conmigo y se lo entregué.

—¿Estás bromeando, cierto? ¿Adónde se supone que iríamos a esta hora? Todo está cerrado.

—Emily, la noche es joven y mientras otros están durmiendo, a nosotros, los que estamos despiertos, la vida nos está gritando que la vivamos.

Estiré mi brazo invitándola a subir a la moto. Ella se quedó inmóvil por unos segundos y me miraba como si estuviera loca. Quizá hasta yo lo hubiese pensado. Siempre me ha gustado la aventura de vivir al máximo, pero jamás me había interesado enseñarle mi mundo a nadie.

Esa noche, Emily había conocido la parte oscura de mi alma, cuando sin piedad, hablé de su hermana. Y sentí la necesidad de enmendar mi daño. Eso solo podía hacerlo de una manera: regalándole una parte de aquello que sacaba lo mejor de mí.

Decidió subir a la moto, compartiendo conmigo una mirada de complicidad y una media sonrisa que delataba el nerviosismo que intentaba ocultar. No sé con exactitud a qué le temía. Quise creer que podía ser el hecho de subirse a una moto con alguien que todavía era una desconocida, y con la cual no había tenido un buen inicio. También contemplé la idea de que no le gustaran las motos, salir de noche o simplemente el no tener conocimiento de cuál sería el destino. Lo que sí sé, es que quise dejar como última opción el pensar que se podía deber a estar a solas conmigo después de lo que había sucedido. Mis múltiples intentos por olvidarlo, me impedían no darle importancia a ese beso y a lo que me había hecho sentir. Y mientras más me esforzaba por no pensar en eso, mi cabeza lo reproducía una y otra y otra vez desde el momento que pasó.

Le costaba colocarse el casco, así que me acerqué para ayudarla, o por lo menos eso quería hacer, pero tenerla cerca me hizo olvidar algunas habilidades, y el olor de su perfume que se mantenía a pesar de haber caído a la piscina, me hizo actuar con torpeza. No sé si la lastimé en mi intento fallido de colocárselo, pero ella sonrió y tomó los dos extremos de la cinta, ajustándolo sin problema. Me sentí como una idiota y para ocultarlo, bajé el vidrio de su casco con un movimiento rápido, logrando quitar sus ojos azules de mí.

Subí a la moto y arrancamos a un destino que solo yo conocía, pero que desde ese día, se convertiría en un lugar nuevo, incluso para mí. El camino que recorría cada viernes sin falta, no era igual. Las luces de los faros brillaban haciendo formas de estrellas. Los semáforos nos recibían con su luz verde, como diciéndonos que la noche era nuestra. No se veían autos en la vía y podías creer que no existía nadie más. Emily me sujetaba muy fuerte y decidí bajar la velocidad. Le pregunté si se encontraba bien y sentí como su agarre se suavizó. Se disculpó conmigo porque pensaba que me estaba lastimando, y le dije que no se preocupara, que si así se sentía segura por mí estaba bien.

Después de casi veinte minutos de viaje, ya estábamos lejos de la civilización. Cada vez nos acercábamos más a nuestro destino, y el olor del salitre nos daba la bienvenida. Ella lo reconoció.

—¿Vas a llevarme al mar para lanzar mi cuerpo como alimento para tiburones, Brown?

Por un momento pensé que estaba imitando mi peculiar forma de expresarme con preguntas sarcásticas.

—¡Ya quisieran los tiburones, Wilson! Aunque debo reconocer que es mejor idea que la que tengo en mente —respondí, y ella golpeó levemente mi abdomen.

Estando allí, dudé. La había llevado a mi lugar sagrado. El único sitio en el que me sentía feliz. En el que no había miedos y las heridas no dolían. Ese pedacito de la tierra en donde mis lágrimas se evaporaban y se convertían en hermosos recuerdos. Donde las estrellas me enseñaban que solo era parte de algo más, algo diminuto en comparación a lo que representaban ellas cuando sobrepoblaban el cielo. Miré hacia arriba y me dejé envolver por el sonido de la noche, la brisa fría rozar mi rostro. Mi luna favorita hacer acto de presencia. La sensación de estar en mi lugar, pero sentirlo diferente; y por último, escuchar la voz de Emily diciendo «¿¡*Hey*, estás bien!?», me resultó suficiente para darme cuenta de que era justo lo que deseaba hacer.

Me liberé de todas las dudas y me dirigí al portón para colocar el código de acceso. Emily me miró confundida, pero no hizo ninguna pregunta. Dejé estacionada la moto y la ayudé a bajar de ella. Bordeamos la casa hasta llegar a un camino de arena y arbustos que pasaban la altura de nuestras cabezas.

Al llegar, se mantuvo en silencio por varios minutos, sus ojos recorrieron todo el lugar con un brillo especial, como si fueran dos luceros.

—Victoria, ¡este lugar está increíble! —expresó, impresionada.

—¡Todavía no ves lo mejor! Ven. Deja tus zapatos aquí. El secreto está en sentir la arena en tus pies y dejarse llevar.

A Emily le gustaba ir con cautela. Analizar cada paso antes de darlo la hacía sentir segura. Pude notarlo desde que le dije que me acompañara sin especificarle a dónde iríamos. Entrar a territorio desconocido y que alguien más la guiara, no le permitía soltarse por completo. Se mantenía distante y necesitaba ganarme su confianza, pero más que una necesidad, era un deseo oculto. Quería que se sintiera segura estando conmigo. Tenía que hacer que confiara en mí y eliminar esa muralla que yo misma había colocado entre nosotras.

Sabía que no tenía el tiempo a mi favor y que la confianza es algo que apremia a la antigüedad, pero para mí, la confianza es solo cuestión de piel. Debía pensar qué hacer para lograr que disfrutara sin límites y sin rencores, la plenitud de una noche que se disfrazaría de olvido. Que carecería de tristezas. Que desconocería de miedos y heridas del pasado. Una noche en la que los errores no pesaban como cruz y las mentes se abrían a nuevos senderos.

—¡Bienvenida a *The Magic Place*, Emily Wilson! La regla es una y solo si la aceptas y prometes cumplirla, podrás ver la magia que en aquí se esconde —dije, y la voz más ridícula de la historia salió de mi boca, acompañada de una expresión corporal bastante humillante. Supongo que fue lo que se me ocurrió para hacerla sentir en ambiente y a gusto.

—¿Cuál sería esa regla? Suena a que es muy importante. —Soltó una risa, mientras me escuchaba hacer la peor imitación de guía.

—No se ría, señorita, es algo muy serio —respondí, y ella fingió ocultar su risa como cuando te descubren haciendo travesuras—. Toda persona que viene debe colocar su mano derecha arriba, unida a la de la persona que la trajo hasta aquí. —Tomé su mano y la puse junto a la mía—. Cerrar los ojos, y en silencio, prometer que va a entrar con su mente como la de un bebé recién nacido, como un lienzo en blanco. Sin creencias preestablecidas, sin miedos, y sobre todo, sin rencores hacia chicas torpes que se estrellan contra tu auto, dicen estupideces y luego te lanzan a la piscina. ¿Promete cumplir la regla, señorita Wilson?

Ella abrió sus ojos y me regaló una sonrisa llena de tregua.

—¿Entonces has traído a muchas personas aquí?

—¿Curiosidad o celos? —Me atreví a preguntar.

—¡Te graduaste como guía, pero eres muy lenta y a mí no me dotaron de paciencia! —Ignoró mi pregunta, nerviosa. Presionó la punta de mi nariz con su dedo índice y salió corriendo hasta llegar a la playa que se mantenía calmada y con un oleaje suave, perfecto para no arruinar mi sorpresa—. ¿Ya vas a enseñarme el lugar o debo contratar a alguien menos perezoso? —gritó, mientras doblaba hacia arriba la bota de su pantalón, para luego adentrarse al agua y no creería lo que estaba a punto de ver.

—¡No puede ser! Victoriaaa... ¡¡¡El agua brilla!!! —gritó, eufórica.

Corrió otra vez hacia mí, dando saltos de emoción. Entrelazó su mano con la mía y me llevó corriendo a la orilla. La adrenalina la tenía en su máximo nivel, hasta que observó nuestras manos y se liberó de forma abrupta, se disculpó y volvió a saltar de emoción pidiéndome que tocara el agua para que pudiera ver los reflejos de luz que se formaban con el movimiento.

En el instante que soltó mi mano, ese parpadeo rápido y su gesto de rascar la punta de su nariz, aparecieron para enseñarme que eran un reflejo que la delataba cuando estaba nerviosa. Fue lindo descubrir una de sus manías, pero lo que más deseaba descubrir era la respuesta a esa pregunta que había estado rondando mi cabeza toda la noche... ¿Ese beso había significado algo para ella?

No entendía qué me estaba pasando y por qué me estaba sintiendo así. En varias oportunidades me descubrí sonriendo sin dejar de observarla. Sentía una sensación extraña en mi estómago cada vez que la veía reír de emoción mientras jugaba con el agua. Después de haberla hecho llorar, verla feliz, fue... no lo sé, no puedo describir lo que significó para mí, pero lo que puedo decir es que empezó a asustarme lo que sentí.

Salí del agua y me senté en un tronco gigante que estaba cerca de la orilla. Pocos minutos después, ella se sentó conmigo dejando una distancia considerable entre nosotras.

—¡*Wow*! ¿Cómo es que yo no sabía de este lugar? —preguntó, aún con la respiración agitada.

—En realidad, muy pocas personas conocen su existencia. Según la leyenda, una noche el dueño de esa casa estaba haciendo una fogata con su hija de siete años, quienes solían ir a cazar luciérnagas todos los viernes. Pero esa noche fue diferente. De repente, las olas comenzaron a iluminarse con un brillo azul fluorescente. La niña gritó de felicidad, como tú lo hiciste, pero eso era comprensible, después de todo, solo tenía siete años —bromeé, y ella me sacó la lengua y me pidió que continuara con la historia—. El señor quiso preservar para siempre la felicidad de su hija, protegiendo el lugar de la destrucción humana y la explotación gubernamental, por lo que compró la propiedad y la convirtió en una zona restringida para lograr su conservación. Cuando el señor murió, su malvada esposa intentó convertirlo en un lugar turístico para obtener ganancias, pero no pudo hacerlo. La propiedad estaba a nombre de la hija, quien tendría que decidir qué hacer con el lugar cuando alcanzara la mayoría de edad. El propósito de la niña es desconocido, pero por ahora sigue siendo una zona privada.

Se quedó en silencio mirando al horizonte, anonadada con la belleza del lugar y con una sonrisa de plenitud que no se borraba de su rostro. Unos segundos después, se levantó y caminó hacia un pequeño bote que estaba cerca de nosotras.

—¡Victoria, tienes que ver esto! —gritó—. Este viejo bote tiene un hermoso dibujo de una luciérnaga. Está firmado por un tal Samuel. Debe ser el señor de la leyenda. Lo gracioso es que el nombre de la niña, es Vicky. Qué curioso, ¿no lo crees? —comentó, inocente.

Me detuve a su lado a observar el dibujo. Un nudo se formó en mi garganta y no pude evitar que ella lo notara.

—¡Espera!... Tú... eras la niña de la leyenda. —me preguntó, pero no respondí su pregunta. No había hablado con nadie sobre mi padre y esa noche no sería la excepción.

—Vamos, todavía quedan muchas cosas por descubrir —solté, después de permanecer callada, y caminé en dirección a lo que sería lo próximo que iba a mostrarle.

Ver ese dibujo otra vez, me llevó a pensar en otro de los miedos más comunes: el miedo a la muerte o al olvido después de ella; y puedo decir que ese último, cuando lo sientes, es de los que logra quemarte hasta los huesos. Pero no me malinterpreten, no me da miedo ser olvidada después de morir, lo que realmente me quema el alma, es sentir que olvido a aquellos que ya no están conmigo. Ver esfumarse esos recuerdos que con el paso del tiempo, no pudieron ser eternos. No recordar la voz de quienes alguna vez me dijeron «te quiero», o verlos convertirse en una fotografía vieja en mi buró. Pero al final de los miedos, está la esperanza que no muere. Esa que me dice que siempre estarán presentes... en la música, en los sueños, en cada flor de primavera, en las hojas que no pudieron ganarle la batalla al otoño, y al caer, siguen adornando las calles con su belleza. Esa esperanza que me dice que estarán conmigo, incluso en una noche estrellada a la orilla de una playa bioluminiscente. Y sentí paz, estar en ese lugar eliminaba todo el dolor de mi alma, y es por eso que le llamaba: «Mi lugar mágico», porque fue ahí donde sujetando la mano de mi padre, prometí que no quería vivir con miedos. Era una promesa y las promesas se cumplen.

La noche con Emily, desde la fiesta, había sido como estar en una montaña rusa. Lo que sentí cuando la vi bajar las escaleras. Luego cuando vi su mirada quebrarse a punto de llorar. El momento en el baño. El beso, ese beso que había creado tanto caos en mi cabeza y que no entendía por qué. Nunca había besado a una chica, pero no creo que besar a una se sintiera tan bien como se sintió besar a Emily. Luego estaba ella yéndose con Santiago para terminar en peligro en un callejón oscuro, y al final, allí conmigo, creando más dudas con su sonrisa y esa sensación tan extraña que me generaba tenerla cerca. De verdad intenté no darle importancia. Me repetía millones de veces que había sido un simple beso de alguien que no tenía consciencia de lo que hacía en ese momento. Me lo dije una y otra vez, y por un momento creí haberlo entendido, hasta que nuevamente la tuve a tres centímetros de mí.

# ¿QUIÉN ES VICTORIA BROWN?
*Emily Wilson*

El lugar era increíble y la noche nos presentaba su mejor escenario. El cielo estaba poblado de millones de estrellas gobernadas por una luna en su cuarto menguante. Victoria me contó que era su luna favorita y que cuando estaba pequeña, su papá le decía que cuando la luna estaba así, era porque le estaba sonriendo, y que por educación debíamos sonreírle también. Si nos hubieran visto, parecíamos dos tontas sonriéndole a la luna. El mar nos regalaba kilómetros de infinita calma. A nuestra derecha, un pequeño camino de rocas sostenía un faro con un breve y débil relampagueo, que se repetía hasta ser cada vez más intensa la luz. La arena era delgada, como esas que colocan en los relojes de arena. Mis ojos no podían creer lo que estaban viendo, era el paraíso, pero ver el agua del mar brillar con el movimiento, superó mi capacidad de sorpresa.

Victoria me dijo que ese efecto era conocido como: «El mar de estrellas», pero su nombre científico era Bioluminiscencia. No entendí muy bien su clase de bioquímica en la que me explicó por qué sucedía ese fenómeno, pero hay cosas que no se pueden explicar con simples palabras, y otras que simplemente no necesitan explicación.

Al hablar del que supuse era su papá, la tristeza quiso invadirla, pero asumo que cumplía la regla que me había mencionado al llegar y no lo permitió. Yo tampoco indagué. No le tenía confianza para hacerlo, pero saber que era un tema que todavía le dolía, fue suficiente para dejarlo atrás y seguir con nuestro recorrido.

Miró su celular y empezó a correr gritándome que me apurara. Mis pasos eran más lentos esa vez, así que se regresó y me tomó de la mano para llevarme a la misma velocidad que ella, diciéndome con sarcasmo «¿Ahora quién es la perezosa?».

—Ten cuidado aquí y coloca tus pies por donde yo vaya quitando el mío —me explicó, mientras seleccionaba con cautela las rocas que pisaría hasta llegar al faro. Sujetaba fuerte mi mano para evitar que me cayera si llegaba a tropezar o resbalar.

Una vez que llegamos a la punta del pequeño acantilado, procedimos a subir las escaleras de hierro que nos llevarían a lo alto del faro.

—¿Qué hacemos acá arriba? —pregunté. Estábamos demasiado alto y no lo estaba disfrutando—. Este faro se ve bastante viejo. Puede derrumbarse en cualquier momento y la caída sería mortal —sentencié, con vértigo y atisbo de nerviosismo.

Victoria soltó una carcajada y no sé qué le hizo pensar que su siguiente hazaña sería graciosa, pero se subió en las barandillas y pasó su cuerpo al otro lado, dejándolo en el aire y sujetándose solo con una mano. Sentí que el corazón se me saldría por la boca y salí corriendo para sujetarla.

—Prometiste no tener miedo, Emily. Así que empieza a cumplir tus promesas —gritó.

—¡Estás demente! Quiero que subas y dejes de hacer estupideces, por favor —dije, asustada—. Es peligroso. Puedes lastimarte, ¿no lo ves?

—Ayer querías matarme y hoy te preocupas por mí, ¿qué debo esperar mañana, Wilson?

—Ya deja de hacer tonterías, por favor, estoy hablando en serio. Eres una infantil.

Ella volvió a subir hasta estar del lado seguro. Y ahí supe que Victoria era del tipo de persona que no le asustaba nada. Era intrépida y decidida. Le gustaba vivir experiencias que le permitieran sentirse viva. Que la llevaran a superar sus límites, incluso, cuando ella misma lo fuera.

—Eres una amargada, pero tienes razón, desde aquí la vista es mejor. —Se paró a mi lado señalándome hacia adelante con un ligero movimiento de cabeza.

Me di cuenta de que había perdido la noción del tiempo cuando vi que en el horizonte, se empezaba a dibujar el amanecer más increíble que vería. El sol salía del mar y era prácticamente un círculo perfecto que se desplazaba hacia arriba. Estaba rodeado de un espectro de colores amarillos y naranjas. Además, los rayos que irradiaban a través de la abertura de las nubes, lo convertían en un espectáculo visual.

No tengo palabras para expresar lo increíble que se veía, pero no pude evitar que lo que estaba viendo removiera algunos recuerdos que creí olvidados. Una lágrima corrió por mi mejilla y con un gesto rápido intenté eliminarla, pero no lo suficiente para evitar que ella lo notara.

—¡Hey!, ¿qué sucede?, ¿por qué estás llorando? —Sujetó mi cara, y con su mano secó la siguiente lágrima que apareció.

—Por nada. No me hagas caso. Soy una tonta.

No pude decirle por qué lloraba. No pude decirle que mi hermana siempre aparecía para llenar de tristeza todos los momentos en los que intentaba ser feliz sin ella. No quise decirle que el alba siempre había sido de mis momentos favoritos porque Emma, desde que yo tenía nueve y ella quince, cada día corría a mi habitación, me sacaba de mi cama y me llevaba a su ventana. De allí visualizábamos una colina con montañas por donde el sol se asomaba y me decía: «¡Mira, Emy! No importa lo que pasó ayer. Lo que dolía, ya no duele. Tenemos ante nuestros ojos, una nueva página, una nueva oportunidad». Subía el volumen del estéreo y me hacía girar por toda su habitación, mientras gritaba: «¡Baila conmigo, M&M!, porque hoy escribiremos un nuevo capítulo de nuestra historia en donde tú y yo, somos las protagonistas», y bailábamos hasta caer a carcajadas en su cama. Papá y mamá se despertaban con el revuelo que hacíamos.

No tuve la confianza para decirle que tenía más de tres años que no miraba el sol salir porque era algo que solo hacía con mi hermana y ya no quería hacerlo porque dolía recordar. No necesité decir nada, porque por alguna razón que no entendía en ese momento, Victoria logró devolverme la esperanza de lo que significaba ver nacer un nuevo día.

—Emily, llorar no te hace una tonta, al contrario, te hace humana. Es la forma más pura que tenemos para sanar nuestras heridas y salvar el alma.

Victoria estaba frente a mí y acariciaba mi cabello mientras me hablaba. En sus ojos no había lástima. Por primera vez sentí que me hablaba con la pureza que solo te da hablar con el corazón.

—No pienses en lo que te dañó ni tampoco en buscar una forma de que ya no duela. Hay cosas que nunca dejan de doler y no es cuestión de superar sino de aceptar. Mientras enfocamos nuestra energía preguntándonos el «por qué», perdemos el verdadero enfoque que es el «para qué». Y cuando te das cuenta, descubres que después de lo que pasaste ya no eres la misma, y está bien ya no serlo, porque de eso se trata... de evolucionar.

Hablaba con tanta pasión. Estaba tan cerca de mí y con sus ojos tan brillantes. Siendo tan dueña de lo que decía. Sintiendo suya cada palabra que salía de su boca. Y entonces, me descubrí otra vez viendo sus labios, con la diferencia de que en esta ocasión ya no era producto del alcohol. Quería besarla y no entendía por qué estaba teniendo ese deseo. El beso que le di en la fiesta había sido un error. Un impulso conducido por la inconsciencia de la ebriedad. Pero tenerla cerca y hablando de esa forma, no me dejaba pensar claramente. Se quedó en silencio y solo me observó sin quitar su mirada de mis labios, y empecé a sentir dificultad para respirar. Antes de cometer otra estupidez, intenté recuperar la fuerza que, por tenerla cerca, perdía. Y cuando quise separarme era demasiado tarde. Esa vez fue ella quien me besó.

Sus besos estaban llenos de preguntas. Incógnitas que ni ella ni yo podíamos responder. ¿Qué se supone que era lo que estábamos haciendo? ¿Por qué sus labios empezaban a ser un imán del que no quería separarme?

Podía quedarme en su boca toda la noche. Podía hacerme adicta a lo que sentía cuando sus manos se aferraban a mi cuello. Nuestros labios se separaban por microsegundos en un intento por recuperar el aire, aunque no lo suficiente como para romper el beso. Ignoré mis dudas. Olvidé mis miedos. Me dejé llevar por un momento en el que sentía que había más por descubrir; y ella me besaba como quien intenta descifrar algo. No quise que terminara y ella tampoco parecía que fuese a pararlo. Aumentaba cada vez más la intensidad. Sabía perfectamente lo que hacía. Primero fue lento, sus labios se movían con perfecta sincronización guiando a los míos a desear más. Luego, en el momento justo, su lengua hizo acto de presencia haciendo que algo en mi interior explotara. Jugó con la mía como si no existiera nada más.

Nunca había experimentado algo así y no sé si era su forma de besar o era ella, pero sentía como si en sus besos se encontraran las certezas que ni yo sabía que necesitaba. Seguimos por unos minutos más hasta que de pronto, Santiago se coló en mi mente, arrastrándome a la realidad.

—¡Mierda! —Me separé de ella—. ¿Qué demonios estoy haciendo? Yo tengo novio. No es correcto —tartamudeé—. Además, no sé a ti, pero a mí no me gustan las chicas —dije por impulso, pero tampoco mentía. Nunca había besado a una, ni sentido interés por hacerlo. No de esa forma.

Victoria también se separó de mí, apretando sus ojos con fuerza.

—No vas a golpearme otra vez, ¿o sí? —Mantenía un ojo abierto y otro cerrado, esperando mi reacción.

—No seas tonta. No voy a golpearte y no debí hacerlo nunca. Te pido disculpas por eso. Pero ¿por qué me besaste? Yo estaba ebria, pero tú. ¡Mierda! ¿Qué pasa con nosotras? Esto está mal —hablé como si estuviera pasando por una crisis nerviosa, y antes de que ella pudiera darme una respuesta, me dirigí a bajar las escaleras—. Todos deben estar preocupados por mí. No avisé en dónde estaría. Olvidé mi celular en casa de Santiago. ¡Soy una irresponsable!

Parecía una desquiciada hablando y no podía calmarme. Ese beso me había alterado.

—¡*Hey*! ¿Puedes calmarte ya? —Victoria me agarró por ambos brazos y se paró frente a mí—. Primero, cuando fui por el agua me tomé el atrevimiento de llamar a Jorge. Él me había dado su número por si necesitaba algo después del choque. Hablé con él y le dije que estabas conmigo, puedes estar tranquila, ¿*okey*? Y segundo... Fue un simple beso. No tiene importancia. Tampoco es como si se fuera a terminar el mundo porque dos mujeres se besen. Ni a ti ni a mí nos van las chicas, así que relájate que me estás poniendo nerviosa.

—Exacto. Ni a ti ni a mí nos gustan las chicas. Es verdad.

—Vamos adentro, que eso de estar besando mucho siempre me da hambre —bromeó, como de costumbre.

Fuimos al interior de la casa y al llegar a la cocina, se encontraba un chico en el desayunador. Se veía un poco mayor que nosotras, pero no era mucha la diferencia.

—¿¡Qué onda ,Vick!? No sabía que estabas aquí. Te esperaba hasta el viernes —le dijo el chico, mientras tomaba un sorbo de su jugo de naranja. Su voz era relajada, al igual que su apariencia.

—Hola, tarado. Quería ver si por fin te descubría con la tal Evelyn, pero empiezo a creer que tienes una novia imaginaria.

Él sonrió e hicieron un saludo con sus manos que parecía personalizado y me generó un poco de gracia.

—¿Puedo tomar de tus ingredientes para alimentar a esta pobre niña que encontré en el camino? —bromeó ella, y yo no pude evitar reír, dándole un ligero empujón.

—Hola, soy Emily.

—¿Qué onda? Soy Tomás, pero todos me dicen Tommy. —Me saludó con el popular saludo de paz, subiendo dos dedos—. Oye, *bicho raro*, pensé que no tenías amigas. Nunca habías traído a nadie aquí. ¿Ya eres oficialmente amable con el mundo?

Victoria y yo cruzamos miradas en el momento en el que el chico dijo que nunca había llevado a nadie y la vi sonrojarse por primera vez.

—¿Y tú, sigues pisándote la lengua cuando caminas?

Le lanzó lo que parecía una uva y se rieron con complicidad. No sabía con exactitud quién era, pero se veía que tenían buena relación.

—¿Quieres café? —me preguntó Victoria, mientras rompía unos huevos para proceder a preparar lo que pensé, eran *omelettes*.

—No gracias, no me gusta el café —dije, y sentí como sus miradas se enfocaron en mí al mismo tiempo, como si hubiese dicho lo más raro del mundo.

—A ver, Tommy... ¿Crees que deba prepararle mi súper *omelette* a alguien que acaba de decir algo tan atroz como que no le gusta el café? ¿Crees que alguien como ella sea merecedora de tal cosa?

Tommy me veía con los ojos entornados, analizándome, y podía sentir mis mejillas ponerse rojas de la verguenza.

—¡Ella es especial, Vick! Puedo verlo en sus ojos. Es como tu *Yang*. Me gusta. Lástima que tengo novia, porque si no le pediría ahorita mismo que fuera mi novia.

Me daba un poco de risa ver lo mucho que se parecían y la forma tan peculiar de hablar, siempre con humor.

—¿Qué te hace pensar que te diría que sí? No eres para nada su tipo, tarado. Ubícate en tiempo y espacio —hablaban como si yo no estuviera escuchándolos.

—Pues a mí me parece que tu hermano está muy guapo. Si no tuviera novio, quizá saldría con él —expresé, intentando entrar al juego con ellos y Tommy hizo un gesto de celebración.

—Entonces, quizá están con las personas equivocadas, y ustedes son almas gemelas. Si tanto se gustan, los dejo solos para que se conozcan mejor —dijo Victoria, quitándose el mandil que se había colocado—. Y este tarado no es mi hermano, gracias a Dios. Voy a dormir, te quedas en tu casa, pero no te aseguro que en buenas manos.

Colocó el mandil sobre la mesa y se fue, dejándome más confundida que antes. Tommy tenía una risa en su cara, como si entendiera a qué se debía la molestia de Victoria y no le importara cómo se había expresado de él.

—¿Dije algo malo? —pregunté, confundida.

—No le hagas caso. Es una malcriada. Ya se le pasará.

—Iré con ella.

—¿No la conoces de mucho tiempo, verdad? —Su pregunta me generó curiosidad—. Cuando está molesta, no le gusta que le hablen, ni que le insistan. Busca su espacio y ella solita canaliza su molestia. Si intentas invadir ese espacio, no vivirás para contarlo. Créeme, ya se le pasará.

No entendía nada. No sé qué había dicho para que reaccionara de esa manera, pero él la conocía mejor que yo, así que le hice caso y no insistí.

—¿Entonces no son hermanos? —inquirí, y él soltó una carcajada.

—Linda, no sé qué te llevó a pensar eso. Esta piel morena no es producto del sol y estos ojos azabaches son importados de Dominicana —respondió, jocoso—. Mi madre trabajó muchos años para el señor Samuel. Cuando ella murió, él prometió cuidar de mí, como ella había cuidado de su hija. Yo estoy aquí porque me apoyan con un techo, mientras termino mi carrera. Por el papá de Vick tengo la fortuna de estudiar, crecer y aspirar a ser alguien en la vida. Fue como un padre para mí. Me enseñó todo lo que sé, pero lo mejor que me pudo regalar, fue la oportunidad de tenerla a ella. No es mi hermana, pero sí es mi única familia. —En sus palabras se sentía el cariño que le tenía al papá de Victoria y a ella.

—¿Qué le pasó al señor Samuel?

—Eso es algo que no me corresponde. Cuando ella esté lista, te dará esa respuesta. Victoria es una niña increíble. No he conocido hasta la fecha a alguien con su corazón. Y si te trajo hasta aquí es porque eres especial. Tampoco esperes que te lo diga. Ella es de las que convierte su silencio en acciones que hablan por sí solas. Aunque la veas así, malcriada y haciendo berrinche.

¿Quién era Victoria Brown? Las personas no siempre son lo que aparentan ser. Y cuando creemos saber de qué color ven la vida los demás, nos damos cuenta de que la realidad es totalmente diferente. Victoria me había enseñado que desde sus ojos, la vida tenía otros matices. La percepción que tenía sobre ella, se había esfumado en una noche llena de estrellas. Había descubierto que su fachada de niña ruda e insensible, solo era un camuflaje. Victoria era huracán, porque en su interior todavía llovía. Era la noche, porque había clausurado todas las ventanas por donde intentaban entrar los rayos del sol. Era caos, porque era su forma de reconciliarse con el mundo. Y aunque quería con todas mis fuerzas alejarme, supe que ya era tarde, que no podía y tampoco quería.

# ELLA LO QUERÍA A ÉL
## Victoria Brown

Sentía una molestia que no tenía ningún sentido para mí. ¿Por qué me había afectado tanto lo que Emily le dijo a Tommy?

Muchas preguntas invadían mi cabeza y yo necesitaba responderlas o que dejaran de atormentarme. Ya no quería pensar en ella ni en todo lo que había pasado. Lo hablamos y acordamos que había sido un error, pero no sé por qué no dejaba de molestarme. Me quedé dormida entre tantos pensamientos y cuando desperté, me dirigí a buscarlos. No sabía con exactitud qué excusa daría para justificar mi desplante. Estaba avergonzada.

Para mi sorpresa, solo estaba Tommy. Se había quedado dormido en el sofá mientras veía en *National Geographic*, uno de esos programas con los que decía hacerse más culto e interesante.

—¿Así piensas contribuir al mundo, *parásito*? —dije, sujetando sus pies y arrojándolos al piso abriéndome espacio para sentarme, tomar el control remoto y hacer *zapping*.

—Las mentes brillantes necesitan descansar.

—Deberías estar más preocupado entonces, porque duermes mucho para el poco cerebro que tienes.

Tommy era el hermano que nunca tuve. Lo conocía desde los cuatro años. Susana, su madre, era mi nana y lo más cercano a una madre que tuve. Ella era cariñosa, dulce, divertida y me hacía sentir su amor en cada detalle. En su forma de peinar mi cabello. En su esmero al preparar mis comidas favoritas. Como cuando le quitaba el borde al pan porque sabía que no me gustaba. O cuando le sacaba las semillas a las uvas y mandarinas para que yo las pudiera comer. Me decía que amaba a su hijo con su vida, pero que siempre había soñado con tener una hija, y yo había ocupado ese lugar.

Murió cuando Tommy tenía trece y yo nueve. Después de su muerte, papá le abrió las puertas de la casa como si fuera un hijo más. Él y yo nos hicimos muy unidos. Casi inseparables. Iba a todas partes con nosotros y cuando mi padre murió, me dijo que no me preocupara porque ahora él me cuidaría. No mintió, lo ha hecho como macho alfa desde entonces. Tommy es la persona que mejor me conoce y es el único en quien confío.

—¿Vas a seguir calificando mi intelecto o me vas a preguntar por tu amiga de una vez por todas? —expresó, colocando un cojín en mis piernas para posar su cabeza. La sonrisa que tenía en su cara me fastidiaba—. Ella me pidió el celular y llamó a un tal Jorge para que viniera a buscarla. Insistí en llevarla a su casa, tratando de ser el caballero que soy, pero se negó y prefirió que su novio viniera a rescatarla. —Se encogió de hombros.

—Jorge no es su novio, es su chofer. Santiago es su novio. —Eso último me pesó más de lo que esperaba.

—¿Me vas a contar qué sucede con esa chica «Emy», o le quieres dar más suspenso?

—¿Emy? ¿A ese nivel de confianza llegaron en solo este rato? Y no sé de qué estás hablando. No pasa nada con «Emily». —Hice énfasis en su nombre—. Apenas la conozco. La traje porque la traté mal y quería disculparme con ella. Eso es todo. No hay ningún misterio. Deja de ser tan novelero.

Una mentira puede salvarte de enfrentar una realidad cuando lo que cuesta es asumirla, porque para eso, se necesita valentía. Le tuve que mentir porque tuve miedo. Porque no sabía que hay verdades dentro de ti que no sabes siquiera que existen, y no podía hablar de algo que ni yo entendía aún.

—¡Claro, perdóname! No sé por qué pensé que el berrinche del que fui testigo hace unas horas, se podía deber a algo. ¡Qué estúpido soy!

Nunca me había molestado el hecho de que me conociera y nos pareciéramos tanto, incluso en esa fastidiosa forma de hablar con ironías y sarcasmos siempre.

—*Hueva.com*. Tengo mejores cosas que hacer que estar aquí viéndote sacarte los mocos con esa cara de tarado, que ni volviendo a nacer se te quita. ¡Ya entiendo por qué nunca veo a Evelyn por aquí! La pobre no lo resiste. No hay quién pueda hacerlo —bromeé, parándome del sofá sin importarme que su cabeza, que todavía reposaba sobre mis piernas, cayera de forma brusca y lo llevaran a quejarse.

—Llorón —dije, dirigiéndome a la salida.

—Cobarde —respondió—. Cuando quieras hablar, ya sabes dónde encontrarme.

Su respuesta solo significaba una cosa: no creyó ni una sola palabra de lo que le dije.

Era lunes y sabía que iba a volver a encontrarme con Emily. De camino al instituto iba pensando si disculparme con ella por mi actitud y por haberla dejado tirada, o simplemente hacer como si no hubiese pasado y no darle importancia.

No había muchos alumnos afuera, pero en una de las bancas de espera estaba ella con Joaquín. Caminé a su encuentro y las manos me sudaban. El corazón se me quería salir del pecho. No sé por qué estaba tan nerviosa, pero había decidido que lo correcto era disculparme. Eso era lo que quería, hasta que lo vi a él. Santiago llegó cubriendo sus ojos y la besó como si no la hubiese visto en años. Un calor recorrió todo mi cuerpo y sentí un horrible malestar en el estómago. Seguí caminando en mi intento por ignorar su presencia, pero antes de llegar a la entrada, alguien me sujetó por el brazo.

—¡Hola! Te estoy llamando y nada que me escuchas. ¡Ibas muy concentrada, eh!

Emily detuvo mi paso, sonriente. Realmente no la había escuchado y al verla me bloqueé. Las ideas en mi cabeza estaban desordenadas y no sabía qué decir.

—¡Perdón! Venía pensando en otra cosa. ¿Te puedo ayudar en algo?

—Solo quería agradecerte por lo de ayer. La pasé muy bien y me encantó conocer *The Magic Place*. —Sonrió con ternura—. Y no sé si dije algo que te molestara. Si fue así te pido disculpas.

Que me dijera eso me hacía sentir más culpable, pero seguía teniendo una extraña molestia desde que la vi con Santiago.

—No dijiste nada malo. No te preocupes. Te veo al rato. Es que llevo algo de prisa, ¿está bien?

Volví a mentir. No iba a ningún lugar, solo necesitaba alejarme de ella.

La primera clase era Ética y Religión. ¿Realmente podía ser una asignatura? ¿A quién se le habrá ocurrido que esos dos temas podían ir de la mano? Para mí, eran antónimos. Como agua y aceite. No creo en las religiones. En mi opinión son instituciones que se dedican a usar el nombre de Dios para lucrarse y tergiversar los hechos a su conveniencia. Respeto las creencias de cada quien. Tampoco es que sea atea. Solo soy de las que cree que hay demasiadas religiones y pocas personas haciendo el bien. Mucha doble moral. Exceso de iglesias. Innumerables definiciones de Dios. Cuando para mí todo se resume en una sola cosa: amor.

El profesor empezó la clase dejándonos una pregunta al aire que nadie se atrevía a responder: ¿Qué es más importante, la ética o la religión?

El catedrático de contextura delgada y cabello muy blanco, caminaba por todo el aula, esperando una respuesta. Nadie hablaba. No teníamos permitido opinar o pensar en argumentos que nos hicieran ver que el deterioro y la escasez de ética que venía desde nuestros hogares, nos tenía estudiando en una prestigiosa escuela. Yo sabía eso y no me importaba decirles que era una mierda. Así que fui la primera en responder.

—Sin religión se puede vivir, pero sin ética, somos una humanidad en camino a la descomposición social, destinadas a la podredumbre —manifesté, y todos enfocaron su mirada en mí—. Puedo pertenecer a una religión y estar llena de hábitos deshonestos, como robar o matar, y pretender que con rezar un Padre Nuestro mis pecados serán perdonados y tendré la bienvenida al cielo, pero en un mundo sin religiones, ¿quién se supone que me salvaría? Y justo ahí, entra la ética como pilar fundamental.

—Sin el legado de Jesús, el concepto de ética no existiría —me interrumpió una chica que nunca había escuchado intervenir. Hablaba muy bajo y vestía demasiado recatada—. Los mandamientos son explícitos: No matarás. No robarás. Ellos nos orientan a una vida libre de pecados. De la religión proviene la ética.

En su mirada se lograba ver un aire de superioridad.

—Creo que Victoria tiene razón —soltó Emily—. La ética actúa de forma autónoma. Si matas a alguien, el mal está hecho. Aunque te confieses y repitas tres veces el Ave María, esa persona ya no puede revivir. Tu creencia de que al lograr el perdón de Dios quedas liberado, te llevó a cometer ese pecado. Entonces, la propia religión te convierte en alguien permisivo con falta de moral.

Apoyó mi punto de vista, pero su intervención me hizo querer llevarlo a otro nivel, uno más personal.

—Hablar de temas religiosos abarca muchos conflictos, y podemos decir que las diferentes creencias religiosas nos han llevado a matarnos entre nosotros mismos. Guerras, atentados terroristas, abuso de niños que la iglesia oculta, la prohibición del uso de preservativos por considerarse una blasfemia contra Dios, y ni hablar de lo que genera el tema de dos hombres o dos mujeres que se enamoran. La religión siempre ha sido la principal causa de intolerancia social en el mundo.

Sabía que hablar de eso generaría un torbellino de comentarios.

—Dos hombres o dos mujeres besándose. ¡Qué asco! —dijo Lucas.

—Yo creo en Dios y me gustan las mujeres, pero en el corazón nadie manda —opinó Santiago, y su perfección me irritaba.

—Es una aberración y no tiene nada que ver con la tolerancia o la ética. Ese tipo de personas van al infierno —intervino la chica otra vez.

—¿Se imaginan que todos fuésemos gay? No existirían los bebés. —Amanda era más hueca de lo que pensaba.

—Yo creo que el amor es amor, sin importar si viene de dos mujeres o de un hombre y una mujer —dijo Daniela, sin titubear.

—Exacto, al final no le están haciendo daño a nadie —agregó Laura.

—¿Tú qué piensas, Emily? —le pregunté, y la cara se le puso roja como un tomate. Reconocía su mirada. ¡Quería matarme!

—¿Qué tiene que ver ese tema con la pregunta inicial del señor Wayne? —intentó evadirme con otra pregunta.

—Aunque no lo crea, tiene mucho que ver, señorita Wilson. Y agradezco a su compañera por traer a colación un tema tan trascendental hoy día —emitió el profesor, que parecía satisfecho por el desborde de comentarios que generó mi intervención.

—A todos nos gustaría escuchar tu opinión, Wilson —incité.

El silencio fue inminente. Todos teníamos la mirada puesta en ella. Llevó su mano a la punta de la nariz y el pestañeo rápido me ayudó a notar que estaba demasiado nerviosa, pero no le daría tregua. Inconscientemente estaba molesta por lo de Tommy, y luego por Santiago. Esa era mi forma de «vengarme», aunque ella no estuviera enterada de nada de lo que pasaba por mi cabeza. Sabía que no era justo acorralarla de esa forma, pero su respuesta, de alguna manera, era necesaria para mí.

En el momento en el que iba a responder, sonó la campana que daba por finalizada la clase. Un respiro hondo que no pudo disimular, y esas ganas de matarme, fueron percibidos por mis ojos.

—La respuesta de la señorita Wilson queda pendiente para la siguiente clase —manifestó el profesor, guardando sus cosas en un maletín para proceder a retirarse.

Salimos y me dirigí al baño. Antes de que pudiera cerrar la puerta, Emily llegó detrás de mí y puso el seguro. Se veía furiosa.

—¿Me puedes explicar qué demonios fue eso? —Me pegó contra la pared, quedando frente a mí con su entrecejo exageradamente fruncido por efecto de su molestia.

—Se te está haciendo costumbre acorralarme en los baños —bromeé, y su expresión facial me decía que no era una buena idea.

—No estoy para tus bromas, Victoria. Lo que pasó entre nosotras fue un error. Un simple beso que no nos hace lesb... —titubeó—. Fue algo sin importancia, ¿*okey*?

—Si fue algo sin importancia, ¿por qué te pones tan nerviosa? ¿Y por qué no dejas de mirarme la boca? —La giré, poniéndola a ella contra la pared y sus nervios se multiplicaron.

La tenía tan cerca y mis ganas de besarla cada vez eran más difíciles de controlar. Estaba a centímetros de mí y no le veía intenciones de alejarse. Sus labios se separaron como dándome permiso. Sus ojos me decían que también lo deseaba. Podía sentir nuestros corazones latir al mismo ritmo, y la falta de aire aceleraba mi respiración. Acaricié su brazo de abajo hacia arriba, y la vi cerrar los ojos para dejarse llevar por la sensación de mis dedos rozando su piel. Quería besarla, y pude haberlo hecho de no ser por un sonido en la puerta que la hizo separarse inmediatamente de mí. Empujó mi cuerpo lejos de ella para luego correr a la salida, en donde encontraría a la persona que había interrumpido el momento.

—¡Ten cuidado, idiota! —dijo Amanda, quejándose porque Emily la tropezó al salir, y ella ni la determinó—. Te estaba buscando. ¿Qué haces aquí y por qué la puerta tenía seguro?

—¿Perdón? ¿Desde cuándo debo pedirte permiso para hacer lo que quiera? —Amanda me miró indignada. No estaba acostumbrada a que le respondieran así, pero yo no era una de sus chicas amaestradas. Y claro, la molestia porque nos haya interrumpido, jugó un papel importante en la actitud que tomé hacia ella.

Era hora de ir a la siguiente clase. Salí del baño azotando la puerta y mi mal humor estaba en su máximo nivel, o por lo menos eso pensé, hasta que la persona que menos quería ver dijo mi nombre.

—¡Oye, Hamilton! —No sé si era porque me había llamado por mi apellido materno o simplemente porque se trataba de él, pero Santiago llevó mi mal humor a un nivel insuperable—. ¿Cómo la terminaste de pasar en mi fiesta? ¿Nicotina te raptó? Porque no te volví a ver después.

—No seas indiscreto, mi amor. No es asunto tuyo lo que hizo Victoria en la fiesta —intervino Emily—. Ignóralo. Es un curioso de primera categoría.

Se paró frente a él y comenzó a peinarle el cabello con sus dedos. ¿Lo estaba haciendo a propósito o siempre era así de cariñosa?

—La verdad la pasé muy bien. Y me encantó tu jardín. Es muy bonito, y se ve que oculta muchos secretos. —Emily me miró amenazante.

—¿Secretos? No entiendo —preguntó, confundido.

—Emily, ¿no le contaste a tu novio lo que pasó en el jardín? Perdón, es que los veo tan unidos que no pensé que tendrías problema en contarle.

Estaba demasiado nerviosa y yo lo disfrutaba como nunca.

—No estoy entendiendo nada. ¿Qué fue lo que pasó en el jardín? —inquirió Santiago, ya un poco más serio.

—Yo le dije a Emily que no debía sentir vergüenza por lo que pasó. Que fue algo sin importancia, pero parece que no me hizo caso. Te lo cuento yo entonces.

—Victoria, por favor. —Dio un paso hacia mí, y con su mirada me rogaba que no lo hiciera.

—No pasa nada. Estoy segura de que Santiago no se va a molestar y tampoco se lo contará a nadie. Se ve que no te haría algo así. —La aparté y me enfoqué en su novio, quien literalmente tenía un signo de interrogación dibujado en sus cejas—. Te cuento... Lo que pasó fue que tu novia tomó tequila como agua, la encontré mareada detrás de un árbol y cuando me le acerqué para ayudarla. —Hice una pausa con toda la intención de torturarla y lo estaba logrando. Puedo asegurar que estaba que se hacía en los pantalones—: Me dijo que necesitaba urgente un baño, pero que le costaba caminar y seguro no llegaría, así que la convencí de que orinara allí mismo. Así es, tu distinguida novia hizo pipí como macho en tu hermoso jardín.

Santiago soltó una carcajada y se fue encima de ella, llenándole la cara de besos, mientras le decía que era una tonta, que no tenía que sentir vergüenza con él por esas cosas y que le parecía la niña más tierna del planeta. La besaba con dulzura, sujetando su cara con las dos manos, y ella tenía una sonrisa forzada en sus labios. No quitaba su mirada de mí. Se veía que todavía estaba pasando el susto. Los dejé solos en el momento en que ella correspondió sus besos y vi sus lenguas rozarse.

El estómago se me revolvió y un calor intenso recorrió mi cuerpo. Se sentía horrible. Desagradable. ¿Así era estar celosa? ¿Por qué se suponía que lo estaba? Empecé a desarrollar un sentido de posesión por alguien que no me pertenecía. Verla acariciarlo. Escucharla decirle «mi amor» y luego besarlo de esa forma, me hizo entender que había llegado tarde. Que efectivamente lo que había pasado entre nosotras, era un simple error. Algo que jamás debió pasar. Estaba molesta, pero no era con Emily ni con él. Santiago ni siquiera me caía mal. Su amor por ella se veía a kilómetros de distancia. Era perfecto. Merecía tenerla y eso era lo que más me quemaba internamente. Quería dejar de pensar en la posibilidad de que ella también sintiera lo mismo. No quería recordar lo que sentí la primera vez que me besó. Tampoco el torbellino de emociones que me producía tenerla cerca. No era cuestión de luchar por lo que quieres, ni mucho menos de valentía. Ella lo amaba a él, y a veces la realidad te golpea como una cachetada en la cara en plena madrugada, y el destino... el destino es un hijo de puta que te hace creer que lo tienes todo, para después reírse de ti cuando te descubres siendo nada.

# QUÉDATE CONMIGO
*Emily Wilson*

Los últimos días habían sido los más incómodos de mi vida. Ignorar la presencia de Victoria era mi objetivo después de lo que pasó el lunes en la clase de Ética y Religión, y luego en el baño, pero su broma frente a Santiago fue la gota que derramó el vaso.

El problema era que ella me lo estaba haciendo muy difícil. Se convirtió en la favorita de todos los profesores por su habilidad para debatir sobre cualquier tema. Sus intervenciones generaban siempre una participación activa por parte de todos. Era inteligente, apasionada al hablar y cuestionaba hasta lo más simple con bases bastante interesantes. Su mente era extremadamente atrayente. Y yo, contrario a ella, me costaba concentrarme. Los días se hacían lentos y la tenía presente en cada instante. Quería tenerla lejos y al parecer ella también a mí, porque no me volvió a hablar ni a cruzar mirada conmigo. Era lo mejor, pero no entendía por qué si eso era lo que quería, me pesaba tanto que no me hablara.

Supe que algo no estaba bien conmigo cuando al besar a Santiago frente a ella, descubrí que lo hacía solo para molestarla. Yo nunca le había dicho mi amor y mucho menos era tan cariñosa con él: «Vas a tener que hacer cosas vergonzosas más seguido, si eso te lleva a que seas un osito cariñoso conmigo», fue lo que me dijo Santiago, una vez que Victoria nos dejó solos.

Pero lo que realmente me asustó fue que en cada beso que él me daba, estaba ella presente. Su sabor, su olor, la textura de sus labios. No podía quitármelo de la cabeza y estaba volviéndome loca.

Por fin era viernes. El profesor de filosofía no asistió, así que no tuve que hacer grupo con ella para la evaluación de la última actividad. Estaba esperando que Jorge fuera por mí, y Santiago se quedó conmigo. Durante la espera, insistía en que lo acompañara el sábado a una fiesta que había organizado Nico en un club privado, para celebrar la firma de su segundo disco.

—¡*Hey*, Hamilton! Me dijo Nico que eres su invitada especial mañana, ¿es verdad? —le preguntó a Victoria, quien iba pasando rápido frente a nosotros—. Emily no quiere acompañarme, así que tendré que ser su mal tercio, pero tranquila, les daré su espacio.

—No me negué a ir. Te dije que lo iba a pensar —expresé por impulso.

No le confirmé en el momento, pero ya había decidido ir a una fiesta a la que no quería asistir. No sé por qué cambié de opinión. No me emocionaba la idea de presenciar dos fiestas en una misma semana prácticamente, pero Victoria iría con Nico. ¿Estaba saliendo con él? Quería saberlo y la curiosidad me impulsó a cambiar de parecer.

Santiago pasó por mí puntual. Llegamos a la fiesta y nos dirigimos a saludar a los chicos de la banda. Había artistas del mundo de la música y algunos del cine. Ya me estaba arrepintiendo de haber asistido. Demasiada vanidad reunida en un solo lugar.

—No veo a tu invitada especial. Se me hace que estás haciéndote ilusiones con alguien que te da el vuelo. La chica Hamilton no está interesada en ti —dijo Santiago, burlándose de su amigo.

—¿Te dejaron plantado, bebé? —me burlé.

Sentía un alivio extraño en mi cuerpo. Como cierta satisfacción. Que no se presentara, de alguna manera me hacía feliz. No me siento orgullosa de admitirlo, pero de igual forma, pronto entendería que la felicidad me iba a durar muy poco.

—Qué lástima que no pueda quedarme a escuchar su mala vibra ¡Envidiosos!, pero tengo que recibir a la dueña de mi corazón que acaba de llegar y viene caminando directo hacia este pechito —señaló Nico, y miraba al frente como un niño viendo una vitrina llena de dulces.

—¡Estás preciosa, Victoria! —dijo, mientras le daba un beso en su mano y luego otro en la mejilla.

No mintió. Se veía increíble. Llevaba puesto un pantalón de cuero negro que se ajustaba perfectamente a su cuerpo. Un *crop top* plateado que dejaba su pecho, espalda y caderas descubiertas. Por lo que vi, ahora traía su cabello con un estilo californiano, y un tatuaje que bordeaba su brazo y que la hacía lucir bastante *sexy*. Y yo... yo no podía dejar de mirarla por mucho que me esforzara.

—Emily estaba apostando a que me habías dejado plantado, pero yo sabía que ibas a venir —dijo Nico, y deseé que me tragara la tierra.

—¿Apostando en mi nombre, Wilson? A quien no esperaba ver era a ti. ¿Viniste a cuidar a tu novio? —Victoria tenía un delineado en sus ojos que hacía que su mirada fuera más intensa. Era tan penetrante que lograba intimidarme sin esfuerzo.

—Ven, quiero presentarte al resto de la banda. —Nicolás la tomó de la mano y ella no hizo ninguna oposición.

Todo daba indicios de que estaban saliendo. Nico no se despegó de Victoria en lo que iba de noche. Se le salía la baba cada vez que le decía algo al oído, y ella sonreía coqueta. Santiago no paraba de hablarme, pero mi atención no estaba en él, hasta que dijo algo que me hizo revolver el estómago al punto de querer vomitar.

—Hacen bonita pareja, ¿verdad?

—Nico está embobado, pero no sé, a ella no le veo interés en él.

—¿Tú crees? Porque yo la veo bastante a gusto a su lado. Te aseguro que mi amigo en cualquier momento le come la boca ¡Mírala! Se lo está pidiendo a gritos con la mirada.

Su comentario me hizo hervir la sangre. No la estaba pasando bien. Santiago me estorbaba. Quería que se callara o que mis pensamientos lo hicieran. Necesitaba un trago. Nunca fui de las que resolvían sus problemas con alcohol, de hecho, ni siquiera tomaba, pero fue la única salida que encontré para olvidar lo que estaba sintiendo. No había tequila, pero el vodka me ayudaría a resistir lo que estaba a punto de ver.

Él puso sus manos por la cintura de Victoria y la acercó a su cuerpo con una sonrisa seductora en su cara. Deseé que no pasara lo que creía que iba a pasar. Estaba deseando con todas mis fuerzas que no la besara. Rogué que ella no dejara que lo hiciera, pero mis súplicas no fueron escuchadas. La besó y Victoria correspondió al beso.

Nunca había sentido algo parecido. Era como si me estuviera quemando por dentro. Las manos se me pusieron frías. Dejé de escuchar los sonidos de mi alrededor. Y todo se movía más lento. Me faltaba el aire y no me gustó nada lo que me produjo verla besándolo. Perdí la cuenta de cuantos tragos me tomé solo en ese instante que duró el beso.

En ese momento entendí que hay cosas que no podemos hacer solos. Como aprender a caminar o a montar en bicicleta. Siempre se necesita que alguien más te enseñe, y por primera vez sientes miedo. Te asusta pensar que esa persona te suelte y puedas lastimarte. Y aunque te digan que existe la posibilidad de que te caigas y te rompas, pero que ninguna sensación se compara con lo que sentirás al vivirlo, aun así, el temor te paraliza. Lo mismo sucede con el amor. Llega de forma misteriosa, de manera repentina y con la persona más inesperada. Y te dicen que amar es fácil, pero ¿realmente lo es? Me hubiese gustado que ustedes me hubieran ayudado a responder esa pregunta ese día en el que vi sus labios unirse a otros que no eran los míos.

Me costó encontrarle el sentido a lo que mi corazón estaba sintiendo en ese momento cuando el miedo se apoderó de mi cuerpo, al descubrir la verdad que había estado ignorando, porque justo ahí, supe que ella me importaba más de lo que podía aceptar, y era Victoria en brazos de otra persona, quien me enseñaba que enamorarse duele tanto como caerse cuando intentas caminar o aprender a manejar bici por primera vez.

—¡*Hey*! Se quedan en su casa. Nosotros ya nos vamos —dijo Nico, quien tomaba la mano de Victoria como si fuera su premio de la noche.

—No se pueden ir —respondí sin pensar—. ¿Cómo vas a dejar a tus invitados solos? Vinieron por ti. Nosotros vinimos por ti.

—Todos la están pasando bien. La mayoría vino por las fotos y el alcohol. Además, la única que me importaba que viniera era Victoria. No se ofendan, chicos, ustedes me entienden. —Nos guiñó un ojo y la miró sonriente. Quería golpearlo y quitarle esa estúpida sonrisa de la cara.

No podía seguir soportándolo, así que me fui corriendo. Entré al baño y apoyé mis brazos del lavamanos intentando calmarme. Todo me daba vueltas. Demasiado alcohol otra vez.

—¿Todo bien, Wilson, o te volviste a pelear con tu amigo el mexicano? —Era Victoria. No quería verla, pero sentí alivio al saber que no se había ido todavía.

—Tomé vodka, pero eso no es asunto tuyo, así que déjame en paz.

—¡Uy! Por lo visto el ruso te pone de muy pésimo humor —respondió, y estaba odiando su forma de hablar más que nunca.

—¿Acaso no te ibas con Nico? ¿Qué haces aquí? No lo hagas esperar, que se ve que no puede estar mucho tiempo separado de ti ni de tu boca. —El alcohol no me permitía pensar antes de hablar.

—¡*Opa*! ¿Es una escena de celos o son ideas mías, señorita? —me dijo, acercándose a mí.

Me quedé en silencio, reconociendo lo que me hacía sentir tenerla cerca. Aceptando lo mucho que me gustaba sentir su olor. No tenía ganas de contradecirla. Me asustaba decir algo que la impulsara a irse con él, pero también me aterraba que se quedara tan cerca de mí.

—¿Por qué lo besaste? ¿De verdad te vas a ir con él? —le pregunté, con un tono de voz más bajo de lo normal, y me arrepentí en el mismo instante en que lo hice. Realmente no quería escuchar su respuesta y estaba deseando que no hubiese entendido o escuchado lo que dije.

—¿Por qué te importa?

—Solo dime la razón que te motiva a irte con él.

El alcohol me daba más valor del que tenía, y sin darme cuenta mis manos llegaron a sus caderas, y su cuerpo se estremeció. Supongo que porque las tenía muy frías.

—Dime tú una para no hacerlo —musitó.

Y no pude... no pude decirle que se quedara. Convertí en silencio todas aquellas palabras que quería expresarle. Tuve miedo de decirle que desde ese beso, no había segundo del día que no pensara en ella. Con la incertidumbre perpetua de saber si yo también recorría sus pensamientos. Con el eviterno deseo de no haber sido un simple error, porque ese beso no lo había sido para mí. Pero no podía decírselo, porque yo estaba llena de miedos, y ella representaba todo lo que significaba peligro.

No pude decirle que se quedara porque tenerla cerca me hacía querer más de ella y saberla con él, dolía. No pude pedirle que no se fuera porque siempre aposté por alejarme del caos, porque era de las que sabía alejarse a tiempo, y sí, llámenlo cobardía, yo lo llamo virtud. Y aunque era tarde y no pude detenerla, reconozco que de las mil razones que tenía para alejarme, solo deseaba que una abrazara mis miedos, y me impulsara a decirle «quédate».

Salí detrás de ella y la vi marcharse de la mano de Nicolás.

¿Has sentido alguna vez que perdiste algo que nunca fue tuyo?

Más vodka siguió entrando a mi organismo. Necesitaba dejar de pensar y olvidar que había sido una cobarde. Seguía sin comprender lo que estaba pasando. Días atrás mi vida era normal. Tenía el novio perfecto y odiaba cualquier bebida que contuviera etanol, pero ese día me encontraba bailando sola ♪ *Tightrope – LP* ♪, en una fiesta rodeada de celebridades, con más licor que sangre corriendo por mis venas; y con un nudo en la garganta que no me dejaba respirar.

—No sabía que bailabas tan bien, chica justiciera.

Escuché la voz de Victoria muy cerca de mi oído, y pensé que la ebriedad ya me estaba haciendo alucinar. No había pasado ni veinte minutos desde que la vi marcharse con Nico.

—¿Qué haces aquí? ¿No te habías ido con tu enamorado? —pregunté, a pesar de que me costaba coordinar las palabras por el efecto del vodka.

—Me gustó haberte arrojado a la piscina ebria. Así que me regresé a ver si había una por aquí, ya sabes, para aprovechar la oportunidad y volver a hacerlo. —Sonreí, y no fue por su chiste. Me sentía feliz de que estuviera allí, conmigo.

Lo demás que recuerdo son imágenes borrosas. Yo en la parte de atrás de un auto. Nico manejando. Santiago de copiloto y Victoria sujetando mi mano. O quizá era yo la que la sujetaba a ella, no lo sé, pero tenerla conmigo me hacía sentir bien, aunque las ganas de vomitar eran insoportables. Ella me daba agua y me decía que el mareo se iba a ir pronto. Que apretara fuerte la moneda que me entregó, porque eso me ayudaría a calmar las náuseas o que en caso contrario, apretara su mano. En la radio sonaba ♪*She Loves Control- Camila Cabello*♪, y lo único que recuerdo con claridad es a ella sentada en la punta del asiento, su pantalón de cuero negro ajustado al molde de su cuerpo perfectamente definido, el escote en su espalda que me incitaba a pensar más allá de lo que debía, la brisa despeinando su cabello y sus caderas moviéndose de forma inconsciente al ritmo de la música. Victoria Brown era hermosa.

—Princesa, es sábado y tus papás están en casa. Nunca has llegado así. ¿Quieres que me quede contigo y hable con ellos? —me preguntó Santiago, y ella al escucharlo soltó mi mano.

—No. Victoria se quedará conmigo —afirmé, y ella me miró confundida—. Sí, es que… si llego con una amiga, mis papás no me dirán nada, en cambio, si llego con él, estaré en serios problemas. —Sabía que mis padres no estaban despiertos. Siempre se iban a dormir a las nueve, y la única razón por la que dije eso, era porque no quería que ella se fuera con Nico—. ¿Puedes quedarte conmigo, por favor?

Aceptó quedarse y me ayudó a bajar del carro. Me dijo que intentara caminar derecha y que si mis papás estaban despiertos, hablara solo lo necesario para que no me descubrieran. Yo solo sonreí. Sabía que no iba a ser necesario, pero me gustaba verla preocupada. Quizá no tanto como el hecho de que se había quedado conmigo. Eso sí me hizo feliz. Aunque tenerla esa noche en la misma habitación que yo, resultaría más difícil de lo que podría haber imaginado.

# MÁS QUE UN DESEO CARNAL
## *Victoria Brown*

Emily apenas podía mantenerse de pie. Entramos a su casa y por suerte, sus papás no nos escucharon llegar. No sabía cuál era su habitación y a ella le costaba indicarme el camino. Tuve que rogar para que la puerta que abriera no fuera la equivocada. Me dirigí a la primera que vi, cuando de pronto la escuché decir: «Shh, Shh, ahí duermen mis papás. No queremos despertarlos, ¿o sí?». Me haló llevándome por fin a la que supuse era la suya.

Al entrar a su habitación pensé que encontraría paredes rosas y peluches por doquier, ¿saben? Lo típico de niñas como ella, pero al contrario, su estilo era *vintage*. Tenía una pared repleta de libros y un cuadro de cabecera con la frase: ***Dont'n dream your life, live your dream.***

—¡Ya sé qué quiero! —Se soltó de mi agarre y caminó con dificultad sujetándose de lo que la rodeaba hasta llegar al reproductor—. ¡Quiero seguir bailando!

—¡Estás loca, Wilson! Ni siquiera puedes estar de pie, mucho menos vas a poder bailar —respondí riendo, para luego entender que no debí decir eso.

Emily tomó mi comentario como un desafío. Le dio *play* a la música y empezó a sonar ♪*Rihanna - Love On The Brain*♪. Cerró los ojos para dejarse llevar por el ritmo y caminó en mi dirección.

—«A los que estamos despiertos, la vida nos está gritando que la vivamos», ¿recuerdas? —musitó, mientras bailaba frente a mí mirándome de una forma que juro debía estar prohibida.

Era la música, ella, o tal vez la unión de ambas, lo que hacía que por mi cuerpo corriera una extraña electricidad. Se acercó más a mí y era como si el alcohol sacara otra versión de ella. Una más desinhibida. No había ni una pizca de timidez a la vista. Y yo me paralizaba cada vez que sus manos rozaban mi cuerpo invitándome a moverme. Cada vez que se acercaba a mi oído para preguntarme por qué estaba tan tiesa, o cuando me sonreía de esa forma que la hacía irresistible, mientras movía sus caderas de un lado a otro sensualmente, como si formara parte del viento. Emily tenía el cosmos en los ojos y parecía que la música hubiese nacido para verla bailar. Ella era el reflejo perfecto de todo lo que estaba bien, y los que dicen que la perfección no existe, es porque nunca la vieron bailar. Yo estaba conociendo otra de sus facetas y cada segundo que pasaba, me iba haciendo adicta a tenerla cerca.

—Muy bien, es suficiente por hoy, señorita —dije, recuperando el aire que me faltaba y separándola de mí—: No hay nada mejor que un baño para quitar esa borrachera, y sobre todo, ese olor a ruso que tienes.

Emily refunfuñó. Insistía en que bailara con ella y se quejaba porque no quería bañarse. «Aguafiestas y aburrida», fueron unas de las tantas cosas que me dijo en su momento de malcriadez. La llevé hasta el baño y debí escuchar cuando me dijo que no quería hacerlo. No sé qué me hizo pensar que era una buena idea insistir, pero me di cuenta de que no lo era cuando ya la tenía desnudándose frente a mis ojos. A regañadientes, pero desnudándose.

Iba a irme, pero antes de salir, vi como todavía le costaba demasiado mantenerse de pie. No quería dejarla sola en ese estado y que llegara a lastimarse, pero tampoco podía tenerla así, tan vulnerable... y sin ropa. Intenté adueñarme de mi autocontrol y regresé para ayudarla. La metí en la regadera y se quejó del agua porque estaba fría.

—¡Oye, me gusta bañarme con el agua muy caliente! —dijo, en lo que parecía un berrinche de una niña de siete años.

—Deja de llorar como una bebé y báñate, que hueles a borrachito de plaza —bromeé, intentando actuar normal frente a ella, considerando el hecho de que la tenía completamente desnuda frente a mí.

—Y tú apestas a… —Puso los ojos en blanco y agregó—. Nico —dijo, poniéndose de perfil en un intento de hacerme ver que estaba molesta.

—Mmm, tienes razón. —Olfateé mi brazo—. Pero viéndolo bien, lleva buen perfume —dije para provocarla y ella comenzó a echarme agua en señal de molestia. Sujeté sus brazos para que dejara de hacerlo y se detuvo.

—Mira lo que hiciste. Ahora estoy toda mojada —expresé, señalando mi ropa—. Voy por toallas. —Iba a salir, pero ella me detuvo halándome por la mano y haciendo que quedara muy cerca de su cuerpo, que continuaba desnudo.

El agua caía por nuestros rostros y ella me miraba fijamente. Podía sentir su cuerpo temblar y no era por el frío, porque el agua estaba hirviendo, tanto que me quemaba la piel, pero no como me quemaba tenerla así, desnuda frente a mí.

—No, hasta que quitemos los rastros de ADN que dejó Nico por aquí —indicó, pasando sus dedos por mis labios, y sus celos, acompañados de esa voz de niña chiquita, me estaban volviendo loca. No debía estar permitido sentir todo lo que su cercanía le estaba ocasionando a mi cuerpo.

Sus dedos recorrían mis labios, al mismo tiempo que ella mordía los suyos. Su respiración se tornó acelerada y la mía le seguía el ritmo. Mi mente intentaba convencerme de que no era correcto. Ella tenía novio. Estaba ebria y además, era una chica.

Como pude me escapé de sus manos. Un segundo más sintiendo su respiración tan agitada, y mi fuerza de voluntad se hubiese ido por el desagüe. La saqué de la ducha y la ayudé a ponerse el pijama. Me dijo que tomara uno para mí también y lo hice después de acostarla. Frente a su cama había un sofá. Me iba a dirigir a el cuando sentí su mano tomar la mía.

—¿A dónde vas? —preguntó.

—Tú ya tienes que dormir y yo dormiré allá —respondí, señalando con mi boca el sofá.

—No. La cama es lo suficientemente grande como para que entremos las dos en ella. Además, no seas tonta, aquí dormirás más cómoda y prometo que no muerdo. —Se rodó, dejándome libre un espacio.

Me acosté y estuvimos en silencio por unos minutos. Ella no dejaba de dar vueltas; parecía inquieta. Hasta que en un momento dejó de hacerlo y se dedicó a observarme.

—No te dije, pero me gusta mucho tu nuevo *Hair Look* —expresó, acercándose para acariciar mi cabello—. Aunque te lo hayas hecho para Nico, te queda muy bien —musitó, y yo sonreí al descubrir que estaba celosa.

Quise decirle que realmente esperaba encontrármela en esa fiesta. Que él no me interesaba. Que solo me dejé besar porque sabía que ella nos iba a ver y a mí me estaba pesando verla con Santiago. También quería decirle que le pedí a Nico que me llevara a casa porque no podía seguir teniéndola cerca y tan lejos al mismo tiempo. Y que regresé porque verla celosa, me había llevado a preguntarme si yo le estaba importando tanto como ella a mí, y solo quería una respuesta. Pero no lo hice, y opté por convertir el silencio en mi mejor aliado.

Ella seguía aproximándose más a mí y no entendía por qué se empeñaba tanto en estar tan cerca. Tampoco comprendí cómo era posible que no se diera cuenta de que necesitaba mantener la distancia, porque mis ganas de ella iban en aumento y no podía controlarlo por mucho tiempo.

—Esto también me gusta mucho. —Pasó sus dedos siguiendo las líneas de mi tatuaje—: Y tu piel es tan suavecita. Más que mi almohada.

Recostó la cabeza en mi hombro y su respiración estaba haciéndome cosquillas en el cuello que bajaban hasta partes que no me gusta admitir, y que en ese momento me hicieron sentir muy nerviosa y avergonzada.

—¡Mira qué tenemos aquí! «¡Quinientas veces tu nombre!» —exclamé, leyendo en voz alta el título del libro que se encontraba en su mesa de noche—. Vamos a ver qué es lo que lees, Wilson. —Me levanté para hojear aleatoriamente una página del libro como excusa perfecta para separarme de ella—: «Ya ven... Supongo que la magia, una vez que la encuentras, no puedes dejarla ir».

Leí lo primero que vi en negritas y esas palabras me llevaron a nuestro primer debate en clase de filosofía, cuando dijo que el mundo estaba lleno de personas que eran magia, y ahí empecé a entender a lo que se refería ese día. Quise disimularlo buscando otra página, pero fue peor:

—«Algunos miedos se curan con besos, y algunos besos te enseñan que el amor nunca puede ser un error». —Otro párrafo que tenía su nombre. Parecía que aunque intentara escapar, no podía, porque todas las puertas me llevaban a encontrarme con ella. Sentí como si el universo quisiera hablarme. Como si intentara darme las respuestas a todas esas preguntas que me hacía desde que la conocí. Miré a Emily, y su forma de verme me hacía palpar la verdad que se escondía en ese fragmento del libro que acababa de leer.

—En un beso decimos todo lo que por miedo no nos animamos a expresar. Así que no puede ser un error, ¿no lo crees? —preguntó, y su voz perdió fuerza al final.

Escucharla decir eso y la forma en la que me estaba mirando, hizo que mi juicio se disipara. No pude controlarme. Necesitaba de ella. Quería seguir descubriéndome a través de sus labios y la besé. En esa oportunidad no había dudas. El miedo no estuvo presente. Su lugar lo ocupó un deseo desenfrenado de descifrar qué había más allá. Sus manos llegaron a mi abdomen, pasaron a mis caderas y me apretaron como quien no quiere dejarte ir. Yo también me dejé llevar sin pensarlo; y de forma descontrolada mis manos llegaron a su vientre para luego aterrizar en sus senos. Acaricié suavemente sus pezones mientras besaba su cuello. Mordí el lóbulo de su oreja y un gemido salió de su boca. Me sentía como una bomba a punto de estallar y escucharla pudo haber sido el detonante que me hiciera perder por completo el control, pero no lo fue.

Me separé en un intento de recuperar la cordura. No era correcto. No así. No con ella ebria. Emily tenía sus ojos cerrados, como si estuviera sintiendo mis besos todavía. Si me quedaba mirándola un segundo más, nada iba a poder detenerme, así que le dije que necesitaba ir por agua y salí de la habitación sin esperar respuesta.

Tardé lo más que pude, y al volver ya estaba dormida.

Me acosté en el sofá en donde debí hacerlo desde el principio. Mi cabeza parecía un crucigrama. Intentaba entender lo que ella me hacía sentir. Había besado muchos labios, tocado muchos cuerpos, y pasar la noche con alguien no era algo nuevo para mí; como les dije una vez, siempre me he dejado llevar por los excesos y sin pensar en parar. Lo disfrutaba hasta cierto punto, sin involucrarme más de lo necesario. Con ella todo era diferente porque Emily es de las que logran convertirse en excepción. De las que llegan para romper todas tus reglas, y enseñarte que hay cosas que simplemente no puedes evitar. Que hay personas que te demuestran que no importa si está prohibido, si no es correcto o si viene en una cajita con un letrero que diga «imposible», tenerla en tu vida, transformándote y sacando lo mejor de ti, hace que cualquier cosa que no incluya tenerla cerca pierda su fuerza.

Desperté temprano o es posible que ni siquiera haya dormido. No lo sé. Abrí las persianas dejando entrar la luz y ella se quejó pidiéndome que la cerrara, mientras cubría su rostro con la almohada.

—¡Ya es hora de despertar, *Aurora*! Aunque te pareces más a un vampiro huyendo de los rayos del sol que a *La bella durmiente* —bromeeé—. A menos que seas una princesa moderna, de esas que amanece con resaca después de una buena borrachera con vodka.

—Déjame en paz y baja la voz que me estás taladrando el cerebro —dijo, metiéndose bajo sus sábanas.

—Tómate esto. Te ayudará con el dolor de cabeza. —Le entregué una aspirina y un vaso con agua—. Y esta sopa te hará volver a la vida, ¡ya verás!

—¿Quién la hizo? —preguntó, confundida.

—La receta es mía, pero Tete me ayudó con los ingredientes. Es muy linda y se ganó mi admiración cuando me dijo que te cuida desde que tienes tres años. Cuidarte a ti... ¡Eso si es admirable! —Ella sonrió y puedo decirles que hacerla reír con mis estupideces, se estaba convirtiendo en mi pasatiempo favorito.

Se tomó toda la sopa y cuando iba a ponerse de pie, la vi quejarse mientras revisaba su abdomen. Un rasguño que no sabía cómo se lo había hecho, fue el causante de su quejido. Me quería morir. Había sido yo. ¿Cómo pude ser tan estúpida para no controlarme y hacerle daño? Por suerte, no le dio muchas vueltas al asunto.

El hecho de que no supiera el origen de su rasguño, el dolor de cabeza que la estaba matando y su actitud normal hacia mí, me daban indicios de que no recordaba nada de lo que había sucedido la noche anterior. Allí supe que separarme de ella fue lo más acertado y aprendí que lo correcto siempre va a ir de la mano con el consentimiento de la otra persona. No sabía si besar a Emily y llegar al punto de tocar una de sus zonas privadas, había sido correcto, considerando el hecho de que se encontraba bajo los efectos del alcohol y no recordaba absolutamente nada, y no saber la respuesta a eso con exactitud, me hacía sentir una persona despreciable. Aunque mis besos no tuvieran ni una pizca de maldad, porque lo que ella generaba en mí, iba más allá de un deseo carnal.

# FELIZ SAN VALENTÍN
## Santiago De Luca

Tenía once años cuando mis padres decidieron mudarse de Manhattan. Querían una ciudad en donde la celeridad y el excentricismo no fueran el pan nuestro de cada día. *Luck City* les ofrecía exclusividad y prestigio, pero sin el bullicio de una metrópolis que nunca duerme. Era una pequeña ciudad que colindaba con Estados Unidos. Me obligaron a dejar mi vida y me sentía furioso. Me quitaron mi escuela y mis amigos. Echaría de menos desde mis juegos de futbol todas las tardes, hasta el lugar donde vendían mis hamburguesas favoritas. No les hablé durante todo un mes y tampoco tenía pensado hacerlo, hasta que ella apareció.

Emily Wilson pasó frente a mí y la cola de su cabello se movía al ritmo de su caminar. Era negro como la noche y sus ojos azules como el mar. Si mal no recuerdo, iba acompañada de dos amigas, pero yo no podía ver a nadie más. Era la niña más hermosa que había visto en mi vida. El idiota del instituto empezó a molestarla y no quería que nadie la tocara. Tuve la necesidad de protegerla. De cuidar de ella… así que la defendí. Le regresé la bufanda que le habían quitado y me regaló una sonrisa, la más bonita que había visto jamás. Llegué a casa y le dije a mis padres que había conocido a la chica más linda del mundo y que cuando fuera grande, quería casarme con ella. Estaban tan felices porque volví a dirigirles la palabra que, al día siguiente, ya la habían invitado a una reunión familiar.

Desde ese día, Emily le dio sentido a un sitio que no era mío. Se convirtió en mi nuevo hogar. Cuando las ganas de recuperar mi vida me afligían, siempre estaba ahí para mí. Siempre me preguntaban qué era lo que había visto en ella, si tenía a tantas chicas interesadas en mí, pero es que si tan solo pudieran verla a través de mis ojos, quizá podrían entender por qué me enamoré desde el primer momento que la vi. Emily es la niña más noble que conozco. Nunca intenta ser alguien que no es. Es fiel a lo que cree y el bienestar de los demás para ella es lo primero. Tiene una forma de ver la vida que la diferencia de todas las personas que conozco. Sus metas son su prioridad y con su autosuficiencia te dice que la puedes acompañar, siempre y cuando, no intentes cortar sus alas. Pero lo que ella no sabía, era que yo amaba verla volar.

Empezamos siendo amigos. Compartíamos todo el tiempo. Si yo quería ir al parque o al cine, pedía que la invitaran también. Mis momentos se hacían mejor si ella estaba conmigo. Cuando Nico la conoció, dijo que era el amor de su vida. Quise matarlo. Por primera vez tuve el deseo de romperle la cara a alguien y era a mi mejor amigo, pero nunca he sido una persona que resuelve las cosas con violencia. Me esforcé en conquistarla y el día que cumplió trece, fue la batalla final entre Nico y yo. Nos paramos frente a Emily y le confesamos nuestro amor. Le dijimos que tenía que escoger a uno de los dos. Nico quiso llevarme ventaja dándole un regalo. Era una cajita musical que cuando la abrías estaba campanita bailando. Él sabía que le gustaba *Peter Pan* porque yo se lo dije. Era un tramposo, pero yo la conocía y la amaba más que él. Me dedicaba a descubrir lo que le gustaba, lo que la hacía feliz; y fue por eso que opaqué el regalo de Nico dándole la cámara analógica que siempre quiso. Ella decía que los momentos deben guardarse de forma genuina, sin filtros ni ediciones, porque así mantienen su esencia. Los ojos le brillaron de felicidad. Se acercó y me dio un beso en la mejilla mientras sujetaba mi mano, sonriendo. Fue el día más feliz de mi vida.

Desde entonces, Emily y yo empezamos una relación que se salía de lo común. No era celosa ni posesiva. Le gustaba que tuviéramos nuestra libertad, y a mí también. No éramos de ese tipo de parejas que hacen todo juntos y que se piden permiso para dar el mínimo paso. Yo podía ir a fiestas sin ella y sus amigos ocupaban gran parte de su tiempo y atención. Tampoco tenía problema con eso. Creo que no tenerla conmigo todo el día, me daba la oportunidad de valorar y disfrutar las horas que pasábamos juntos. Cuando estaba conmigo sentía que todo iba bien, que nada me faltaba. Amaba hacerla reír y era muy buena escuchando. Podía hablarle de cualquier estupidez y siempre estaba atenta. Nunca me hacía sentir un tonto, aunque yo sabía que lo era. Cada vez que tenía sueños raros, me ayudaba a descifrarlos. Como esa vez que le dije que había soñado con ardillas que me perseguían o cuando soñé con mi amigo Henry que había fallecido cuatro años atrás. Le conté que había soñado con nuestras aventuras de niños y que tuve la sensación de que quería llevarme con él, pero en el sueño también estaba ella, y sujetaba mi mano haciéndome sentir que nada malo pasaría. Desperté alterado y Emily estaba de viaje con sus papás. Eran las cinco de la mañana cuando le escribí por *WhatsApp*, y ahí estaba, disponible para mí. Se metió en *Google*, me buscó lo que significaba soñar con eso y logró calmarme. Emily no era de demostrar su amor con cariños o palabras bonitas, pero en sus actos me hacía sentir que realmente le importaba, y para mí eso era suficiente para amarla como lo hacía.

Llegué al instituto antes que todos. El día de San Valentín para nosotros era una fecha cualquiera, pero esta vez quería que fuera especial. Flores, chocolates y globos eran un cliché, pero yo no me caracterizaba por ser el más original, así que eso fue lo que le llevé.

Todos entraron al salón, incluyendo el profesor de la clase que correspondía en la primera hora. Emily venía en compañía de Victoria. Al parecer, después de la fiesta de Nico, se hicieron muy amigas. Su cara se puso como un tomate cuando me vio adornado con flores y todas esas tonterías. Me sentía un payaso, pero por ella estaba dispuesto a pasar la vergüenza de mi vida.

—Perdone, señor Wayne, me gustaría que me regalara unos minutos de su clase para comunicar algo importante —le solicité al profesor.

—A un joven que todavía usa los métodos de la antigua escuela para conquistar, no se le puede cortar las alas, señor De Luca. Adelante —expresó el profesor, dándome permiso para hablar y yo estaba muriendo de nervios.

—Emily, sé que no te gusta llamar la atención y es posible que después de esto quieras matarme, pero tenía que correr el riesgo. No quiero tener miedos ni limitarme cuando se trata de expresar lo mucho que significas para mí. —Me miró fijamente y me costaba entender lo que me decían sus ojos.

Saqué una hoja de mi bolsillo para proceder a leer lo que le había escrito:

Es tonto pensar que no me enamoraría de ti, pero a quién quiero engañar. Lo hice hasta los huesos y se siente bien quererte.

Es por eso que quiero que sepas que lo que siento y lo que soy cuando estoy contigo te pertenece.

Y te quiero para mí, pero no en el sentido de pertenencia. No para que seas mía.

Te quiero a ti, que es diferente.

Te quiero con todo lo que representas. Enseñándome el amor libre. Buscándome en los detalles más pequeños, en esos donde sin querer, también puedes encontrarme.

No pido que seas mía, porque incluso si pudieras serlo, no me pertenecerías.

Vivirías en mí, pero no por mí ni para mí, porque mis brazos serían tu refugio para cuando quieras encontrar paz. Mis manos solo servirían para guiarte cuando tus miedos quieran nublar tu camino. En mis ojos podrás encontrar el valor de aquello que ha perdido el sentido. Mi corazón sería tu hogar, ese lugar seguro al que siempre querrías llegar después de una tormenta o de una de esas noches frías que solo te saben a nostalgia.

No te quiero mía, te deseo tuya queriendo ser de la vida.

No te deseo mía, te quiero tuya, pero conmigo.

Arrugué la hoja y con ella la vergüenza que estaba sintiendo, así como también las ganas de matar a Lucas que no dejaba de reírse. Me acerqué a Emily y tomé su mano. Su expresión facial no me decía nada, pero sus manos estaban más frías de lo normal.

—Princesa, sé que no le hemos dado formalidad a lo nuestro, pero hoy quiero que eso cambie —le dije, nervioso.

—¡Qué creativo! Le pedirás que sea tu novia justo el día de San Valentín. Bastante original, ¿no lo crees? —me interrumpió Daniela, que no tenía pelos en la lengua para decir lo que pensaba.

—¿Por qué estas cosas no me pasan a mí? —agregó Laura.

—Ya callen a las comadres que Romeo tiene algo importante que decir —se burló Lucas.

—¿De verdad tenemos que parar la clase por este circo barato?

Amanda siempre soltaba su veneno.

—Dejen hablar al joven Santiago, por favor. Este tipo de declaraciones de amor están en peligro de extinción. Así que aprovechen cuando vean una porque es posible que sea la última —intervino el señor Wayne.

Emily y yo no necesitábamos etiquetas ni darle nombre a lo que teníamos. Yo confiaba en ella y le era fiel hasta con el pensamiento. No buscaba más nada porque a su lado tenía todo lo que soñé alguna vez. Me sentía afortunado. Y aunque no me presionaba para que le pidiera oficialmente que fuera mi novia, yo empecé a sentir la necesidad de pedírselo. No por hacerla sentir de mi propiedad, sino para que supiera que lo que quería era serio.

A veces pensaba en por qué no lo hice antes. Nunca dudé de mi amor por ella y de lo feliz que era de estar a su lado. Si me preguntaban sobre mi futuro, Emily siempre estaba en él. Y aunque nunca me ha asustado nada, puedo decirles que, pensar en perderla, era lo que más me aterraba. No porque no pudiera vivir sin ella, sino porque su compañía lograba hacerme sentir que el mundo tenía más sentido, o por lo menos mi mundo. Dicen que los ojos son el espejo del alma y estoy seguro de que si miraran los míos, solo la encontrarían a ella. Yo la miraba y podía ver lo eterno que puede ser un segundo. La veía y era ese para siempre en el que nunca creí.

Solté la pregunta. Le dije que si quería ser mi novia y el silencio fue sepulcral. Todos esperaban su respuesta, pero especialmente yo. El corazón se me iba a salir. No sabía si ella estaba lista para serlo o si eso era lo que quería. Solo me dejé llevar por lo que yo deseaba. Fui un egoísta y me estaba arrepintiendo de haberla puesto entre la espada y la pared. La conocía y esos espectáculos los odiaba. Pero ¿qué podía hacer? Quería bajarle el cielo completo porque se merecía eso y mucho más.

Si pudiéramos predecir el futuro, seríamos más cobardes de lo que ya somos. Nadie se arriesga si sabe con antelación que va a perder. Pero no podemos saber lo que el destino tiene escrito para nosotros y ahí está el dilema. O nos arriesgamos sabiendo que la victoria no es una garantía, o nos quedamos con la incertidumbre de no saber qué pudo pasar si lo hubiésemos intentado. En mi opinión, cuando no se gana se aprende, pero nunca se pierde.

# UNA DIFÍCIL DECISIÓN
## Emily Wilson

No sabía qué hacer. Santiago me conocía y siempre le dejé claro que ese tipo de espectáculos no eran lo mío. Lo del reflector en su fiesta lo acepté por ser su cumpleaños y porque su madre lo dispuso, pero acorralarme de esa manera delante de todos. ¿En qué estaba pensando? La incomodidad se hizo espacio en mi cuerpo, y sabía que la presencia de Victoria era la principal causa; y más después de lo que pasó en mi casa.

Le hice creer que yo no recordaba nuestro beso y sus manos tocando mis senos. Tengo imágenes muy borrosas respecto a esa noche en mi habitación, pero lo que pasó entre nosotras se reproducía con mucha claridad en mi cabeza. Decidí fingir que por efecto del alcohol no podía recordar nada, incluyendo el origen del rasguño en mi abdomen, porque no estaba lista para tener esa conversación.

Después de ese día, las cosas mejoraron entre nosotras. Nos veíamos en clases. Algunas veces se sentaba con mis amigos y conmigo en la cafetería, hasta que llegaba Amanda, fingía necesitarla para algo importante y se la llevaba. Incluso cuando se iba nuestras miradas coincidían, y una que otra sonrisa se escapaba de nuestros labios sin motivo alguno. Victoria siempre tenía ocurrencias que la hacían ser muy divertida, y yo no podía evitar reírme ante ellas. Seguía compartiendo con Amanda porque ella era así, se lleva bien con todos, aunque su incomodidad cuando estaba en su grupo, se notaba desde la distancia. Y la entendía porque Amanda era insoportable.

—Esa chica me cae muy bien —confesó Daniela, que me había pillado riéndome con Victoria, y yo solo esperaba que la cara de idiota no me delatara.

—Eso sí es una novedad viniendo de ti, bebé —le respondí.

—Que Santiago me parezca un aburrido sin sabor, no quiere decir que piense lo mismo de todo el mundo —refutó.

—¿Qué tiene que ver Santiago con Victoria? —pregunté, sin comprender su referencia.

—No lo sé. Dímelo tú.

No era posible que lo supiera. Aunque tratándose de Daniela, no sería una sorpresa.

La conversación llegó hasta ahí porque Joaquín nos interrumpió, y yo me quedé con la intriga.

Era viernes. Todos estaban emocionados por el día de San Valentín. De camino al salón me encontré a Victoria. Íbamos riéndonos de todos los chicos que caminaban adornados de grandes arreglos de flores y chocolates con formas de corazones, pero la risa desapareció en seco cuando vi a Santiago frente a mí lleno de globos también.

—¿Quieres ser mi novia? —me preguntó, después de declararme su amor. Escuché la puerta azotarse y cuando volteé, Victoria ya no estaba.

No supe qué hacer. Quería correr detrás de ella, pero con qué excusa la frenaría o mejor dicho, qué le diría a Santiago. ¿Que me estaba enamorando de alguien que no era él y que además era una chica? Sin duda, esa no era una opción viable.

—¿Podemos hablar a solas? —solicité, y su cara fue de espanto.

—¡Esto tiene que ser una puta broma! Tanto *show* para dejarnos en suspenso. Deja el teatro, Emily, y dile a Romeo que no puedes ser su novia porque a ti te gustan los hombres de verdad.

Santiago se le iba encima a Lucas, y lo sujeté por el brazo sacándolo del salón.

—No me odies, princesa, por favor. —Me veía con ojos de corderito nervioso y no podía evitar sentir ternura al verlo así.

Quería a Santiago, pero no dejaba de pensar en Victoria. En lo que me había hecho sentir en tan pocos días, y en la forma en la que se fue. Le escribí un *WhatsApp* preguntándole adónde había ido y Santi me pedía que le prestara atención. Lo último que vi fue que estaba escribiendo y luego se desconectó. Santiago esperaba una respuesta y yo me sentía al borde de un ataque de ansiedad. Mi cuerpo estaba con él, mi cabeza con ella, pero mi corazón los quería a los dos.

¿Es posible querer a dos personas al mismo tiempo?

Nunca me había cuestionado algo de esa magnitud. Me sentía bien con Santiago y nunca necesité buscar algo más. Él me cuidaba, me hacía sentir que era su prioridad. Era espléndido conmigo. Un príncipe desde que nos conocimos. Me amaba como nadie y eso no se consigue con cualquier persona. Luego estaba ella, Victoria había llegado a poner mi mundo al revés y sin previo aviso. Enseñándome otros universos, otras sensaciones, una nueva forma de querer.

Santiago seguía diciéndome lo que representaba para él. No tenía una razón para negarme, así que no lo hice. Le dije que sí, que quería ser su novia y sentí como algo se fracturó dentro de mí. En mi mente le estaba fallando a Victoria, y también a Santiago al aceptar ser algo de lo que no estaba segura, pero principalmente, no me estaba siendo fiel a mí misma. ¿Cómo puedes besar a alguien y pensar en otra persona en el momento en que lo haces? Eso me estaba pasando a mí y tarde o temprano, debía hacerme cargo de lo que sentía.

### Última hora: Clase de talentos.

Todos estaban enfocados en demostrar sus habilidades: música, pintura, poesía, y hasta Lucas nos enseñaba lo que según él eran trucos de magia. Victoria no regresó y mis ganas de verla eran incontrolables.

—La puerta no se va a mover de allí. —Daniela me sorprendió.

—¿De qué estás hablando? —La miré confundida.

—Nada. Yo hablando como los locos. ¿Sabes por qué la chica Brown se fue de esa forma? Es muy raro. Las clases del señor Wayne siempre son muy activas gracias a ella. Creía que era su asignatura favorita.

—No sé qué te hace pensar que yo sabría eso —respondí, tajante.

—¡*Wow*, *wow*! ¿Estás en tus días o el hecho de qué ahora eres oficialmente la chica De Luca te subió los humitos?

Me sentía obstinada y no había razón lógica para estarlo.

—Perdón, no quería responderte así. Solo estoy de mal humor.

—Pero deberías estar feliz, ¿no? Te hicieron la declaración de amor más cursi de la vida. Carente de originalidad, pero romántica que es lo que cuenta —dijo, y antes de que pudiera decirle algo—: Oh mira, hablando de la princesa de Roma —exclamó, señalando la puerta. Era Victoria—: Trae muy mala cara. Al parecer alguien anda de mal humor también. ¿Será contagioso?

Victoria entró al aula sin decir nada y no miró a nadie hasta llegar a su silla. Lanzó su bolso y tomó asiento.

—Buen día, señorita Brown, ¿a qué se debe su demora? —preguntó el profesor.

—Mucho tráfico en esta maldita ciudad —respondió histérica.

Tuvo suerte de que el señor Bennet era relajado y nos dejaba expresarnos libremente. Otro no le hubiese dejado pasar esa grosería.

—Ya inventarán la teletransportación, no te preocupes. —Joaquín seguía intentando sacarle plática, pero ella ni volteó a mirarlo.

—Muy ingenioso, señor Evans, pero creo que por ahora para llegar a tiempo solo debemos salir temprano de casa. Y ya que está tan chispeante y creativo, aprovechemos para que nos enseñe su talento.

Joaquín pasó al frente y leyó un poema. Es probable que en él hablara de amores imposibles como todos los que escribía en nombre de Laura, pero yo no lo escuché. En lo único que podía pensar era en saber qué pasaba por la cabeza de Victoria.

—Yo quiero dedicarle una canción a mi novia. —Santiago se puso de pie una vez que Joaquín terminó de leer. Agarró una guitarra y se paró frente a todos. Volteé a ver a Victoria y la vi sacar su celular al tiempo que colocaba los auriculares en sus oídos.

Santiago empezó a cantar y me miraba como si no existiera nadie a nuestro alrededor.

*Desde que te vi, me enamoré*
*De tus ojos, tu sonrisa y tu piel*
*Tú me robaste el corazón*
*Y ahora eres mi razón de ser, mi pasión*
*Tus besos son la magia que me hace soñar*
*Y tus abrazos me hacen sentir en paz*
*Eres todo lo que siempre quise tener*
*Y junto a ti, puedo ser quien quiero ser*
*No puedo imaginar mi vida sin ti*
*Eres mi luz en la oscuridad, mi felicidad*
*Y aunque a veces las cosas no salen bien*
*Si estoy contigo, siempre encontraré*
*un camino también.*
*Estoy enamorado de ti*
*Cada suspiro es por ti*

Todas las chicas murmuraban después de la presentación de Santiago. Incluso escuché a Sarah decir: «Sigo sin entender qué fue lo que le vio. Él es tan perfecto y ella tan... *equis* en la vida». Ignoré su comentario, tomé el celular y le envié un mensaje a VIctoria:

> Espérame afuera. Necesito hablar contigo
> 11:34 a. m.

Victoria leyó el mensaje y me volvió a ignorar. Su silencio me estaba matando. Nada de lo que estaba sintiendo tenía sentido. ¿Por qué me preocupaba tanto lo que estuviera pensando? ¿O por qué sentía que era mi deber darle una explicación?

> ¿Puedes dejar de ignorarme? O si lo vas a hacer por lo menos quita la confirmación de lectura para que no me dé cuenta de que lo estás haciendo. ¡Es odioso y de mala educación!
> 11:40 a. m.

> Tengo planes al salir y no quiero llegar tarde. Disfruta tú también del día de San Valentín. Lo que necesites hablar conmigo, puede esperar.
> 11:50 a. m.

Que me dijera eso generó una molestia dentro de mí. ¿Acaso me estaba insinuando que saldría con alguien en San Valentín? ¿Y qué moral tenía yo para decirle algo? Terminaba de darle el *Sí* a Santiago, y además, por qué le reclamaría algo, si ella y yo éramos solo amigas.

Sonó la campana y la vi salir a toda prisa. ¿Tan ansiosa estaba por llegar a su cita?

—Princesa, paso por ti a tu casa. Tengo una sorpresa más para darte. —Santiago se acercó a mí mientras yo recogía mis cosas para ir tras Victoria. Necesitaba hablarle aunque no supiera de qué exactamente.

—Ajá. Me llamas. Debo irme, perdón —respondí por inercia. Él iba a decir algo más, pero no me detuve a esperar y lo dejé con la palabra en la boca.

La alcancé en las escaleras y detuve su paso.

—¿Tu cita es tan importante que no puedes atender a una amiga ni cinco minutos? —dije, parándome frente a ella.

Victoria sacó un cigarrillo, lo llevó a su boca para encenderlo y yo no entendía por qué las cosas que antes me desagradaban, en ella empezaban a parecerme *sexy.*

—Perdón, no sabía que éramos amigas. Y si lo que quieres es que te ayude a cómo sorprender a tu novio en su gran día de celebración, yo no soy nada buena en esas estupideces. Laura debe saber más que yo y ella sí es tu amiga —respondió, mientras expulsaba el humo de su boca y me trasladó al día que la conocí, solo que ahora era diferente. Antes deseé no volver a verla y en ese instante lo único que quería era que no se fuera.

Me quedé en silencio pensando en qué decirle y no se me ocurría nada. ¿Cómo se supone que le dices a alguien con quien te besaste tres veces —dos de ellas estando ebria— que no quieres que se vaya? Que no quieres que tenga una cita de San Valentín con alguien más, porque quieres que se quede contigo, aunque el plan sea no hacer nada. No hay un manual que te ayude a entender lo que empiezas a sentir por alguien que acabas de conocer y que de un día para otro, simplemente se convierte en lo único que importa.

—Bueno, ya que no dices nada, me retiro, llevo algo de prisa. —Caminó y saludó a Jorge que estaba estacionado en la entrada.

—Puedes irte tranquilo, Jorge. Tengo algo que hacer con Victoria y ella me va a llevar a mi casa, ¿verdad, Brown? —expresé por impulso.

No tenía idea de por qué había dicho eso y tampoco esperé a que se opusiera. Caminé hasta su moto y vi que tenía un signo de interrogación dibujado en la cara. Me había convertido en una acosadora, pero era eso o dejarla ir con Nico, o quizá con alguien más.

—Algo no anda muy bien en tu cabecita, ¿cierto? Repetí varias veces que tengo planes y llevo prisa. ¿Qué se supone que tenemos que hacer tú y yo? —preguntó, y seguía muy seria.

—Pues vas a tener que llamar y cancelarle a tus novios, porque vienes conmigo. Además, no creo que adonde te fueran a llevar, sea más divertido que el lugar al que te llevaré yo —expresé, con seguridad.

—Bueno, no sé qué harás, pero esos estúpidos globos no vienen. Le quitan estilo y rudeza a mi moto —dijo, entregándome el casco.

Los amarré en la manilla del auto que estaba estacionado al lado y noté como se le escapó una sonrisa victoriosa. Les mentiría si les dijera que verla así no me estaba volviendo loca y que no moría por besarle la cara completa, pero obvio no lo hice, así que solo procedí a colocarme el casco sintiéndome triunfante por haber logrado que no se fuera a su cita y se quedara conmigo.

Nos alejamos del instituto y yo le indicaba el camino que debía tomar para llegar al lugar adonde iríamos, cuando un mensaje que no esperaba entró a mi celular. Era Daniela:

Tengo tus globos 🎈 y tu secreto está a salvo conmigo. Me debes una charla. I love you, baby 🤍

12: 20 p.m

¿Cómo era posible que lo supiera? ¿Tan evidente estaba siendo? Sabía que no me iba a salvar de su interrogatorio, pero en ese momento no quería pensar en qué le diría a la impertinente de mi mejor amiga.

Llegamos y cuando Victoria vio el lugar soltó una carcajada.

—¿Qué? ¿Ahora se supone que tenemos siete años? —soltó, riéndose porque la había llevado a un parque de diversiones.

Desde que Victoria me llevó a su lugar mágico, y me hizo recordar lo que me enseñó Emma sobre la importancia de ver el amanecer como una nueva oportunidad para vivir, aprendí que los momentos tristes se suprimen con nuevos recuerdos que te hagan feliz. Recuerdos que ayuden a borrar todo eso que duele. Y la única forma de hacerlo es con nuevas sonrisas, nuevas personas y nuevas anécdotas. Para convertir una lágrima en sonrisa, solo tienes que buscar algo que te haga reír con más intensidad. Y Victoria logró eso. Ella, sin saberlo, le regresó el sentido a todo lo que yo pensaba que ya no lo tenía, y ese parque sería uno de ellos.

# QUEDARSE AUNQUE DUELA
## Victoria Brown

No podía quedarme. No quería escuchar la respuesta que le daría, así que decidí irme. Me subí a mi moto y manejé hasta mi departamento. Llegué y ahí se encontraba la última persona que deseaba ver.

—¿Qué demonios estás haciendo aquí y cómo entraste, Eleanor?

—¡No me llames Eleanor! Soy tu mamá y cuida tu vocabulario, por favor. Solo quería verte. Hace tiempo que no sé nada de ti. Quería saber cómo estabas, y tu hermana no deja de preguntar cuándo irás a visitarla. Abel me dejó entrar, ya que tenía mucho rato afuera tocando la puerta porque pensé que estarías aquí. No estaba al tanto de que habías empezado un nuevo instituto. Es increíble que el conserje sepa más de mi hija que yo que soy tu madre.

—¿De verdad tienes moral para venir a reprocharme algo? ¿Me estás hablando en serio? Porque de ser así puedo sentarme y recordarte por qué es que estoy viviendo aquí, y por qué ya no me nace llamarte mamá.

Sentí el hielo en cada palabra que salió de mi boca. La mujer que tenía en frente solo lograba sacar lo peor de mí. Cuando la tenía cerca me convertía en una persona fría. Seca. Ella corrompe mi alma y hace que desaparezca cualquier pizca de bondad. Por su culpa mi definición de amor y mis sentimientos estaban marchitos.

—No puedes odiar a tu madre toda la vida. Las cosas que se hicieron, no podían hacerse de otra manera. Los débiles cayeron en el camino y nosotras tuvimos que seguir. Cuando seas grande lo vas a entender. Eres una Hamilton y por más que quieras escapar, llevas mi sangre en tus venas. Ahora, deja de ser una infantil y ven a ver a Violet. Ella te necesita y no tiene la culpa de nada de lo sucedido.

—Iré a verla cuando esté lista para hacerlo. No tienes que venir hasta acá para decirme lo que tengo que hacer. No quiero ser grosera, pero te voy a pedir que te vayas.

Me dirigí a la puerta indicándole que saliera, y al hacerlo intentó acariciar mi rostro, pero no se lo permití. No podía tenerla cerca sin que me produjera un mal sabor de boca. Verla revivía recuerdos que solo necesitaba eliminar de mi mente.

Hay marcas que por más que quieras nunca se borran, porque están grabadas en tu alma. Cuando la persona que más amas te rompe, es difícil volver a unir esos pedazos. Cuando te falla la gente que se supone que no te tiene que fallar, la confianza se convierte en algo utópico. Algo dentro de ti deja de creer, y sin querer, pero tampoco sin poder evitarlo, tu interior se convierte en una habitación que solo ve pasar el invierno por su ventana. Todo es frío. Mi propia madre me presentó el dolor. Gracias a ella conocí lo que es la traición. Se llena la boca diciendo que nos ama con el alma, pero por ella entiendo que el amor es basura. Que nadie tiene la capacidad de amar a otro por encima de los propios intereses. Somos egoístas; convenientes. Amamos, pero mentimos. Decimos amar, pero traicionamos. Y esas manos a las que le entregas tu corazón para que lo cuide, son las mismas que sin piedad lo aplastan hasta convertirlo en cenizas. Mi padre me presentó a través de su mirada la tristeza de un corazón roto. Con él aprendí que cuando amas, la brecha para perderte a ti mismo es muy estrecha.

Mis padres eran el reflejo de lo que no quería ser jamás.

La presencia de esa mujer me alteró, y la tranquilidad que fui a buscar a mi departamento se fue a la basura. Regresé al instituto aunque era el último lugar en donde quería estar. Y Santiago me lo terminó de corroborar cuando tomó su guitarra. No le pareció suficiente la declaración de amor que le hizo a Emily delante de todos, también pensó que era necesario dedicarle una canción.

Que fuera tan perfecto estaba sacándome de quicio. No puedo negar que lo hacía muy bien. Era, sin duda, el sueño de toda chica. Si hubiese vomitado en ese momento, serían corazones lo que habrían salido de mi estómago, de lo empalagada que estaba gracias a sus cursilerías. Era perfectamente detestable.

Me puse los auriculares y reproduje una de mis *playlist* e intenté aislarme, pero Emily no me la estaba poniendo fácil. No dejaba de enviar mensajes, y yo no quería hablar con ella. Sé que suena estúpido. No tenía por qué ponerme así, pero saber que le había dicho que sí, hizo que mi corazón se partiera en pedazos.

Le dije que tenía planes, y no habría sido una mentira si tan solo hubiese enviado el mensaje que escribí para Nico, pero no lo hice. Quedé con Tommy, aunque en realidad no era nada formal. Él saldría con su novia imaginaria y yo me quedaría en casa como todos los viernes. Lo que no pude predecir era que Emily cambiaría todos mis planes, convirtiendo ese San Valentín en uno de los mejores días de mi vida.

Al ver que me había llevado a un parque de diversiones, me reí. No porque pensara que era tonto, al contrario, me pareció lo más tierno del mundo, aunque en su mirada reconocí esa tristeza. Era la misma que tenía cuando vimos el amanecer. Ahí supe que las huellas del pasado estaban aún latentes.

Carritos chocones, casa embrujada, montañas rusas, sillas voladoras y hasta en los juegos más extremos me obligó a subir. Parecía que su energía no se terminaba nunca.

—Oye, Emily de siete años. —La detuve cuando se disponía a correr a la siguiente atracción—: No quiero interrumpir tus chocoaventuras, pero ¿dentro de tus planes está comer algo?

—¿Ya tienes hambre? —preguntó sorprendida, y me reí considerando el hecho de que llevábamos cuatro horas subiendo y bajando de esos aparatos—. ¡Tengo una idea...! Los mejores *hot dogs* de la ciudad los venden en este parque, pero antes de comer sacarás ese peluche para mí. —Señaló con su dedo un oso gigante y me llevó hasta el lugar donde se suponía debía ganármelo.

—¿Si lo gano te apiadarás de mí y me alimentarás? —pregunté, y puso una sonrisa de traviesa, mientras me daba el *ticket* para hacerlo.

Debía superar dos retos en cinco minutos: explotar mínimo siete globos de un mismo color con tiro al blanco y encestar diez pelotas de básquet en la canasta. Lo que ella no sabía es que era pan comido para mí. El baloncesto siempre había sido mi deporte favorito y me destacaba. Así como también, el polígono de tiros se convirtió en un lugar habitual cuando descubrí el poder que tiene un arma, y me propuse aprender a usar la *Ruger LCP 9mm* que había tomado del despacho de papá la noche de su muerte. Cuatro minutos con diez segundos fue lo que me bastó para lograrlo. Le entregaron el peluche gigante, y era tan consentida que no duró ni tres minutos cargándolo cuando de camino a los *hot dogs,* me pidió con esa voz de niña de siete años que si podía llevarlo por ella. Era imposible resistirme y en ese momento me di cuenta de que con Emily todas mis respuestas serían sí.

Pidió los *hot dogs* y cuando iba a darle el primer mordisco, sentí que me haló por la mano diciéndome que estaba arruinando su plan, que no podía comer hasta que ella me dijera. Aparte de consentida, también era una mandona, y lo peor... es que me encantaba.

—Te regalaré una gran cena con la mejor vista de la ciudad. Después veremos cómo me lo agradeces —dijo, una vez que llegamos a la siguiente atracción, y no sé por qué su comentario hizo que se me erizara todo el cuerpo, quizá porque noté cierta picardía en su tono.

—¿Tu plan es que termine vomitando como todos en *Mi pobre diablillo*, verdad? —le dije.

—¡*Drama queen*! —expresó, poniendo los ojos en blanco—. ¡Vamos, no te vas a arrepentir cuando veas de lo que hablo! —aseguró.

Subimos a la rueda de la fortuna y tenía razón. La vista era increíble. Por el *Este* podías ver el océano. Al *Oeste* la diminuta pero poderosa ciudad de *Luck City*, y en el horizonte, lo que convertiría a ese lugar en pasado, y los momentos que allí viví en simples recuerdos; el lugar donde pensaba irme con mi hermanita después de graduarme con tal de estar lejos de la mujer que se hacía llamar «nuestra madre»: Estados Unidos.

Nuestra primera cena estaba siendo un viernes de San Valentín en lo que llamaban «La ruleta del amor», y si lo hubiese planeado no habría salido tan perfecto.

Le di el primer mordisco al *hot dog* y Emily empezó a reírse. No sabía qué le causaba tanta gracia, hasta que se acercó a mí, y con su dedo quitó el excedente de *kétchup* que había quedado en mis labios. Siempre había pensado que eso solo pasaba en las películas románticas y me parecía una estupidez, hasta que lo viví con ella.

La tenía tan cerca y mi cabeza solo reproducía a Santiago pidiéndole que fuera su novia. ¿Si la besaba estaría aceptando vivir una especie de poliamor con ella? Me cuestioné.

Nunca ningún amor me llevó a sentirme dueña de nadie. No exigía ni ponía reglas para que no me las impusieran a mí también. Me gustaba sentirme libre, pero con Emily llegué a cuestionarme si era capaz de compartir a alguien a quien quería solo para mí. Empecé a odiar verla con Santiago. Me quemaba cada vez que los veía besándose. Y quisiera poder decirles que no duele desear lo que no puedes tener. Que a veces no duele saber que he llegado tarde. Que no pesaba quererla mía y saberla en otros brazos, pero a ustedes no les puedo mentir, y es por eso que les confieso que a pesar de todo lo que dolía, yo era más feliz desde que la conocí, desde que se convirtió en la protagonista de mis pensamientos y de mis sueños más locos. Y quería ir descubriendo partes de mí a través de ella. Quería descifrar eso que ni yo sabía que habitaba dentro de mí. Superar mis miedos mientras me declaraba adicta a tenerla cerca. Porque la quería aunque las noches me gritaran que no había un mañana para nosotras. La quería siendo lo incierto, lo inalcanzable y mi silencio más profundo. Y la querría siendo lo que estaba ahí, entre lo que duele y lo que amo.

La vi acercarse más a mí, y antes de que pudiera hacer algo, su celular eliminó cualquier posibilidad de un beso. Por lo que pude alcanzar a ver era Santiago, y aunque no le contestó, su llamada fue suficiente para romper con la atmósfera del momento. Bajamos y un silencio incomodo se hizo presente.

—Quiero una foto. —Supongo que esa fue su forma de acabar con la incomodidad de un momento que ninguna de las dos entendía.

Tomamos la foto y cuando dimos por fin con una que le gustaba, me pidió ir otra vez a la casa embrujada. Parecía como si quisiera que el día no terminara nunca, o quizá realmente era fan de ese tipo de juegos. Pero ya estando adentro, supe la respuesta a mi duda.

Mientras caminábamos en la oscuridad y todo tipo de escalofriantes muñecos nos asustaban, sentí como entrelazó su brazo con el mío para luego llegar hasta mi mano y sujetarla con mucha fuerza. Si estaba tan asustada y ya sabía lo que encontraría adentro, ¿por qué quiso repetir esa atracción? Una luz nos indicaba que la puerta de salida estaba frente a nosotras y antes de que pudiéramos llegar, Emily detuvo el paso por unos segundos.

—¿Todo bien? —pregunté, al no entender por qué se había detenido. Apenas podía ver su rostro.

—No sé cuánto tiempo más pueda resistirme —musitó, y su respuesta hizo que entendiera menos.

—¿De qué estás hablando, Wilson? ¿A qué no puedes resistirte?

No necesitó decir nada. Sus labios dirían todo lo que queríamos decir y que ninguna se atrevía a hacerlo. Esa vez el alcohol no sería una excusa. Yo la seguí en el beso como un adicto que recae en el vicio. Solo que ella era mejor que cualquier droga.

—No sé qué es lo que me pasa contigo —dijo, mientras hacía pequeñas pausas y continuaba con el beso—. Pienso en ti todo el día. Quiero besarte cada vez que te tengo cerca, y cuando no lo estás, mis ganas de estar contigo se hacen más fuertes —hablaba como quien no le teme a las palabras. Como quien se toma la píldora de la sinceridad y no deja nada para sí misma. Y yo la besé intentando decirle que a mí me pasaba lo mismo. Que no había un segundo del día en el que no pensara en ella.

Puedo decirles que el tiempo se detuvo. Que cuando estábamos juntas el mundo se resumía solo a nosotras. Y aunque para las dos era muy claro que no estaba bien, la fuerza de lo que sentíamos iba prevaleciendo ante todo. No sé si sea cierto eso que dicen de que cuando es prohibido sabe mejor, pero sus besos eran ese agridulce por el que querría pecar toda la vida.

—¿Con qué finalidad el destino te cruzó conmigo? —preguntó, y pude sentir cierta frustración y desespero en sus palabras.

—Creo que eso es algo que no podemos saber todavía, o quizá nunca lo descubramos, pero lo que sí te puedo decir es que ese accidente ha sido el más bonito que te he tenido, porque me trajo directo hasta ti. —La halé suavemente por su camisa, trayendo su boca otra vez a la mía.

En sus besos pude sentir a una Emily que buscaba respuestas. Una que llevaba dentro una batalla campal, una batalla en donde la razón y el corazón se la estaban jugando a muerte. Podía sentir el miedo que le generaba estar enamorándose de mí, pero este tenía la misma intensidad de todo el amor que crecía en su interior. Estaba escrito que nosotras debíamos conocernos. Que debíamos amarnos aunque el destino ya hubiese hecho su jugada. Porque cuando la encontré, ya ella pertenecía a otros labios, y yo sabía que, antes de tenerla, ya la había perdido, y que era posible que Emily y yo hubiésemos nacido para amarnos en un plano superior a esta existencia. Y amándola por encima de cualquier cosa, entendería que es de valientes quedarse aun sabiendo que te romperán, pero ¿estamos dispuestos a ir en contra de nuestros ideales por amor? ¿Podemos incluso amar a una persona más que a nosotros mismos? Me preguntaba qué estaba dispuesta a soportar por tenerla un rato más conmigo y saciar mis ganas de ella, pero la respuesta sería más dolorosa de lo que podía imaginar.

# HUELLAS DEL PASADO
*Emily Wilson*

Cuando eres pequeña son muy pocas las cosas que puedes entender y más cuando se trata de temas de adultos. El amor, para mí era territorio desconocido aún. El único que conocía era el que sentía por mi familia. Especialmente por Emma, mi única y amada hermana.

Éramos inseparables, aunque era seis años mayor que yo, teníamos gustos diferentes y no nos parecíamos en nada. Me gustaba hacer todo con ella. Emma era divertida, auténtica, arriesgada, y la bondad la tenía como una de sus principales cualidades. Era tan apasionada cuando se trataba de defender una causa, y yo me sentía muy orgullosa de ella. Cuando cumplió quince, las fiestas se convirtieron en su pasatiempo favorito, pero eso no le impedía estar pendiente de mí. Me gustaba verla arreglarse antes de salir. Era como tener dos hermanas en una, porque en el día llevaba anteojos y en la noche el escote y la mini falda dejaban ver los atributos que no podías apreciar con su clásico *outfit* de *sweaters* y *jeans*. Siempre antes de irse me leía un cuento y hasta que no me durmiera no me dejaba sola. Mi hermana era mi persona favorita en el mundo, pero algunas cosas cambiarían por completo.

Sin saber cuándo, las cosas empezaron a cambiar. Los días que decía que no se iba a ir de fiesta, la escuchaba salir en silencio sin leerme ningún cuento ni darme beso de buenas noches. Llegaba a altas horas de la madrugada evitando ser vista, pero en una de esas escapadas, la sorprendí y me pidió que no les dijera nada a nuestros padres. Que sería nuestro secreto, y como no me gustaba que me dejara de hablar o se molestara conmigo, obedecí. No le dije a nadie.

Un día, Emma empezó a estar rebelde. Discutía seguido con mis papás. Cuando nos dejaban en la escuela, ella se iba a otro lugar y regresaba a la hora de la salida, antes de que fueran por nosotras. Me decía que la acompañara al cine y me dejaba con Isa, su mejor amiga. Nunca me decía a dónde iba o con quién. Me pregunté muchas veces por qué no confiaba en mí. Si ella hubiese estado conmigo hubiera sido la primera en saber lo que me pasaba con Victoria, porque más allá de ser mi hermana, la veía como mi mejor amiga, y me rompió el alma saber que yo no representaba lo mismo.

Eran las tres de la mañana de un jueves cuando empecé a escuchar gritos afuera de mi habitación. Emma se escuchaba muy alterada. Lloraba sin control. Mamá intentaba calmar a mi padre que reflejaba mucha furia en su rostro. «¿Puedes entender que es amor y que quiero estar a su lado?», fueron las palabras que dijo mi hermana antes de que mi papá le volteara la cara con una bofetada. Corrí hacia él y comencé a empujarlo mientras le gritaba que era un salvaje. Que a las niñas no se les pegaba. Estaba tan fuera de sí que sin darse cuenta me empujó, y al caer, mi cabeza se golpeó con el borde de la escalera dejándome inconsciente y ocasionándome convulsiones como consecuencias del golpe. Tenía casi catorce años y me encontraba en la habitación de un hospital con diagnóstico de CTE (Traumatismo craneoencefálico). Los doctores les dijeron a mis padres que el golpe pudo haber sido mortal.

Cuando desperté, lo primero que hice fue preguntar por Emma. No me decían nada y ella tampoco iba a visitarme. Llegué a pensar que estaba molesta conmigo por haberle dicho esas cosas a nuestro padre, pero ¿qué quería que hiciera? Ella misma me había enseñado a defender lo que yo creía que era una injusticia. Me cuidaba y yo quería hacer lo mismo. Verla llorar me rompió el corazón y quería decirle que cambiaría todas sus lágrimas por poder llorarlas yo. Y que si pudiera pedir un deseo, sería que nadie le hiciera daño y que si se lo hacían, quería estar a su lado, pero no pude. No me dio la oportunidad de hacerlo. Se fue y ni siquiera se despidió de mí. Solo me dejó una carta que rompería mi corazón en pedacitos y dejaría más preguntas sin responder.

Emma se convirtió en un tema prohibido en mi casa. Nunca me dijeron qué fue lo que pasó y yo empezaba a odiarla por haberme abandonado. Comencé a odiar la música que escuchábamos a todo volumen. Sus programas favoritos. Así como también los lugares que visitábamos juntas, como ese parque de diversiones al que llevé a

Victoria; pero la odiaba más cada vez que veía a mi madre llorar en silencio, o cada vez que papá creía que había hecho algo mal y que por eso habían terminado así las cosas. Siempre hicieron todo lo mejor por nosotras. Su sacrificio se veía en el día a día. Eran los mejores padres y no merecerían tener una hija como ella. O por lo menos, eso fue lo que quise creer las veces que me obligaba a odiarla más, en mi afán de lograr olvidarme de que existía, cuando trataba de convencerme de que no me hacía falta y de que ya no tenía hermana.

No sabes cuándo encontrarás esa pieza del rompecabezas que tanto buscabas. Ni mucho menos que cuando lo encuentres, logrará matar partes de ti que ni siquiera sabías que existían.

Era martes por la tarde y había quedado en estudiar álgebra con Joaquín. De camino a su casa me percaté de que había olvidado mis apuntes, así que tuve que volver por ellos. Al pasar frente a la habitación de mis padres escuché a mamá al teléfono. Estaba llorando y sabía que cuando sucedía eso, era por Emma.

—Isa, por favor, solo necesito saber dónde está y si se encuentra bien —solicitó mi madre a la mejor amiga de mi hermana, que era con quien hablaba—. Si le pasa algo a Emma, tendrás que aprender a vivir con la culpa. Tú sabes que él no es buena compañía para ella. Es peligroso. Apoyarla en esta locura no te hace una buena amiga. Si realmente lo fueras, le dirías lo que hace mal sin importar que no sea lo que quiere escuchar. Eso hace una verdadera amiga.

Colgó y cuando lo hizo entré a su habitación. Se puso muy nerviosa al verme. La orden de mi padre era que no me hablara sobre lo que había pasado con Emma, pero yo quería respuestas y mi madre era la única que podía dármelas.

—¿Con quién se supone que está Emma y por qué dices que es peligroso? —pregunté, inquieta por lo que acababa de escuchar.

—Mi niña, tú no tienes que preocuparte por nada. Deja el tema de tu hermana en nuestras manos, ¿sí?

—Me tiene cansada que me traten como si fuera una niña. Necesito que me digan de una vez por todas qué fue lo que pasó —dije, y sin darme cuenta le estaba gritando a mi madre. Jamás le había levantado la voz.

Después de pensarlo, decidió hablar conmigo y contarme todo lo que había sucedido. Para resumirles: Emma se había enamorado de un hombre que según mis padres, aparte de ser mucho mayor que ella, tenía un historial delictivo bastante amplio: robo a mano armada, uso de sustancias ilícitas y extorsión.

¿De verdad enamorarnos puede nublar nuestro juicio al punto de llegar a dañar a quienes nos aman, o incluso ponernos en peligro a nosotros mismos?

Emma se enamoró de alguien a quien mis padres no aprobaban, y su definición de amar la llevó a escoger a esa persona por encima de nosotros. La persona que más amaba me enseñó la peor cara del amor. Con ella aprendí que enamorarte te convierte en una persona egoísta. Que te transforma hasta el punto de perder tus principios y valores, robando hasta tu propia esencia. Dejas de ser tú para convertirte en lo que esa persona quiere que seas. Abandonas tus sueños y haces daño a los que te aman justificando que lo haces por la supuesta fuerza que mueve el mundo. Alegando que la vida es una sola y que solo quieres vivirla. Que son tus decisiones y nadie tiene que opinar al respecto, pero entonces… las heridas que dejas en el camino a quienes realmente se preocupan y te aman ¿quién las cura? ¿Quién le regresa la tranquilidad a una madre que no concilia el sueño por las noches, preguntándose si su hija comió o si está pasando frío? ¿Quién le devuelve la valentía a un padre que siente que no puede proteger a su hija del daño que le puedan hacer? ¿O quién le dice a una niña que crea en el amor cuando fue justo él quien llevó a su persona favorita a alejarse de ella?

Cuando supe la verdad tras el misterio de la partida de Emma, prometí nunca ser como ella. Bloqueé la palabra «enamorarse» de mi vida y enfoqué toda mi atención  en hacer sentir orgullosos a mis padres y no decepcionarlos nunca. Mi vida giraba en torno a estudiar y compartir con mis amigos en pequeñas ocasiones, pero luego estaba Santiago. Llevaba tanto tiempo detrás de mí, esforzándose cada día para lograr que me enamorara de él. Mensajes de buenos días y buenas noches. Cenas románticas. Atenciones. Todo lo que enamoraría a una chica normal, con un corazón normal, pero que conmigo no funcionaban. Fue tanta su dedicación que opté por salir con él. Supongo que eso de que «el que persevera alcanza», al final es verdad.

Y ojalá pudiera decirles que lo acepté por compasión o algo parecido, pero no, él realmente era muy especial para mí. Alguien que te cuide como lo hacía Santiago conmigo merece que lo ames con cada fibra de tu cuerpo, y créanme cuando les digo que me dolía en lo más profundo de mi alma no poder amarlo como se merecía; y en esos momentos también llegué a odiar a Emma.

La culpaba por no poder quererlo como deseaba, pero después entendería que no era culpa de mi hermana, porque cuando conoces a la persona indicada, no puedes escapar, y no hay promesa que impida que te enamores, aunque hayas jurado no hacerlo.

De repente llega esa persona que te dice que no necesitas de ella para sentirte completa, porque ya tú lo estás. Que no tienes que dejar nada y puedes seguir siendo quien eres; con tus defectos y virtudes, y aún así te amará igual, porque no eres su otra mitad, ni ella tu complemento, sino que son almas que compartirán un fragmento de tiempo en el que no piensas si será eterno o efímero, porque al final eso también deja de importar. Y es que supongo que de eso se trata el amor, de encontrar a alguien que le sume a tu vida. Que se case con tus sueños sin dejar de lado los suyos. Que se enamore de lo que amas y al mismo tiempo te enseñe a amar nuevas cosas. Que rompa tus cadenas, y no que se convierta en una de ellas. Esa persona que no camina adelante, ni atrás, sino a tu lado en perfecta sintonía. El problema es que no puedes decidir quién logrará hacerte sentir esa clase de amor. Yo hubiese deseado que fuera Santiago, pero ya ven, en el corazón nadie manda.

Llegué a casa después de un increíble día en el parque de diversiones. Traía conmigo un oso gigante y el olor del perfume de Victoria impregnado en toda mi ropa. Era delicioso y les confieso que no quería cambiarme solo para seguir sintiéndola cerca. Sí, a ese nivel estaba llegando lo que sentía por ella, y ni hablarles de lo mucho que me costó despedirme, ya que no quería que se fuera, y menos después de confesarle todos mis sentimientos en ese ataque de valentía y sinceridad que tuve en la casa embrujada.

Entrando a mi casa me percaté de que tenía once llamadas perdidas de Santiago. Iba a llamarlo desde mi habitación y al llegar ahí, me encontré con algo que revolvería mi mundo por completo.

El vidrio de mi ventana estaba roto y en el piso había una piedra con lo que parecía un papel. La tomé y en él estaba escrito: «Necesito tu

Necesito tu ayuda, te espero a las ocho en las malteadas de Daz.

Ven sola.

ayuda, te espero a las ocho en *Las Malteadas de Daz*. Ven sola». La nota tenía la misma letra de la carta que me había dejado Emma.

La angustia se apoderó de mí cuando vi el reloj. Marcaba las siete con cincuenta y el lugar de la cita quedaba a unos quince minutos. Corrí a la cocina y tomé las llaves del auto que me regalaron mis padres cuando cumplí dieciséis, y que si lo había usado tres veces, era mucho.

Todos los semáforos me recibían en rojo. Parecía una puta broma y yo me desesperaba con cada *tic toc* que se convertía en minuto. Llegué al lugar establecido a las ocho con nueve y no había rastros de Emma. No supe si yo había llegado muy tarde o ella se arrepintió de asistir.

La esperé hasta las diez y nunca apareció. Me sentía desesperada y frustrada por no haberla encontrado. Lo peor que te puede pasar es descubrir que solo unos segundos son suficientes para cambiar el rumbo de la vida de alguien, y que tú pudiste haberlo evitado.

Regresé a casa y no sabía si decirle a mis padres. La cabeza iba a explotarme, hasta que mi celular sonó.

—Perdona que te moleste. Quizá lo que te voy a preguntar suene raro, pero ¿está todo bien? —Victoria me sorprendió con su pregunta. ¿Cómo sabía que algo me pasaba?

—No, nada está bien y yo no sé qué hacer —le respondí después de unos segundos de silencio y la voz se me cortó como consecuencia del nudo que se hizo en mi garganta.

—¡Espera! Dame unos minutos y te llamo.

Colgó la llamada, y pensé que había sido su forma de escabullirse porque no le interesaban mis problemas. Y tenía sentido, ¿por qué debían interesarle?

Intenté calmarme como pude. Me recosté en mi cama tratando de decidir qué haría al respecto y luego de veinte minutos, Victoria volvió a llamar.

—No sé si sea la mejor compañía, pero dicen que soy buena escuchando, ¿eso te sirve? Porque estoy afuera de tu casa y traje panditas rojas. Ya sabes... son buenas para todo.

No pude evitar que una sonrisa se escapara de mi boca. Y lo que sentí en mi estómago no lo había sentido nunca. Victoria me presentó las mariposas de las que hablaba todo el mundo, y me gustó como se sentía. Corrí emocionada a la puerta y casi me caigo por las escaleras. Jorge, que se encontraba en la entrada, solo me miró y me regaló una sonrisa que parecía de complicidad. No entendí por qué sentía como si no la hubiese visto en semanas. Ni siquiera habían pasado cuatro horas desde que me dejó en mi casa, pero cómo les explico que desde que la conocí el tiempo se hizo relativo, porque no necesité una vida para quererla, pero sí empecé a sentir que se me iba la vida cuando no sabía de ella. Que las horas se hacían pocas cuando estábamos juntas y cuando no, cada segundo era eterno.

El revoloteo en mi estómago se intensificó cuando la vi parada frente a la moto con su chamarra de cuero. No podía creer cómo era posible que alguien se viera así, ruda y femenina al mismo tiempo. Victoria era tan *sexy* e inteligente, que sería muy fácil perder la cordura por ella.

—Si no te apuras voy a comérmelas todas... y sin remordimientos —gritó cuando me vio salir, y mientras caminaba a su encuentro veía como introducía gomitas en su boca con una sonrisa amenazante. Me encantaban sus ocurrencias.

—¡Estás loca, Brown! ¿Qué haces aquí? Te hacía en tu casa o en alguna fiesta de viernes —expresé, intentando disimular mi felicidad por verla otra vez.

—Tengo algo mejor en mente y tú vienes conmigo —dijo, entregándome el casco.

Victoria era un escape en ese momento. Quise pensar que Emma se había arrepentido de ir y, aunque había quedado preocupada, intenté no darle fuerza a los pensamientos negativos que me invadieron.

Subimos a su moto. Empezaba a disfrutar más de lo normal abrazarla mientras conducía. Aunque después de lo que pasó en la casa embrujada, era diferente. La sentía más mía. Llegamos a un túnel que se encontraba muy transitado durante el día. Todos iban allí a trotar o a pasear a sus mascotas, pero esa noche solo estábamos ella y yo. Victoria sacó unas latas de pintura en *spray* de su moto y las puso en el piso.

—No hay nada mejor que el arte en todas sus expresiones para dejar salir todo eso que nos ahoga por dentro y poder sanar el alma —manifestó, entregándome un aerosol e invitándome a pintar sobre la pared del túnel.

—Sí sabes que esto es ilegal, ¿no? Además, dato curioso... ¡Yo soy pésima dibujando! —Le devolví la pintura.

—¡Bonita!, ilegal debería ser vivir con miedos. Con culpas. Con dolor. Si dejamos que todo eso nos consuma por dentro, jamás podremos perdonarnos a nosotros mismos. ¡Toma! No necesitas ser Picasso para hacer arte, solo necesitas sacar eso que te está ahogando. Además, si pintas como besas, significa que harás algo increíble.

Me dio otra vez la pintura, acompañada de un beso corto pero tan lleno de picardía por eso último que dijo, que no pude evitar halarla hacia mí para besarla por unos segundos más, y ella sonrió dejándome sentir sus dientes en mis labios. Alguna ocurrencia habrá querido decir, pero al final optó por no hacerlo. Victoria destapó un *spray* para ella y comenzó a rociarlo en la pared.

Habían pasado casi tres años desde la última vez que vi a Emma. Cuando se fue no hablé con nadie de lo que sentía. Decidí fingir que era fuerte y que su partida no me afectaba, pero poco a poco, todo eso que callaba me consumía por dentro. Su carta tampoco se la enseñé a nadie, hasta ese día que se la mostré a Victoria. Convirtiéndola en la excepción, así como también, en la primera vez de muchas otras cosas en mi vida.

# SOLO QUERÍA CUIDARLA
## *Victoria Brown*

Parecía una tonta conduciendo por la ciudad con una sonrisa que no se borraba de mi rostro. Emily me había confesado que sentía lo mismo que yo y no podía disimular mi felicidad. Estaba llegando a mi casa cuando una extraña punzada golpeó mi abdomen haciendo que me estremeciera. De inmediato me vino ella a la mente y sentí una necesidad descontrolada de llamarla. No pensé en lo raro que pudiera sonar, solo necesitaba saber si estaba bien.

El silencio que hizo antes de responder a mi pregunta me confirmó que algo pasaba. Le dije que le devolvería la llamada y colgué. No indagué en saber qué sucedía, ni me detuve a pensar en si podía ayudarla o no, solo quería estar para ella. Yo, que siempre fui huracán, empecé a desear ser quien calmara sus tormentas.

Para muchos, la pintura libre es vandalismo, pero para mí es arte. Cuando creí que la vida no tenía sentido, expresar mis sentimientos de esa forma sanó mi alma. Pero los grafitis no solo me salvaron del dolor, sino que también gracias a que escribí «Váyanse a la mierda» en la pared del instituto anterior, llegué a *El Cumbres*. Además, por aquel increíble mural que llamó mi atención en el semáforo, terminé chocando contra un auto, ocasionando una de las mejores cosas que me pasarían en la vida: conocerla.

Empezamos a dibujar y observé a Emily dejarse llevar por el liberador sonido y la sensación que produce el olor de la pintura al ser rociada.

En su mirada se reflejaba el afán de quien quiere lograr aliviar las cargas de un pasado que todavía arrastra en sus hombros. Su sonrisa era forzada, como si algo le preocupara, pero no le pregunté lo que la tenía en ese estado. Pensé que cuando estuviera lista, era posible que quisiera hablarlo conmigo.

Emily escribió en la pared: «El infinito existe y somos...», pero cuando iba a seguir escribiendo, un silbato acompañado de un «Alto ahí», cortó nuestra inspiración. Un policía nos descubrió. Le dije que subiera a la moto, pero ella no se movía.

—¡Emily, debemos irnos! —grité, intentando hacer que reaccionara, pero estaba paralizada—. ¡Bonita! Siento mucho tener que cortar tu inspiración, pero de verdad debemos irnos si no quieres pasar la noche en una celda. No tienen baños para niñas fresas y dormir en el piso es una mierda, ¡créeme! —expresé, sujetando su cara con mis dos manos y ella por fin reaccionó.

—¿Estuviste en prisión? —preguntó, sorprendida.

—No tenemos tiempo para un *picnic*, señorita, así que te lo voy a deber —respondí—. Pero cuando estemos a salvo te digo en dónde escondí el cadáver, porque la policía aún no lo sabe —agregué, mientras la halaba por la mano y corríamos a la moto.

Logramos escapar y tomé el camino a su casa.

—¿Puedes llevarme contigo hoy? No estoy lista para ver a mis padres —musitó en mi oído.

Asentí y enseguida cambié de dirección para dirigirme a mi departamento. No puedo negarles lo nerviosa que estaba. La última vez que dormí con ella no pude controlarme y terminé tocando donde no debía, pero todo era diferente después de lo que pasó en el parque. No estaba ebria y ya sabía de mis sentimientos, así que la pregunta era: ¿podría controlar mis deseos teniéndola solo para mí?

Llegamos y pude notar cierto nerviosismo en ella.

—¿Quieres algo de tomar? Te puedo ofrecer jugo de naranja, té o agua. También tengo café, pero ya conoces el final de esa triste historia. ¡Niña rara que no le gusta el café! —Sonrió, y luego me sacó la lengua de forma juguetona.

—¿Y esto qué? ¿Lo tienes reservado para una ocasión especial?

Tomó una botella de vino que estaba en el mini bar.

—No precisamente... pero en vista del historial que tienes con las bebidas alcohólicas, no consideré prudente ponértelo como opción.

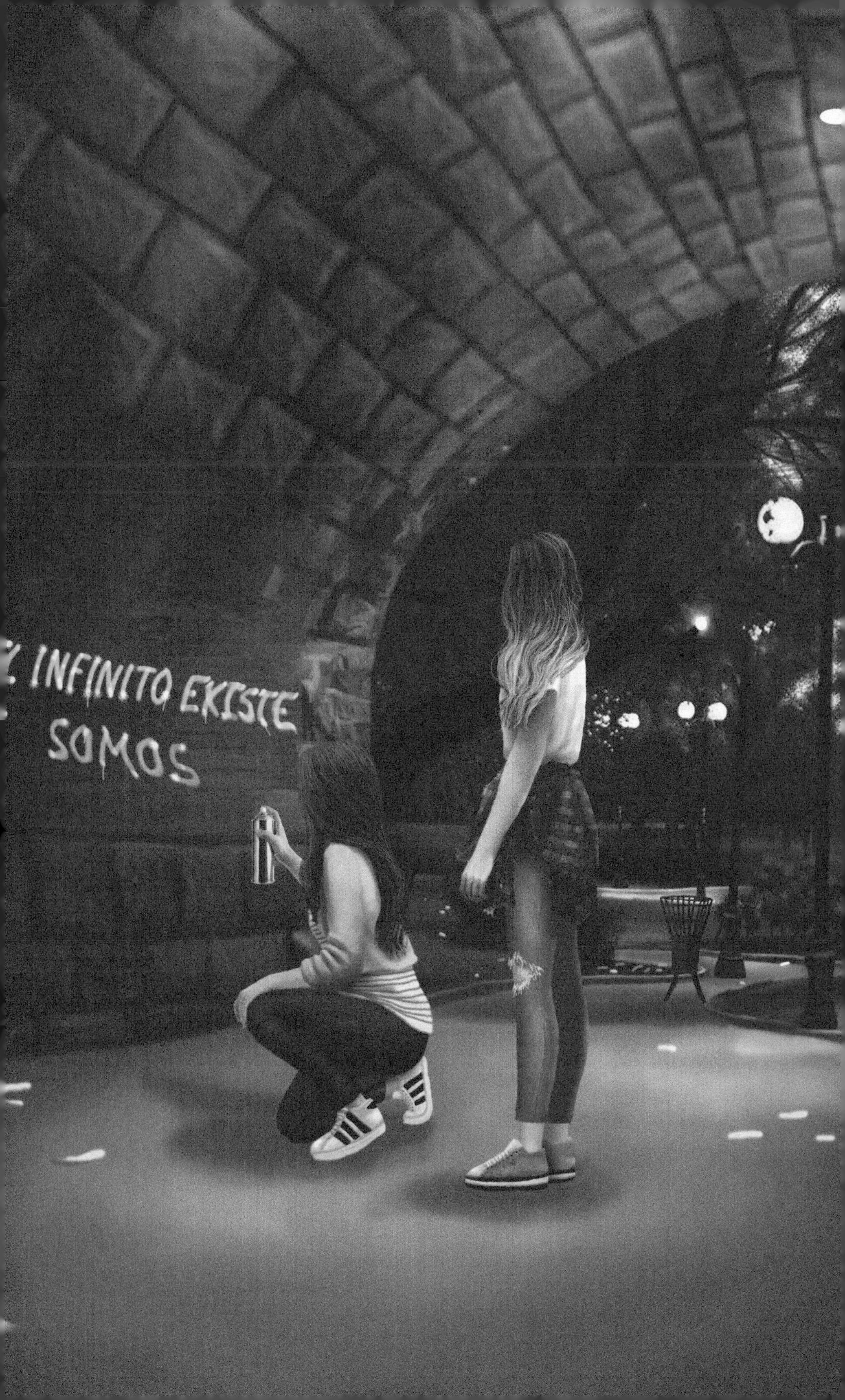
INFINITO EXISTE
SOMOS

—Después te encargas de llevarme a alcohólicos anónimos, pero esta noche tomaremos vino, mientras me cuentas tus historias como delincuente juvenil.

Abrí la botella y nos sentamos en el sofá. Le conté sobre la vez que pasé la noche en una celda por hacer garabatos en uno de los edificios Hamilton. Llamaron a Eleanor —mi madre— y ordenó que me dejaran detenida sin derecho a agua ni comida.

Ella no contaba con mi carisma y habilidad para relacionarme. Ese con el que gané el aprecio tanto de las chicas con las que compartía celda, como también el de las custodias. Pasamos la noche contando historias y comiendo pizza.

Emily no dejaba de burlarse de mí y ya en la segunda copa se veía más relajada. Recostó su cabeza en mis piernas y empezó a dejar pequeñas caricias en mi brazo justo antes de volver a hablar.

—Quiero jugar a preguntas y respuestas. Tú empiezas —ordenó con esa voz de niña mandona, y les juro que no había manera de resistirse cuando era tan tierna.

—A ver... déjame pensar —contesté, ya que me agarró de improvisto—. ¿Sushi, hamburguesas o pizza? —pregunté, dando inicio al juego.

—Sushi.

—Tu turno —dije.

—No. Tú preguntarás y yo responderé. Esas son las reglas de mi juego. Además eres más ocurrente y sé que sabrás sacarle provecho a tu ingenio. —Lanzó una mirada pícara.

—Y un día como hoy murió la democracia en manos de la señorita Emily Wilson —bromeé, sabiendo que haría justo lo que ella pedía, gracias a mi manía de decirle sí a todo—. ¿Dulce o salado?

—Combinado

—¿Día o noche?

—Noche

—¿Estación del año favorita?

—Primavera

—Tres palabras con las que te describas.

Seguí preguntando guiada por las ganas de descubrir todo sobre ella.

—Sincera, altruista y un poquito consentida —contestó.

—¡Voy a fingir que no escuché eso y continuaré con las preguntas!

Presioné suavemente la punta de su nariz y ella sonrió.

—¿Habías besado a una chica antes de mí? —Me miró con timidez.

—Tú eres la primera —respondió, fijando su mirada en mis labios y el cosquilleo en mi cuerpo apareció.

—¿Tienes miedo de lo que sientes?

—Me da miedo lastimar a las personas que quiero.

—¿Quieres que me aleje de ti?

—La respuesta correcta sería que sí, pero explícale eso al vacío que siento en mi estómago con el solo hecho de pensarlo.

—¿Sigues pensando que soy un error?

—Alguien que te hace sentir en la cúspide del cielo sin siquiera tocarte, nunca puede ser un error.

—¿Quieres que te bese en este momento?

—Creo que has tardado demasiado en hacerlo.

Tomé el último trago que quedaba en mi copa intentando asimilar todo lo que generó en mí su respuesta. No existía fuerza humana que me permitiera resistirme a sus palabras. La besé y ella sujetó mi cuello siguiendo el beso. Empezamos lento y fuimos subiendo poco a poco la intensidad. Con su lengua bordeó mis labios y un mordisco en mi labio inferior hizo que mis sentidos explotaran. La levanté por la cintura para acostarla en el sofá y ni yo sabía que tenía tanta fuerza. Me acosté sobre ella y seguí besándola. Comencé a dejar besos húmedos en su cuello, y un gemido salió de su boca cuando mordí el lóbulo de su oreja. Apretó con fuerza mis caderas y verla morderse los labios me motivó a ir más allá. Pasé mis manos por debajo de su camisa y llegué a sus senos.

—¿Se sienten mejor ahora o te gustaron más esa vez en mi habitación? —preguntó con una sonrisa traviesa, y yo quería que la tierra me tragara.

Ella recordaba lo que había pasado y me hizo creer que no.

—En mi defensa… nunca me pongo límites y ese día fue la primera vez que lo hice. Me estabas volviendo loca, pero paré, incluso cuando tocarte era lo que más deseaba —respondí, y recorrí su cuello con mi lengua, provocándole un gemido más fuerte.

Escuchar su respiración tan acelerada. Sentir el latir desenfrenado de su corazón. El olor y la suavidad de su piel. El sabor de sus besos. Y esa sensación de sentirla mía, me estaban enloqueciendo, y cada segundo quería más de ella.

Sentí su mano apretar con fuerza mis glúteos al tiempo que presionaba su cuerpo contra el mío. Se movía rozando nuestras partes íntimas, provocando un torbellino de sensaciones dentro de mí. Emily mantenía los ojos cerrados, mientras yo besaba sus labios y cuello sin poder parar.

—¿Cómo había podido vivir sin tus besos todo este tiempo? Te juro que son de otro planeta —susurró en mi oído.

Escucharla hizo que perdiera la poca cordura que me quedaba. Emily logró encender una parte de mí que creía muerta. Y necesitaba más. Quería sentir su piel, su cuerpo desnudo. Quería escucharla gemir, pero más allá de eso, deseaba curar su alma con mis besos. Abrazar sus miedos. Descubrir a través de caricias todo lo que aún no sabía de ella.

Le quité la camisa y no pude evitar quedarme mirando los lunares que habitaban su pecho, y que al igual que el de su boca, fácilmente podrían convertirse en mi adicción. ¿Cómo es que Emily Wilson podía ser tan perfecta? Era capaz de quedarme a vivir en su pecho y nada me faltaría. Podía perderme en ella y desear que nunca me encontraran. Jugar con su lengua se estaba convirtiendo en una de mis cosas favoritas, e ir conociendo su lado sensual mientras la observaba subir su nivel de excitación, me hizo querer hacerle el amor como nadie se lo había hecho antes.

Quise bajar mi mano hacia su zona íntima, pero antes de cruzar el borde de su pantalón, Emily me frenó.

—Espera —solicitó.

—Perdón... ¿te lastimé? —pregunté, preocupada.

—No. Tú eres perfecta y lo estás haciendo muy bien. Es solo que hay un problema —expresó—. Lo que sucede es que... a ver, ¿cómo te lo explico sin que pienses que soy una idiota?

—Puedes intentar explicármelo, y sea lo que sea, no hará que piense que eres una idiota, pero déjame adivinar... ¿tienes la menstruación?

—No, es algo vergonzoso —respondió, tapándose la cara apenada.

—Ya sé... olvidaste depilarte y el Amazonas es parte de ti.

De verdad no sé qué me hacía pensar que las estupideces que salían de mi boca ayudarían a alguien a relajarse.

—Me da mucha vergüenza decirte y te reirás de mí. Estoy segura.

Usó un cojín para taparse la cara.

—¡*Hey*! A ver... Puedes decirme lo que sea y te prometo que no me reiré, ¿está bien? —Saqué mi dedo meñique en señal de pacto y lo entrelacé con el de ella.

Me dijo lo que sucedía, pero no pude entenderle porque habló sin quitar el cojín de su cara.

—¡Bien hecho, bonita! Ahora intentémoslo sin esto porque no entendí nada. —Puse el cojín a un lado y su cara estaba roja.

—Nunca he tenido sexo con nadie —habló tan rápido que las palabras se escucharon como si fueran una sola, pero pude entender lo que dijo, y me reí de forma involuntaria.

—¡Noo! ¡Prometiste no burlarte! ¡No me hables! —Frunció el entrecejo al tiempo en que cruzaba sus brazos en señal de molestia.

—¡Espera! No puedes ser tan hermosa, tierna y adorable y vivir para contarlo. ¿Cómo hago si quiero comerte a besos en este momento?

—¿Y ahora pides permiso? Hasta donde creí, Victoria Brown no conocía de reglas ni límites.

Me fui sobre ella y besé todo su rostro, hasta que sujetó mi cara para dejar un beso más largo en mis labios y hacerme sentir que su lengua me transportaba a otros planetas.

—¿No tienes hambre? Te dije que esto de besar mucho siempre me despierta el apetito.

Esa fue mi excusa para frenar un momento que deseaba con cada fibra de mi cuerpo. Para calmar mis ganas de ir más allá. Y aunque estaba siendo una tortura, entendí que si la quería, debía cuidarla. No podía ser egoísta y pensar solo en lo que yo deseaba. Su primera vez no sería así. Y si iba a ser conmigo quería que fuera especial, porque ella lo era. Un momento como ese debe ser inolvidable y con una persona que valore cada parte de ti. Que te cuide en mente, cuerpo y alma.

Fui hasta la cocina y mientras preparaba algo para comer, la vi acostada en la alfombra mirando un punto fijo en el techo. Algo no la dejaba estar tranquila. Tristeza, nostalgia y preocupación era lo que había en su mirada. Necesitaba saber qué le pasaba y si yo podía ayudarla.

—¿Algo que quieras hacer antes de morir? —Usé el juego como herramienta para descubrir qué le sucedía.

—Acabar con la maldad en el mundo, pero como es casi imposible, te diré que saltar en paracaídas.

—¿Dos cosas que te hagan feliz?

—Poder ayudar a los demás y ver reír a las personas que quiero.

—¿Algo que te haga llorar? —Su mirada se entristeció y guardó silencio por unos segundos. Se puso de pie y caminó hasta su bolsa.

—Esto.

Me entregó un sobre.

Para mí M&M.

Léela cuando me necesites,
Te ama, Emma

Era la carta de la que habló Amanda el día de la fiesta. Hasta donde sabía nadie tenía conocimiento de lo que le escribió su hermana antes de irse.

¿Por qué me la estaba enseñando a mí y no a Santiago o a alguno de sus amigos?

—¿Estás segura de que quieres que la lea? —pregunté, y ella asintió.

La abrí y comencé a leer.

—¿Puedes leerla en voz alta, por favor? Quizá de esa forma pueda entender lo que no he logrado en las infinitas veces que la he leído intentando encontrar una respuesta.

*Sabes que las despedidas siempre me han parecido una mierda, y más cuando no estás listo para decir adiós, pero tengo que irme y no es por mí. Sé que hay muchas cosas que posiblemente no entiendas, 0 peque, pero te amo tanto que quedarme cerca de ti, sería dañar lo más hermoso que tengo y no lo soportaría.*

*Solo te pido que me recuerdes y que cuando veas el sol salir, sonrías, sabiendo que esa será mi forma de encontrarme contigo. No me odies ni intentes buscar respuestas a preguntas que no existen. El amor simplemente se presenta de diferentes maneras. Y a veces tenemos que perder para poder ganar. Más adelante quizá lo puedas entender. Pero nunca olvides que ni la luna, ni el sol, ni toda la galaxia completa, serán tan grande como el amor que te tengo.*

*Cuando me necesites, búscame en nuestra canción favorita. Cuando sientas que la vida va cuesta arriba, recuerda que dentro de ti está todo lo que este mundo necesita para ser un lugar mejor. Porque personas como tú, le dan sentido a todo lo que tocan. Sueña, ama, ríe, llora, vive, sobre todo... ¡VIVE, Peque! Que el mañana es la ilusión de los cobardes que no se animan a aceptar que el único momento que tienen es hoy. Y no llores, porque las despedidas siempre terminan en encuentros, y nosotras nos volveremos a encontrar.*

*Recuerda: El infinito existe... y somos tú y yo.*

*Te ama, Emma*

Vi las lágrimas caer por sus mejillas y antes de que pudiera consolarla, una llamada que al parecer no podía ignorar, rompería su mundo para siempre; y las respuestas que tanto buscaba sobre Emma, empezarían a aparecer.

# YO LA ABANDONÉ
## Emily Wilson

Nunca imaginé conocer a alguien como Victoria Brown. Ella es del tipo de personas que te hace sentir segura, incluso estando en el borde de un precipicio. Aparenta ser ruda, pero tiene un corazón tan noble que la delata. Parece no importarle nada, pero piensa en ti por encima de sus propios deseos. Es tierna, ocurrente, profunda y tiene algo que te induce a confiar aunque apenas la conozcas.

No imaginé jamás sentir algo tan fuerte por alguien. Santiago siempre me dio la tranquilidad y seguridad que necesité, pero las mariposas no despertaron hasta que la conocí a ella. Sus labios fueron el renacer de lo que creí muerto. En sus besos podía percibir su deseo de sentirme suya; y yo lo estaba siendo cada vez que me besaba y me tocaba de la forma en que lo hacía.

No quería que parara, pero debía confesarle que nunca lo había hecho con nadie. Me sentía una tonta. ¿Quién en pleno siglo XXI es virgen a los diecisiete? Solo sonrió y supe que no era burla. Me besó con ternura y con sus peculiares ocurrencias supo cortar un momento que tanto ella como yo, deseábamos.

Victoria empezaba a disfrutar cuidarme siempre, y yo a convertirla en mis excepciones. Le gustaba descifrarme y yo amaba descubrirme a través de ella.

Estar a su lado me llenaba de paz, pero Emma seguía apareciendo en mi mente. Ese vacío en mi estómago se intensificó después de la nota que dejó en mi ventana, y no encontrarla en el lugar acordado me estaba taladrando el alma.

Me aterraba pensar en que algo le pudiese haber pasado y una llamada empezaría a convertir mi peor pesadilla en realidad.

—Hola, mamá. Iba a llamarte para decirte que me quedaría hoy en casa de Daniela.

Mentí sin darle oportunidad de que me regañara por no haber llegado a casa sin avisar, pero su llanto hizo que mis nervios se dispararan.

—Emy —dijo, para luego silenciar su voz con un llanto desolador.

—¿Qué sucede, mamá? ¿Le pasó algo a papá? —pregunté, levantándome del piso y un frío recorrió todo mi cuerpo.

—Mi niña... es tu hermana.

Las piernas se me debilitaron y terminé cayendo de rodillas en el sofá. Mis manos estaban heladas y no necesité saber qué había pasado cuando ya mis lágrimas empezaban a salir.

—Mamá, necesito que me digas qué sucede con Emma.

—No me dieron mucha información. Solo nos dijeron que está en el hospital. Tu papá y yo vamos de camino a verla. Te vemos allá, mi amor.

Colgó la llamada y un sinfín de preguntas invadieron mi cabeza.

—Necesito que me lleves al hospital

—¿Qué sucedió? —preguntó Victoria.

—¿Puedes solo llevarme al hospital, por favor? —repetí, con el tono más odioso que pude conseguir.

Más allá del miedo que tenía de saber qué le había sucedido a Emma, sentí impotencia al pensar que yo pude haberlo evitado si tan solo hubiese llegado a la hora de la cita.

Victoria conducía hacia el hospital mientras la culpa poco a poco se hacía espacio en mi cuerpo. Debí insistir. Debí esperarla por más tiempo o buscar ayuda con mis padres, pero fui una egoísta y pensé solo en mí. La dejé sola para irme a hacer esos estúpidos grafitis. Me sentía furiosa.

Al llegar, corrí a la entrada y sentí el paso de Victoria detrás de mí. Cuando iba a preguntar en el módulo de información, escuché la voz de Santiago.

—Princesa. —Estaba parado a unos centímetros de mí y solo me lancé sobre él en busca de un abrazo. No supe por qué estaba allí antes que yo, pero verlo me dio tranquilidad.

—¿Sabes algo de Emma? ¿Por qué está aquí? ¿Qué fue lo que sucedió? —inquirí, y sus ojos se llenaron de lágrimas.

—Ven, tus papás están por aquí. Ellos te explicarán todo.

Me dio un beso en la frente para luego tomar mi mano y llevarme hacia ellos. Estaba desesperada y el camino me pareció una eternidad.

Mi madre tenía los ojos hinchados y su cara estaba roja de tanto llorar. Mi padre se veía angustiado, y Jorge me lanzó una mirada de consuelo. Cuando me vieron, me abrazaron de inmediato y mamá no podía controlar las lágrimas. No entendía lo que estaba sucediendo, pero supe que no era nada bueno.

—¿Me van a decir qué demonios pasó con Emma? —exigí, y la voz se me cortó.

—Ese delincuente casi la mata —gritó mi madre, para reventar en llanto otra vez.

—A tu hermana la encontraron brutalmente golpeada. En estos momentos está en terapia intensiva. Tiene fracturas de huesos, contusión cerebral y hematomas en todo el cuerpo. Los doctores dicen que su estado es crítico y que es un milagro que llegara con vida —respondió mi padre, a quien el aguantar el llanto le hacía poner la cara roja, y una vena en su frente se brotaba de forma exagerada.

—¿En dónde la encontraron? —pregunté.

—A tres calles de Malteadas Daz —respondió Santiago.

Su respuesta hizo que mi vista se nublara. Sentí como mis oídos se taparon y dejé de escuchar lo que decían a mi alrededor. Caminé lejos de ellos por inercia y sin ningún rumbo. Mi mente solo repetía que yo tenía la culpa. Que pude haberla salvado y no lo hice. Las lágrimas corrían por mis mejillas y tenía una necesidad incontrolable de gritar. Victoria se acercó a mí y hubiese deseado que no lo hiciera.

—¡*Hey*! Tu hermana va a estar bien. No te preocupes —expresó, con voz dulce.

—¿Y tú cómo puedes asegurarme eso? Acaso escuchaste lo que dijeron los doctores. Es un milagro si sobrevive —respondí, cortante.

—Es tu hermana, ¿no? Si llevan la misma sangre, debe ser igual de testaruda que tú y estoy segura de que saldrá de esta.

—¿Qué sabes tú cómo es Emma? Ni siquiera la conoces. Ni siquiera me conoces a mí. ¡No hables como si fuera así, porque no lo es!

—¡Tienes razón! No conozco a Emma y quizá tampoco a ti, pero algo me dice que todo estará bien y tú necesitas ser fuerte por ella y por tus padres. Solo quiero que sepas que estoy contigo para lo que necesites. —Su dulzura no hacía que dejara de sentirme culpable.

—No te estoy pidiendo que te quedes conmigo. No te necesito. ¿Acaso no lo ves? Si no me hubieses llevado a hacer ese estúpido grafiti, habría hablado con mis padres y ella no estaría aquí.

Me sentía culpable y sin darme cuenta, me estaba desquitando con quien menos debía hacerlo.

—Emily, hay cosas que no podemos evitar aunque quisiéramos. No podías saber lo que le iba a pasar a tu hermana. ¡No seas tan dura contigo, bonita! —Intentó acariciar mi rostro y no se lo permití.

—¡¿No entiendes que quiero que te vayas?! Necesito estar con mi familia y con mi novio. No tienes nada que hacer aquí. ¡Vete, por favor!

—¡*Hey*! Está bien. No tienes que hablarle así. Estoy segura de que solo quiere ayudar —intervino Daniela, que no sé de dónde salió ni tampoco por qué la defendía.

—¿Todo está bien? —Se acercó Santiago y yo volví a abrazarlo. Victoria se fue y vi a Daniela ir tras ella.

La culpa es un sentimiento tan poderoso y complejo, que puede llevarnos por vertientes desconocidas; como creer que no somos merecedores de algo o que por alguna circunstancia debemos ser castigados. Yo me sentía culpable por haber ignorado el llamado de Emma, y creí que mi castigo era alejar lo que me hacía feliz o me daba paz, y eso representaba Victoria.

No merecía tener tranquilidad, y tampoco el amor que ella me transmitía con solo mirarme, mientras mi hermana luchaba por su vida en una cama de hospital por mi culpa.

—¿Cómo supiste lo de Emma? —le pregunté a Santiago.

—Tus papás pensaron que estabas conmigo por ser San Valentín. Me llamaron porque no pudieron comunicarse contigo. Me dijeron lo que había sucedido y me vine de inmediato para acá. ¿En dónde estabas?

—Daniela me pidió que la acompañara a comprar unos accesorios para su computadora y se nos fue el tiempo. Al llegar a casa encontré una nota de Emma en donde me citaba en *Las Malteadas de Daz*, pero cuando llegué ella no estaba.

Mentí. Odiaba decir mentiras, pero no vi otra opción, ya que también me sentía culpable por haberlo dejado plantado.

—¿Por qué no me hablaste o le dijiste a tus papás lo que había sucedido? —preguntó.

—Porque soy una idiota, ¿no lo ves? Y ahora por mi culpa casi matan a mi hermana.

—Princesa, lo que le pasó a Emma no es tu culpa. ¿Cómo ibas a saber lo que sucedería? No sabías nada de ella desde que se fue sin despedirse de ti hace tres años. Tomó la decisión de irse y no tienes que sentirte culpable por los actos de los demás —respondió, intentando hacerme sentir mejor, pero solo logró lo contrario.

Ladeé la cabeza y lo miré con cara de desapruebo, pero no dije nada; solo me alejé y cuando intentó detenerme le dije con voz severa que quería estar sola. Su comentario me pareció fuera de lugar, pero no tenía ganas de discutir con él.

Fui hasta la cafetería del hospital y enseguida llegó Daniela.

—Sé que no te gusta el café, así que un chocolate caliente fue lo único que se me ocurrió que podía servir.

Daniela se sentó a mi lado y agradecí que, a pesar de que eran más de las dos de la mañana, todavía estuviera conmigo. La abracé ignorando el hecho de que sabía que odiaba los abrazos, y ella solo me daba palmaditas en la espalda. Puedo asegurar que contaba los segundos que faltaban para que me quitara de encima. No lo hacía por mal. Ella solo era así. Y aunque amaba a Laura y a Joaquín, como Daniela no había dos y en ese momento lo iba a confirmar.

—¿A ti también te llamaron mis padres? —le pregunté.

—No. Victoria me envió un *WhatsApp* en el que me decía que me ibas a necesitar. Que viniera hasta aquí lo más pronto posible—respondió, y no pude evitar mostrar cara de confusión.

—¿Victoria te escribió un *WhatsApp*? ¿Y ustedes desde cuándo son tan amiguitas?

—¿Recuerdas tu odio desmedido cuando en realidad ni siquiera la conocías? ¿O esa vez que estábamos en clase de Inglés y por error me dijiste Victoria en vez de Daniela?... Bueno desde ahí me propuse investigarla. Estudié sus movimientos. Me mantuve sigilosamente cerca. Y un día ella y yo coincidimos en la hora de entrada, cuando ninguno de ustedes había llegado. Hablamos por mucho rato. Uno que otro chiste... je je je – ja ja ja. Varios «sabías qué...» sobre ti, y ¡pum! Intercambiamos números —confesó, con la energía y carisma que la caracterizaba—. Así que sí, te fui infiel con Victoria —agregó, mientras tomaba un sorbo de su cappuccino y yo no pude evitar reírme.

—Lo esperaba de cualquiera, menos de ti. ¡Vaya manera de romperme el corazón!—bromeé.

Daniela no entendía de momentos serios. Ella y la prudencia no eran muy amigas. Es de ese tipo de personas que te pregunta «¿cómo estás?» en pleno velorio. Así que toda la situación con Emma y el hecho de que estuviéramos en un hospital, no iba a ser impedimento para que llevara a cabo el interrogatorio que me prometió—. ¿Quieres hablar sobre Victoria y el porqué la trataste así hace unas horas?

—No la traté de ninguna manera. Solo que no quería que extraños estuvieran presenciando una situación familiar. Es todo.

Yo era tan ilusa que seguía pensando que existía posibilidad alguna de engañar a Daniela.

—*Okey*... Voy a reformular la pregunta y no quiero que te sientas presionada en responder, pero me gustaría que si lo vas a hacer, lo hagas esta vez con la verdad. ¡Vamos, *you can do it, baby*! —expresó, y supe que iría directo al grano—. ¿Qué pasa entre tú y Victoria Brown?

¡Lo sabía! No tendría escapatoria.

—¿De verdad hay algo que no sepas? —le pregunté, lanzando una servilleta en su cara.

—No sé la historia entre ustedes, por ejemplo. Así que... ¡infórmame!

Se puso cómoda doblándose de piernas y apoyando su barbilla en la mano que posaba sobre la mesa.

Le conté todo lo que había pasado entre Victoria y yo desde ese día en la fiesta de Santiago. No me interrumpió en ningún momento. Me escuchaba como quien no pestañea mientras ve una película para no perderse ningún detalle de la historia.

—¡Déjame ver si entendí! —rebobinó los puntos que consideró más importantes y agregó—. Lo que me quieres decir es que... ¿te gusta la galleta? —preguntó, con la misma seriedad del principio.

—¿De qué me estás hablando, Dani? ¿Cuándo hice mención de una galleta en todo lo que te dije? —pregunté inocente, y ella soltó una carcajada.

—Bebé, te explico... A mí me gusta el banano y a ti te gusta la galleta. ¿Sí me entiendes?

—Eres lo más detestable que hay en el mundo. Lo sabías ¿no?

—Lo sé y me amo tanto como tú me amas a mí, pero a ver... tengo una pregunta sería: la besaste, la manoseaste, pero ¿todavía no le has comido la galleta? —Su pregunta era en serio, pero obvio no respondí.

Daniela sabía cómo hacer que tus problemas se esfumaran por unos segundos. Con ella no existían momentos tristes. Su don era alegrarte con su carisma. Y tenerla en mi vida era una de las cosas que me hacía sentir muy afortunada, pero esa vez su presencia fue de mucha más ayuda que todas las veces anteriores.

—No esperes que te diga que te acepto como eres. Que te amaré igual seas gay o heterosexual, ni ninguna de esas estupideces que dice la gente que cree que, porque te gusta alguien de tu mismo sexo eres especial, diferente o un bicho raro que requiere aprobación. No pienso etiquetarte ni caer en los estúpidos prejuicios de la gente mente corta. Nadie tiene que aceptarte. Nadie tiene que aprobar tus sentimientos. Porque son solo eso: sentimientos. Y no son ni buenos ni malos. ¡Así que... si te gusta la galleta, pues a comer galleta se ha dicho!

Me sentí tan feliz de escucharla hablar así. Omitiendo su mal chiste de la galleta, claro.

—Muy bonito tu discurso, pero dime ¿cómo se lo explico a Santiago?

—¿Y qué es lo que me tienes que explicar?

La voz de Santiago retumbó en mis oídos haciendo eco en toda la cafetería.

No es fácil proteger a las personas que amas, y menos cuando te enfrentas a dejar de ser tú por querer cuidarlos a ellos, por no ser la persona que le haga explotar el corazón en pedazos, pero hay cosas que no puedes evitar por mucho tiempo, y una de ellas es reconocerte a ti mismo. Porque si te amas tú primero, le das la oportunidad a los demás de amarte por ser quien eres. Por ser tú mismo.

# QUERÍA, PERO NO ERA ELLA
## Victoria Brown

Mi padre decía que ser valiente era uno de mis superpoderes. Nunca le tuve miedo a nada. Podía dormir con la luz apagada luego de ver una película de terror. Volver a subirme a la *bici* segundos después de haberme raspado las rodillas en una caída. Subir a la montaña rusa más grande y lanzarme al agua sin salvavidas. Y así he sido hasta la fecha. Capaz de viajar en moto a ciento ochenta kilómetros por horas en carretera libre. Sujetarme con una sola mano en el borde de un viejo faro y apuntarle con un arma a un imbécil en un callejón oscuro, pero lo que no sabía mi padre es que acelerar, aun sabiendo que lo que hay en frente es un precipicio, no se puede llamar valentía, sino mera estupidez.

Desde el día que mi padre murió y quise devolverlo a la vida, nunca volví a desear tener un poder. Hasta ese día que quise cuidar a Emily de todo lo que pudiera dolerle. Ella se culpaba de lo que había pasado con su hermana y no me dio oportunidad de abrazar su impotencia. De besar su dolor. Me fui, llevándome conmigo las ganas de curarle el alma. Pero antes de salir, Daniela frenó mi paso.

—¡*Hey*! Gracias por avisarme, y discúlpala, ¿sí? Está pasando por una situación complicada, pero estoy segura de que valora el apoyo que le das —intentó acomodar la forma en la que Emily me echó del hospital.

—Cuídala mucho, por favor. —Le regalé una media sonrisa y salí.

Les mentiría si les dijera que verla abrazarlo como si él fuera su ancla, no hizo que mi corazón se rompiera en pedacitos. Les mentiría si les dijera que sus palabras no rasgaron mi alma dejándome deshecha y con un vacío en el estómago. Pero tampoco podía culparla, ni mucho menos condenarla. La forma en la que actuamos bajo circunstancias difíciles no nos define. Y eso lo aprendí con ella aquel día del accidente.

No quería llegar a casa porque significaría llenar mi cabeza de pensamientos absurdos. Busqué mi celular y por suerte Tommy estaba en línea. Era fin de semana y él siempre salía hasta tarde. Me dijo en donde estaba y me fui hasta el lugar que me indicó.

—Uno doble, por favor —ordenó—. Esta señorita lo va a necesitar —dijo, en el instante que me vio tomar asiento. Me conocía muy bien.

—No me preguntes nada. Mis ganas de hablar están en cero —expresé, antes de que pudiera decir algo, y él solo hizo un gesto con sus dedos con el que simulaba cerrar su boca con llave.

Tomé el trago fondo de blanco y ordené otro. En menos de quince minutos ya me había tomado cuatro. Tommy se mantenía en silencio. Respetaba mi espacio y sabía que cuando estuviera lista, iba a contarle lo que me estaba sucediendo.

—Si te elevan al cielo para luego soltarte rompiéndote hasta el alma en la caída, y después de rota quedas con ganas de volver a subir, ¿es masoquismo? —pregunté, mientras tomaba el último sorbo de mi quinto trago—. No me hagas caso. Estoy hablando estupideces —agregué, sin esperar respuesta y mi *casi* hermano solo me observaba con una sonrisa de imbécil que le salía de forma natural.

—¿Qué te parece si intentas decirme lo que te pasa, pero esta vez sin metáforas? —propuso, sin quitar la cara de sabelotodo que me hacía querer golpearlo.

Nunca tuvimos secretos. Sabíamos todo el uno del otro. Y no tuve miedo de decirle que me estaba enamorando de una chica. No tuve miedo de decirle que ella estaba con alguien más, y tampoco lo tuve al decirle que por primera vez estaba teniendo miedo. Que me aterraba enamorarme y que ese amor me convirtiera en alguien débil, como le sucedió a mi padre.

No me dijo nada, pero con su silencio lo dijo todo. Tommy sabía que cuando hablaba de mí no buscaba una opinión al respecto. Porque a veces no necesitamos de consejos, sino de alguien que solo nos escuche.

Las horas pasaron y el alcohol empezó a hacer su efecto, sin darme cuenta estaba en la pista bailando con la tristeza, sin saber que mi soledad no duraría mucho tiempo. Una chica con un largo cabello rojo y ojos color ámbar, se acercó y comenzó a bailar a centímetros de mí. Su pecho estaba poblado de tantas pecas, que fue inevitable fijar la mirada en ellas. Hacía movimientos sensuales y antes de que pudiera evitarlo, ya la tenía sujetando mis caderas y respirándome en el oído. Era muy *sexy* y me miraba de forma lasciva. Esa chica era más lujuria que persona.

No sé cómo ni cuándo pasó, pero de un momento a otro me encontraba metida en un baño besándome con una desconocida. Sus manos recorrían todo mi cuerpo, pero yo no sentía nada. Sus besos eran fuego, pero en mis labios solo encontraba invierno. Era perfecta, pero no me hacía sentir lo que Emily lograba sin siquiera tocarme. Y no me había equivocado con lo que pensé en aquel primer beso, que besar a una mujer no debía sentirse igual que besarla a ella.

Quería sacarla de mi cabeza. Olvidar las palabras que usó para recordarme que sus labios pertenecían a alguien más. Se supone que lo que no puedes cambiar no debería doler tanto. Y aunque no estaba molesta con ella, sentía la necesidad de recuperar mi vida. De volver a ser la misma de antes, esa Victoria que no involucraba sentimientos y solo quería vivir la vida al máximo y sin ataduras. Besé a una desconocida en un intento por recuperarme a mí misma.

—¿Qué te parece si nos vamos a un lugar más privado? —musitó la chica en mi oído, y todavía no sabía su nombre, pero tampoco lo necesitaba. Esas eran mis reglas.

—Yo sé a dónde ir. ¡Vamos! —comenté, y antes de salir mordí su labio provocando un gemido que combinaba dolor y placer.

Salimos y en el camino me crucé con Tommy. Era tan vulgar que al verme con la pelirroja, puso sus dedos en su boca en forma de V, dejando una pequeña abertura por dónde sacó su lengua e hizo movimientos rápidos. Era un imbécil en todo el sentido de la palabra.

—¿Piensas llevarme en esa cosa en el estado en el que estás? —preguntó la chica con recelo cuando vio mi moto—. Ni lo sueñes. Vamos en mi auto, muñeca —agregó.

—Me subo a tu auto con dos condiciones… uno: yo manejo; y dos: no me vuelvas a llamar muñeca.

—Mmm... Eres de las que le gusta tener el control. ¡Excitante! Aunque muy odiosa para lo linda que estás.

Me entregó las llaves de su auto, mientras se mordía los labios y juro que iba a comerme con los ojos.

Llegamos a mi departamento y no había cerrado la puerta cuando ya tenía su boca devorando la mía. Me pegó contra la pared y pasaba sus manos por mis muslos a medida que me besaba. Me giré tomando el control sobre ella. Abrí su camisa sin importarme que los botones salieran disparados y comencé a besar su pecho. La llevé hasta el sofá, el mismo en el que Emily con sus besos me elevó a la cima del cielo, para horas después soltarme.

Tenía la necesidad de borrarla de mi mente y desaparecer todo lo que me había hecho sentir. Pasé mi lengua por el cuello de la chica y la besé creyendo que en otro cuerpo, las lágrimas de mi alma se evaporarían. Me gustaban sus besos, su olor, la suavidad de su piel, pero en mi mente seguía buscándola a ella. Recreando sus caricias. Recordando lo tierna que se veía cuando estaba nerviosa y lo *sexy* que era cuando me besaba con todos sus miedos.

«¿Qué demonios pasa conmigo?», pensé cuando me descubrí pensándola para poder conseguir el placer que no estaba encontrando, pero la pelirroja me volvió a traer a escena cuando procedió a quitar mi camisa. Besaba mi cuello y pecho apretando con sus uñas mi espalda. Hasta que algo en el sofá la hizo quejarse.

—Así que tu nombre empieza con E —expresó, al encontrar lo que la había rasguñado. Era el collar de Emily—. A ver... no tienes cara de Elena, tampoco de Erika. Déjame adivinar... —Pensó unos segundos como si de verdad fuese a adivinar mi nombre—. ¡Te llamas Esther!

—¡A ver! Esta noche tendré el nombre que tú quieras que tenga ¿*Okey*? Pero ¿podemos seguir o viniste hasta aquí a jugar *What is my name?* —le pregunté, quitándole el collar para arrojarlo al piso, y para mi mala suerte, quedó en un lugar donde aún podía verlo.

—¿Cómo es posible que ser una odiosa te haga tan jodidamente *sexy* e irresistible? —fue lo que dijo, trayendo su boca otra vez hasta mi cuello, dejando pequeños mordiscos—. Pero ya sé qué hará que te relajes. ¡Cierra los ojos! —ordenó.

Nunca tuve problemas con embriagarme hasta no saber cómo llegué a casa o con quién. Tampoco el tener el famoso «sexo por placer», pero esa chica traería a mi casa lo único que odiaba con todas mis fuerzas.

Cerré los ojos y lo siguiente que sentí fue su boca acercarse a la mía para entregarme con ella una pastilla que, al notarla sobre mi lengua, escupí con la misma rapidez y brusquedad con la que me puse de pie.

—Voy a contar hasta tres y te vas a desaparecer de mi vista.

—Pero... pensé que eras de las chicas que no se negaban a los placeres de la vida —contestó, y mi sangre estaba hirviendo.

—Sí, y al parecer ese es tu problema, ¡pensar que piensas! ¡Largo de aquí! —ordené mientras me vestía y ella se levantó con gesto de fastidio.

—Podrás estar muy buena, pero con ese genio, dudo que alguien te soporte, muñeca. —Tomó su camisa y caminó hasta la salida cubriéndose superficialmente. Fui tras ella y me sentía furiosa, hasta que abrió la puerta y me presentó un escenario en el que no hubiese querido estar presente.

—Emily, ¿qué haces aquí?

Eran como las cinco de la mañana, por lo que no esperaba que apareciera en mi casa a esas horas, y menos después de lo que me dijo.

—Perdón, no sabía que estabas ocupada —respondió con voz baja y vi sus ojos apagarse cuando vio a la pelirroja saliendo semidesnuda.

—Con que la E no era de Esther, sino de Emily ¡Qué sorpresa! —soltó la chica con cierta malicia—. ¡Me compadezco de ti, princesa!

Le dio dos palmadas a Emily en el hombro y ella hizo un gesto de rechazo ante su contacto.

No sabía qué hacer. Quería que un rayo me partiera en dos. Una parte de mí estaba molesta. Decepcionada. Llena de rabia por lo que me había dicho, pero la otra la entendía y solo deseaba correr a abrazarla o decirle que no era broma aquella promesa que le hice la noche que la salvé del sádico del callejón. Que realmente no la dejaría caer, ni iría a ninguna parte. Que estaría con ella en todo momento.

—¿Te divertiste? —preguntó, y su ceja derecha se levantó como acto reflejo, para luego entrar a mi departamento sin pedirme permiso

—¿Qué haces aquí? —responder con otra pregunta no me iba a salvar de lo que venía.

—¿Le agarraste el gusto a besar chicas y ahora hasta las traes a tu departamento? —Me costaba entender por qué me estaba celando, si fue ella la que me dejó clara su relación con Santiago.

—¿Perdón? ¿Es producto de mi imaginación o esto es una escena de celos? Digo, porque creo que te equivocaste de persona. No veo a «tu novio» por ninguna parte.

—¡No es ninguna escena de celos!, pero me impresiona lo rápida que eres —expresó, y el descaro debía ser su apellido.

—Supongo que es parte de «no conocernos» —refuté, haciendo referencia a lo que me dijo en el hospital—. Ahora te pregunto otra vez, ¿cuál es el objetivo de tu visita? No creo que hayas venido a esta hora a hablar sobre mi nuevo gusto por besar chicas. —Ser tajante con ella no era de mis cosas favoritas. Aunque confieso que sus celos eran mi debilidad.

—Vine a ver cómo estabas, pero la respuesta está a simple vista. Lamento haberte interrumpido. —Su tono era cualquier cosa, menos una disculpa.

—La próxima vez puedes enviarme un *WhatsApp* y así te ahorras el viaje y la incomodidad. Y no te preocupes, no interrumpiste nada. —Me dirigí a abrirle la puerta asumiendo que ya no tendría nada que decir.

Emily no era una chica de pedir disculpas, era testaruda. Y cuando todas las evidencias estaban en su contra, ella fabricaba unas que estuvieran a su favor.

Se digirió a la puerta con pasos cortos, como si quisiera decir algo, pero no se atrevía. Cuando iba a proceder a cerrar, su pie evitó que lo hiciera.

—¿Estuviste con ella?

Se acercó a mí clavando sus ojos en los míos, y en ellos pude ver que no quería escuchar la respuesta. Podía sentir su deseo de que le dijera que no, y pude haberle mentido. Estuve tentada a decirle que sí como venganza, pero ese miedo de perderla, aun sabiendo que no me pertenecía, no me lo permitió. Era como si mi misión fuese cuidar su corazón, incluso de mí misma.

—¿Cambiaría algo mi respuesta? —Utilicé mi peculiar forma de responder con otra pregunta.

—¡A la mierda esa zanahoria con patas! ¡Vine por ti y quiero que vengas conmigo! —Tomó mi mano y me haló hasta llevarme al ascensor.

—¿Puedo saber qué planea tu cabecita loca?

Lo sé, soy una idiota. No necesitó pedirme disculpas cuando yo ya la había disculpado, pero es que si no vieron sus ojos mientras se tragaba su orgullo por tenerme un rato con ella. Si no vieron su sonrisa de niña emocionada planeando una chocoaventura como forma particular de pedirme disculpas, así las palabras no salieran de su boca. Si no la vieron, no pueden juzgarme porque estoy segura de que ni siquiera ustedes habrían podido resistirse.

—Mi nivel de idiotez es elevado, lo sé. Soy una bruta y las palabras no son lo mío. Así que deberás esperar un rato para poder palpar mis disculpas.

Y ahí estaba yo, decidida a volver a subir al cielo con la misma persona que me había dejado caer, pero esta vez, sin imaginar que me elevaría a niveles más altos, asumiendo el riesgo de una caída mortal. Porque Emily no me llevaría al cielo, sino que me haría un recorrido por el espacio completo, llevándome, incluso, a galaxias desconocidas.

# MI FELICIDAD ES ELLA
## Emily Wilson

No quería seguir mintiendo, pero no estaba lista para enfrentar a Santiago con una verdad que ni yo entendía. Necesitaba más tiempo para aclarar mis sentimientos, y Daniela era la única que podía dármelo.

—¡Es que la indiscreción y tú nacieron el mismo día! —exclamó mi amiga al escuchar a Santiago—. Pero bueno, tarde o temprano te vas a enterar, así que... Emy, ¿se lo dices tú o se lo digo yo? —preguntó, y los nervios me congelaron al punto de no poder decir ni una palabra—. ¡Está bieeeen! Yo siempre tengo que hacer el trabajo sucio. ¡Y después dices que fuiste tú quien quemó a Juana de Arco y estás pagando condena! —expresó, confirmando lo que les había dicho con anterioridad: Daniela no sabía identificar un momento serio.

De verdad que no tengo idea de dónde sacaba tantas ocurrencias, pero la de ese momento me puso en la difícil decisión de no saber si quería matarla o amarla por ganar tiempo para mí. Tomó a Santiago y lo sentó en la mesa donde estábamos nosotras.

—Te explico y espero que tu cerebrito pueda comprender lo que te voy a decir. ¡Igual no es un tema tan difícil de entender! —Le dio dos palmaditas en la mejilla y mis nervios se incrementaban cada vez más—. Para Emily ha sido difícil descubrir esto y no sabe cómo decírtelo sin que sientas que no diste la talla, puesto que no es culpa tuya que ella sea así. —Su rodeo estaba provocando que mis manos empezaran a sudar.

—¿De qué demonios hablas, Daniela? ¿Puedes terminar de decirme qué sucede? ¿O lo haces tú, Emily?

—¡Emily descubrió que es asexual! —soltó, y les juro que no podía creer que haya dicho eso.

La cara de Santiago era un poema. Me quería morir, pero luego pensé que había sido lo mejor. La desquiciada de mi amiga logró evitarme una conversación que no quería tener y ella misma le dijo que lo hablaríamos después. Inventó que yo necesitaba estar sola y puso en mis manos las llaves de su auto. Me apartó de la mesa y, literalmente, me ordenó que debía buscar a Victoria para disculparme con ella. También hizo referencia sobre algo con la galleta, pero no quise escucharla.

Tuve dudas sobre si era oportuno llegar a su casa, considerando que eran casi las cinco de la mañana, y la había tratado horrible delante de todos, pero me llené de valor, me subí al auto y manejé rumbo a su casa.

Encontrar a esa pelirroja semidesnuda en casa de Victoria hizo que el estómago se me revolviera, pero ¿qué podía decirle? Yo había sido una idiota con ella en el hospital y merecía una disculpa de mi parte. Aunque confieso que lo que más quería era hacerle la escena de celos del siglo. Me sentía furiosa con el solo hecho de imaginarla besando a otra chica que no fuera yo. No quería que sus labios tocaran otros que no fueran los míos. Cuando la vi besarse con Nico quise morirme, pero en ese momento no la sentía tan mía.

Intenté controlarme y tuve una conversación conmigo misma en el instante en el que la zanahoria con patas se disponía a salir. No entendí lo de Esther y el porqué dijo que se apiadaba de mí, pero no quise indagar. Necesitaba remediar lo que había hecho y era por eso que estaba allí en su departamento.

—Yo pongo el auto y el destino, pero tú manejas. Para que sepas... ¡Odio manejar! —dictaminé, una vez que llegamos abajo. Le lancé las llaves y ella las tomó en el aire. Puse la dirección en el GPS y condujimos hacia donde quería llevarla.

Fue una hora de carretera. En el camino paramos por comida y bebida. Escuchamos música, pero ninguna de las dos habló. Yo era pésima para romper los silencios y más si había sido yo la que lo provocó; y ella... supongo que estaba así por el suceso con la pelirroja.

Recosté mi cabeza de la ventana, dejándome llevar por la paz que me generaba el olor a verde que dejaba la brisa, o quizá esa sensación se debía al hecho de tenerla a mi lado.

Santiago me hacía sentir segura, pero con Victoria me sentía libre.

—¡Aquí Emma y yo pasamos los mejores días de nuestra infancia! —exclamé nostálgica una vez que llegamos a nuestro destino: la finca de mi familia.

—Se respira mucha tranquilidad en este lugar. —Cerró los ojos y se dejó sumergir en el aroma que producía el pasto y los clavelillos que adornaban toda la entrada.

—¡Hola, Abdul! ¡Qué gusto verte! Ella es Victoria. Es nuestra invitada de hoy. ¿Puedes llevarla a conocer a Ágata y a Ramsés, por favor? Yo regreso en diez minutos —le pedí al señor que cuidaba la finca desde que yo era niña.

—Claro que sí, señorita Emily. Y bienvenida, señorita Victoria.

—Te dejo con él, pero no te acostumbres a estar mucho rato sin mí, ¿okey? —Presioné con suavidad su quijada y ella me regaló una sonrisa.

Al volver, la encontré en la caballeriza acariciando a Ágata —mi yegua—. Hablaba con ella como si realmente estuvieran entendiéndose. Se veía tan tierna.

—Es difícil que alguien le caiga bien, pero al parecer contigo se le salió lo coqueta. ¡No sé si deba ponerme celosa! —bromeé, acariciando el pelaje color perla de mi yegua—. Te entiendo, ¿sabes? Yo tampoco pude resistirme a sus encantos —susurré en la oreja de Ágata, pero con el tono de voz adecuado para que Victoria escuchara.

—Bueno, me dejabas unos minutos más sola con ella y hasta de tu nombre me olvidaba. Porque si te soy sincera, sentí la flecha de cupido desde que vi este pelaje y estos hermosos ojos. Y sé que tú también, ¿o no, princesa? —contestó, acariciando su hocico.

—Bueno, al parecer hoy me he dedicado a interrumpir tus encuentros románticos, pero ya que estamos siendo sinceras... ¡No me arrepiento en lo absoluto! Ahora vamos, que me estoy poniendo celosa de verdad y no voy a querer enseñarte lo que hice para ti —Sí, por mucho que me esforzaba mis celos salían a flote, y no eran por Ágata, precisamente.

Nos fuimos de las caballerizas y caminamos en dirección al lugar que quería mostrarle. Se podía escuchar el canto de los pájaros en los árboles que formaban un túnel, así como también el de las hojas secas que cayeron de ellos y sonorizaban nuestras pisadas. Al saber que ya estábamos por llegar, cubrí sus ojos con mis manos, quedando detrás de ella.

—¿Me vas a lanzar por un acantilado? —preguntó, al escuchar el sonido del agua producido por el arroyo que estaba cerca.

—Merecido lo tendrías por andar besando a otras chicas —me limité a decir.

—Y si te digo que nada sucedió entre la pelirroja y yo, ¿me salvaría? —refutó, deteniendo el paso.

—Tendrás que hacer más que eso para salvarte —susurré en su oído, dejando un pequeño mordisco en su lóbulo que hizo que se estremeciera, pero confieso que su respuesta provocó que una sonrisa se dibujara en mi rostro de forma involuntaria.

Llegamos y procedí a destapar sus ojos.

—Sé que habías dicho que me debías un *picnic*, pero ya sabes que la paciencia y yo no somos muy amigas, y fui una idiota contigo. Así que no podía esperar hasta que los planetas se alinearan o que Mercurio retrógrado se fuera para dejar de ser una tonta. ¡Y tarán! Es para ti —anuncié, una vez que Victoria vio lo que había hecho para ella durante el tiempo que la dejé con Abdul.

—Espera... deja ver si entendí algo. ¿Te estás disculpando conmigo basándote en la retrogradación de los planetas? —Soltó una carcajada—. Definitivamente eres una cajita de sorpresas.

—¿Sabías que Mercurio tiene influencia sobre los sentidos del habla y el cómo nos comunicamos, afectando directamente nuestra capacidad de análisis y lógica? —expuse, y ella no dejaba de reírse.

—¡Emily Wilson, diosa de los astros! ¿Me puedes invitar a pasar a tu *picnic*? Es que esa uva me está sonriendo y quiero comerla. O será que si me la como, Mercurio me convierte en una ogro —bromeó, al tiempo que miraba las uvas que estaban dentro de una cesta, acompañada de otras frutas que se cosechaban en la finca.

—¡Ya no estás invitada por burlarte de mí! —Crucé los brazos y fruncí el ceño en señal de molestia.

Yo que tenía que disculparme, terminé haciéndole un berrinche. Pero es que no se los puedo negar, amaba de forma sobrehumana que consintiera mis ataques de malcriadez.

—¡Está bien, bonita! Te creo, pero no hables así ni pongas esa carita, porque sabes que no me resisto y te como a besos. —Se acercó a mí para besarme la punta de la nariz, convirtiéndolo en el beso más tierno de la vida.

La última vez que estuve en ese lugar fue con Emma, y quise volver para recordar de alguna manera lo que éramos. Por mucho tiempo me dejé llevar por la rabia que sentía por haberme abandonado. Pero con su regreso, entendí que no debemos condenar sin antes conocer las razones que motivaron a esa persona a actuar de una manera determinada. Aunque no entendamos en ese preciso momento, el tiempo siempre nos dará las respuestas. No saques conclusiones. No permitas que el odio se convierta en tu consejero. No lo hagas tu guía, pero sobre todo, no esperes que sea tarde para perdonar o para aceptar que te equivocaste. Llevar a Victoria al último lugar en donde estuve con Emma, significó pedirle perdón a ella por mi actitud en el hospital, y perdonarme a mí misma por todo lo que sentí por mi hermana durante su ausencia.

Estar con Victoria me hacía querer congelar el tiempo, pero con la misma intensidad ansiaba que avanzara, y me diera la oportunidad de conocerla más. Lo que sentía por ella parecía ser más intenso cada minuto que pasaba y siendo honesta, se sentía tan bien. La calma que me generaba tenerla cerca, lograba que por momentos todo dejara de doler.

La mañana se fue rápido, y entre frutas, vino, la música que se reproducía desde mi celular y sus elocuentes historias, me iba sumergiendo en el universo al que ella me transportaba. Victoria no me preguntó por Emma, pero sentía su apoyo. No me reclamó por decirle lo de Santiago y lo de que no la necesitaba. Y a pesar de que la sentía algo distante, también pude sentir que me había disculpado. Era como si entendiera por qué actué de esa forma y no me juzgara.

Me acosté para mirar el cielo a través del espacio que me permitían los árboles que nos hacían sombra, y ella se tumbó del lado contrario pegando su cabeza con la mía.

—¿Has sentido que cuando estás con la persona que amas el mundo se paraliza? —le pregunté, y no sé por qué mencioné la palabra «amar», pero dije exactamente lo que estaba sintiendo.

—No lo sé, pero ¿notaste cómo las hojas dejaron de moverse, los pájaros no cantan y el agua del arroyo ya no corre? ¿Será a eso a lo que te refieres? —dijo Victoria, inclinando sus manos hacia atrás para provocar el encuentro con las mías y empezar a jugar con ellas.

¿Cuándo es el momento apropiado para decir «te amo»? ¿Es posible amar a alguien en tan poco tiempo?

Había preguntas para las cuales todavía no tenía respuestas, pero de algo sí estaba segura: mis ganas de ella incrementaban con cada milésima de segundo en el que sentía el olor y la suavidad de su piel activar mis sentidos.

Me di la vuelta para colocarme justo frente a ella y allí me quedé admirando su rostro. Bajé la mirada hacia su pecho y acaricié con la yema de mi dedo cada uno de sus lunares.

—¿Sabías que si los cuentas se multiplican? —comentó, con una sonrisa de picardía.

—Y si los beso, ¿qué sucede? —Ni siquiera sé de dónde me salió el valor para decir eso.

—Eso tendrás que descubrirlo tú misma —respondió Victoria, y pude sentir su respiración acelerarse.

Llevé mis labios a su pecho, y empecé a besar uno a uno sus lunares destapando su camisa en busca de más de ellos.

—¡Emily! —dijo con esfuerzo; la voz no le salía del todo—. Si sigues no te garantizo que pueda parar esta vez.

—¿Y qué te hace pensar que quiero que pares? —contesté, y bastó que dijera eso para que se me fuera encima con todas las ganas que tenía reprimidas.

Colocó medio cuerpo sobre el mío y comenzó a besarme. Con prisa y calma. Intensa y suave al mismo tiempo. Victoria podía tener el premio a la mejor besadora porque sabía perfectamente lo que hacía. Empezó lento, acariciando mis labios con los suyos. Luego sus besos se fueron haciendo más apasionados. Recorría mi boca con su lengua y dejaba pequeños mordiscos en mi labio inferior. Sus manos se entrelazaron en mi cabello y hacía pequeñas pausas en las que solo se dedicaba a observarme. Me miraba con amor, luego había deseo y hasta la ternura tenía presencia en sus ojos. Acarició mis mejillas con dulzura y acercó su boca a la mía sin llegar a besarme. Me estaba volviendo loca y era solo el inicio.

Sus manos empezaron a recorrer mis muslos. Pasaron por debajo de mi camisa hasta llegar a mis senos. Mientras jugaba con mis pezones, dejaba besos húmedos en mi cuello y un gemido salió de mi boca.

—¿Estás segura de que esto es lo que quieres?

—Nunca en mi vida deseé tanto algo como he deseado este momento contigo —murmuré, mirándola a los ojos y pude observar lo dilatadas que estaban sus pupilas, lo intenso que se había vuelto el color de su iris.

Besó mis labios con ternura y procedió a quitar uno a uno los botones de mi camisa mientras me miraba de forma lasciva. Empezó a sonar ♫*Cada día - Raquel Sofia*♫ y fue perfecta para el momento. Victoria llevó sus labios a mi pecho y siguió besándolos al tiempo que con su mano recorría mi abdomen hasta llegar a mi vientre. Bajó abriéndose espacio dentro de mi pantalón, y sentir sus dedos llegar a mis zona íntima, hizo que un gemido más fuerte se me escapara sin poder evitarlo. Escucharme gemir o descubrir lo mojada que estaba gracias a ella, hizo que Victoria Brown soltara un jadeo que desencadenaría el paso a nuestro siguiente nivel.

Sus besos pasaron a ser más descontrolados. Era salvaje cuando besaba mi cuerpo y tierna cuando subía a mis labios. Se levantó quedando completamente encima de mí y mi ropa fue desapareciendo entre sus manos. Primero la camisa, luego el *brasier* y por último el pantalón.

No quise quedarme atrás y le quité la camisa. Al intentar quitar su sostén, la inexperiencia se hizo notar, y ella sonrió justo antes de ayudarme en la tarea y acabar con la tortura. Se acostó sobre mí y sentir sus senos contra los míos, fue una de las sensaciones que más he disfrutado en mi vida. Siguió con los besos en mi cuello y la sensación de su lengua sobre mi piel hizo que mis uñas se clavaran en su espalda, provocando un gemido ronco de su parte, y ¡por Dios! El sonido que emitía, ligado a la forma en que se movía sobre mí, aumentaban mi nivel de excitación a niveles inimaginables.

Su lengua llegó a mis senos y con ella hacía círculos en mis pezones. quería que me hiciera suya, deseaba sentirla mía. La detuve para quitarle el pantalón, que salió disparado junto a su ropa interior. Y cuando la humedad entre el medio de sus piernas hizo contacto con la mía, una explosión de sensaciones se deslizó por mi cuerpo rasguñando mi cordura. Sus gestos, sus movimientos lentos y a la vez caóticos, me tenían al borde de la demencia.

Se dedicó a dejar besos en cada centímetro de mi cuerpo, pero lo que Victoria no sabía era que también me estaba besando el alma. Que con cada caricia me hacía olvidar todo lo que dolía. Por unos minutos me sacó de órbita para trasladarme a ese espacio en el que existíamos solo ella y yo.

Fue descendiendo poco a poco, dejando rastros de saliva en mi piel. Alcanzó mis muslos, en donde se dedicó a plantar pequeños mordiscos en la parte interna de ellos. Sus intenciones eran hacerme perder la cabeza y sin duda lo estaba logrando.

Se acercaba cada vez más al lugar en donde quería sentirla, pero cuando estaba a punto de llegar, desviaba su camino provocando que lo deseara con mayor intensidad.

—Fuiste entrenada para torturar, ¿verdad? —solté.

—Lo bueno se hace desear —contestó, con una cara llena de malicia y una seguridad excitante.

—Te lo diré una sola vez... ¡Necesito que me hagas tuya ahora mismo! —El deseo desenfrenado de que me hiciera el amor era quien hablaba por mí.

—Que fueras tan mandona nunca me había excitado tanto, pero ya lo sabes: nunca he podido negarme a tus deseos Así que, ¡tú mandas! —expresó, con una sonrisa llena de picardía, pero no tardó ni dos segundos en hacer lo que le pedí.

Llevó su lengua justo al lugar que deseaba y cuando llegó allí, el universo ya no era un lugar desconocido para mí. Besaba mi zona como si la vida se resumiera en eso. Su lengua acariciaba mi clítoris y mi espalda se curveó como auto reflejo. Sentí vergüenza cuando su boca se encontró con lo mojada que estaba, pero pasó su lengua llevándose en ella toda mi pena. Los gemidos empezaron a hacerse incontrolables y no podía creer lo que me estaba haciendo sentir. Mi respiración estaba acelerada. Todo el cuerpo me temblaba, pero no tenía frío. Volvió a subir a mi boca y con sus dedos tocaba mi clítoris. «Es posible que esto te duela un poco, pero si quieres parar me lo dices ¿está bien?» fue lo que me dijo segundos antes de llevar sus dedos más abajo. Me besaba introduciendo su lengua dentro de mi boca, al tiempo que empezaba a penetrarme lentamente con sus dedos.

Mi cuerpo estaba desbordándose de placer y mis gemidos eran prueba de ello. Victoria metía y sacaba los dedos, aumentando la velocidad al ritmo de mis movimientos. En un momento sentí un leve dolor que me hizo saltar y ella lo notó, porque bajó un poco la intensidad y me besó con más dedicación, logrando que el dolor se fusionara con el placer de sentir su lengua jugar con la mía, y haciendo que poco a poco deseara que aumentara la velocidad otra vez.

Creo que pudo sentir que estaba lista para correrme, y volvió a bajar para besar mi clítoris, mientras que con sus dedos entraba y salía repetidas veces, haciéndome apretar los cojines que nos rodeaban, al tiempo que me mordía mis propios dedos y gritaba de satisfacción. «No pares» «Más rápido» «Me estás matando» y «Soy tuya,

Victoria» fueron las palabras que salieron de mi boca justo antes de llegar al orgasmo. Y un gemido más fuerte y ronco, acompañado de una corriente eléctrica que recorrió todo mi cuerpo y la contracción de sus dedos que todavía mantenía dentro de mí, fue lo que le hizo saber que me había hecho suya, y yo nunca me sentí tan llena como ese día en el que Victoria me elevó al cielo, llevándome a recorrer universos cuya existencia desconocía.

—¡Quién te viera por un huequito, Emily Wilson! —expresó, mordiendo mis labios con una sonrisa victoriosa.

—¡Déjame en paz! —solté, intentando recuperar el aire, mientras la vergüenza se hacía espacio en mi cuerpo.

—¡Eres perfecta! Me vuelves loca y sí... ERES MÍA, Wilson ¡ERES MÍA! —Dejó besos por toda mi cara, y uno más largo en mis labios.

Buscamos la felicidad como mecanismo para sobrevivir, pero lo que no sabemos es que es ella la que debe encontrarnos a nosotros. Yo no la buscaba y la vida me la presentó de una manera que jamás imaginé. La felicidad llegó a mí en forma de mujer, con chamarra de cuero y cigarrillo en boca. La podía sentir en sus ojos, en sus besos y a mitad de un orgasmo. Y aunque dicen que esta no dura para siempre; que son solo instantes que hay que saber aprovechar, Victoria convertiría ese momento en la excepción a esa regla, haciendo que la felicidad tuviera sabor a eternidad. Sin embargo, había un problema, y es que en ocasiones no sabemos que estamos en el ojo de una tormenta, hasta que esta nos golpea tan fuerte que nos derriba, y eso era justo lo que estaba a punto de sucederme.

# SOBRE EL ABISMO
*Victoria Brown*

El lugar quedaba bastante retirado. Al llegar, la paz se palpaba con solo respirar. La naturaleza era nuestra anfitriona y a nuestro alrededor no se veían viviendas. Eran hectáreas y hectáreas de puro pasto, árboles y al fondo solo colinas.

Ella me estaba presentando un pedacito de su mundo, y yo me enamoraba de todo lo que representaba, pero conocer su faceta más desinhibida fue, sin duda, mi parte favorita del viaje.

Desde que conocí a Emily, las fiestas y mi definición de «vivir la vida» cambiaron por completo. Ella me enseñó que hay personas por las que vale la pena convertirse en calma. Que ir despacio también es una forma de vivir, porque te permite apreciar hasta los pequeños detalles; esos tan simples como poder apreciar el olor a verde o el baile de los colibríes alimentándose del néctar de las flores.

Mi concepto de libertad nunca me llevó a tener intimidad con otra mujer. Ni siquiera me llamaban la atención. Y aunque el sexo nunca estuvo ausente en mi cama, lo que viví con ella, se resumía en el todo que siempre me faltó.

Sentir su cuerpo desnudo temblar de placer. Escucharla gemir mientras gritaba mi nombre. Saborear cada parte de ella, al tiempo en que la hacía mía y le entregaba mi alma en cada caricia, fue como descubrir una nueva forma de amar. Porque sí, yo la estaba amando con cada fibra de mi cuerpo, sin importarme si era muy pronto para sentirlo o si al final, se quedaría con él.

—¿Estás bien? —le pregunté, al ver que se quedó mucho tiempo en silencio mirando hacia el horizonte.

—No sé exactamente cómo estoy, pero tú haces que todo parezca más fácil y menos doloroso —respondió, dándome un beso con sabor a desahogo—. Vamos, todavía hay algo más que quiero enseñarte.

Se levantó para vestirse y no podía creer lo que estaba a punto de descubrir.

—¡Espera! Esto yo lo he visto antes —solté en el instante en el que vi el tatuaje que tenía en la parte baja de su espalda.

—¿Ya lo recordaste? —preguntó con una sonrisa en su rostro que me resultaba difícil de descifrar.

—¿Recordar qué? Ese infinito roto solo lo he visto en mis sueños. ¿Cómo es que...? —Las palabras no me salían por la confusión que me generó ver el tatuaje que apareció en mis sueños aquel día que desperté con Nico.

—Imaginé que no lo recordabas, pero lo que sí es una sorpresa es enterarme de que soñabas conmigo desde ese día en el club —respondió coqueta, sentándose otra vez junto a mí para acercarse a mis labios sin llegar a besarme.

—¿Me vas a contar lo que pasó ese día o quieres que use mis métodos de tortura para hacerte hablar?

Su cara casi hace que me le lanzara encima para repetir lo que habíamos hecho unos minutos antes, pero la curiosidad del tatuaje me estaba matando, así que saqué fuerza de donde no tenía y me controlé.

—Mi amor, es una historia muy larga, pero trataré de resumirla.

Escucharla llamarme así ocasionó un revoloteo en mi estómago.

—Si vuelves a decirme «mi amor» creo que no podré controlar mis ganas de besarte y hacerte mía otra vez. Porque no es normal lo que sentí al escucharte llamarme de esa forma.

Me calló con otro beso.

—¿Quieres saber la historia del tatuaje o no, *amor*? —hizo énfasis en eso último, dejando en evidencia lo mucho que le gustaba volverme loca.

—¡Perdón! Ya me controlo, lo prometo —respondí, levantando mi mano derecha en señal de promesa para que siguiera hablando.

—Ese jueves yo ni siquiera debía estar en ese club. Amanda organizó una fiesta privada para alimentar su vanidad. Santiago asistió porque Nico se presentaba a cantar; y Laura también fue porque supo que Joaquín estaría allí. Eran casi las dos de la madrugada cuando me llamó ebria con una crisis. Estaba llorando porque mi tonto amigo se encontraba coqueteando con otra chica. Fui por ella y al intentar calmarla, tiró por accidente su trago sobre mi ropa. Fui al baño a limpiarme y olvidé cerrar la puerta con seguro. Es un mal hábito que tengo, pero eso ya lo sabes. Me quité la camisa y justo en ese momento apareciste tú.

—¡*Hmm*!... esto se pone interesante. Cuéntame más —bromeé.

—Entraste y tu forma de mirarme era... me mirabas como si... no sé explicarte lo que me decían tus ojos. Te acercaste a mí y me preguntaste si era un ángel que había venido por ti. Acariciabas mi rostro y repetías una y otra vez que mis ojos no podían ser de este planeta. Y yo que siempre fui un repelente de humanos, ahí estaba, dejando que me tocaras sin siquiera conocerte —expresó, con un poco de timidez—. Nunca fui muy abierta con las personas. Siempre les cuesta mucho llegar a mí. No porque me crea más. Simplemente soy así, pero contigo todo ha sido tan raro y diferente. Desde esa noche no saliste de mi cabeza y luego, cuando te vi quitarte el casco frente a mí no pude creerlo. Fue extraño, porque te odié en ese momento, pero ahora... no lo sé, es como si estaba escrito que debía conocerte y enamorarme de ti —concluyó, y creo que eso último no estaba en sus planes confesarlo.

—¡Espera! Pongamos pausa justo allí. ¿Me acabas de decir que estás enamorada de mí?

—¡Cállate! —Me lanzó un cojín—. Ya conoces la historia de la primera vez que me acosaste, así que ya podemos irnos, que no vamos a llegar a tiempo. —Me dio un beso fugaz y se levantó para luego halarme de la mano y ponerme de pie también.

Subimos una colina hasta llegar a un punto desde donde se podía ver toda la finca, y en frente de nosotras el sol empezaba a esconderse detrás de las montañas. Nos sentamos en el pasto y la tarde se sentía diferente; era diferente. El crepúsculo y sus perfectos tonos naranjas, combinaban de una forma sobrenatural con el color rosa y malva que lo acompañaban. Emily tenía la mirada en dirección al horizonte, como quien quiere construir miles de infinitos. Sus manos estaban entrelazadas con las mías y su cabeza se posó en mi hombro. Me quedé mirándola sin poder creer que estábamos allí, juntas, y aquel momento me hizo sentir que podía explicar, sin ninguna duda, lo que representaba desafiar la eternidad.

Podría incluso decirles, que por un segundo, el tiempo no existía y el mundo se detuvo cuando la escuché decir «te amo» en un susurro que me devolvió a la vida. Podría decirles que ella representaba el renacer de mis deseos más profundos, dejando vulnerable cada parte de mí para hacerse dueña de todos mis miedos, y a su vez, ser quien de la mano me llevaba a vencer cada batalla en un intento por pertenecer a aquello que en sus ojos no caducaba.

No pude decir nada. Las palabras nunca me salieron. Esas palabras de las que tanto había huido, a las que les tenía tanto miedo, ese día estuvieron en la punta de mi lengua, pero decidieron no salir. El silencio optó por hacer acto de presencia y ocupar el lugar de mis ganas de gritarle que también la amaba.

—No quiero volver al mundo real. Deseo que esta sea mi realidad. ¿Podemos paralizar el tiempo y que esto no termine nunca? —soltó, mientras nos subíamos al carro para volver a la ciudad.

—Bonita, tarde o temprano tienes que enfrentarlo. No puedes huir siempre, pero ten fe de que todo va a estar bien, y que pase lo que pase, yo estaré contigo —le dije, sujetando su mano para dejar un beso en ella.

Condujimos en dirección a mi casa y pude notar la tristeza que sentía por el hecho de tener que volver. Sujetaba su mano mientras que con la otra controlaba el volante. Quise animarla subiendo el volumen de la radio.

—¡Esta canción es MUY BUENA! —comencé a cantar en voz alta.

—Sí, claro. ¡Supongo que te gusta mucho! ¡Así como también el que la canta! —replicó, soltando su mano de la mía para cambiar de estación.

—¿Quién la canta?

—Tu novio Nico. ¡¿Me vas a decir ahora que no te sabes su álbum completo?! —Me estaba haciendo una escena de celos con todas las de la ley, y yo seguía sin entender por qué disfrutaba tanto verla celosa.

—Debería ser multada la persona que cambie la estación cuando suena una canción tan buena como esa, y más si la canta un chico como él —comenté, intentando ponerla más celosa, pero su reacción sería una sorpresa para mí.

—Pero para tu mala suerte, la autoridad soy yo. ¡Tú eres mía y no pienso compartirte! —dijo, un segundo antes de morder el lóbulo de mi oreja con picardía, y su mano llegó a una zona que provocaría una lucha interna entre mantener el control del auto y controlar mi cuerpo para no terminar estrellándonos contra un árbol.

Siguió mordiendo mi oreja mientras la osadía la llevaba a abrirse espacio dentro de mi pantalón.

—No quiero pensar que esto lo provocó esa estúpida canción y mucho menos el que la canta —expresó, al sentir lo mojada que estaba.

Empezó a tocar suavemente mi clítoris, haciendo movimientos circulares sobre él, para luego bajar a mi centro y volver a subir. Sentir sus dedos en mi zona. Ver sus labios separarse para dejar salir pequeños gemidos, y la adrenalina de conducir mientras sucedía todo lo anterior, me llevaron a mi nivel máximo de excitación.

Detuve el auto a un costado de la vía y cuando intenté traerla hacía mí, ella lo impidió tomando el control. Me haló por la cintura para indicarme que me subiera sobre ella.

—Para evitar ser multada por escuchar canciones de chicos tontos, deberá deshacerse de su pantalón, señorita —dijo, simulando el rol de autoridad.

Hice lo que me pidió y su intento de ser una pervertida la hacía ver tan *sexy* e irresistible.

Levantó mi camisa para proceder a besar mis senos. Con una mano apretaba uno y con su boca succionaba el otro, pasando su lengua por la areola, y haciéndome sentir un torbellino de sensaciones que llegaban justo a mi parte íntima.

Nos besamos como si ese fuese nuestro último día juntas. Como quienes no creen en el mañana y deciden entregar su alma en un beso que solo quedará en nuestros recuerdos más profundos, esos que apenas y logras percibir, sin poder llegar a reconocer si son reales o forman parte de un sueño.

Empezó a sonar ♪*The Weeknd - Angel*♪. La vi subir el volumen y su cara anunciaba lo que estaba a punto de hacer. Introdujo sus dedos dentro de mí y con la otra mano dirigía mis caderas para que me moviera sobre ellos. Entraba y salía haciéndome creer que había estado perdida toda mi vida, hasta que la encontré a ella. «Me encantas, Victoria, y amo que seas mía» dijo segundos antes de llevarme al clímax. Me corrí en su mano, dejando en ella mi miedo por estar amándola de la forma en la que lo estaba haciendo. Dejé en su mano la incertidumbre de pensar en qué pasaría mañana con nosotras o si al menos habría un «nosotras».

—¡Vaya manera de librarse de una multa, señorita! —soltó, con una sonrisa triunfal y yo mordí su labio provocando un pequeño gemido.

Seguimos el camino y aunque todavía la tenía a mi lado, mi mente no dejaba de reproducir su cuerpo desnudo, sus gemidos, su sabor y todo lo que acababa de suceder. Era como si se estuviera almacenando ese momento en mi memoria para siempre.

Llegamos y estacioné el auto frente a mi departamento. Nos costaba despedirnos, pero lo hicimos. Salí y al llegar a las escaleras, la escuché gritar mi nombre mientras corría hacia mí. Me besó sujetando mi cara con sus manos, y no tuve ni idea de por qué, pero seguía sintiendo que era el inicio de algo que llegaba a su final.

—No sé si te lo dije ya, pero conocerte ha sido una de las cosas más increíbles que me ha pasado —dijo, como si tuviera la necesidad de hacérmelo saber.

La tormenta llegaría primero que mi respuesta y el destino, como siempre, nos entregaría todo para luego reírse, mientras sin piedad nos dejaba otra vez sin nada.

—¡Emily! —La voz de Santiago llegó para clavarse como dardos en nuestros oídos—. ¿Qué significa esto? —preguntó, y su cara era una combinación de enojo, decepción y tristeza.

A Emily no le salían las palabras, y su mirada también se tornó triste cuando se encontró con la de él.

—Santiago, ¿qué haces aquí? —respondió, con voz temblorosa.

—¿Por eso estabas tan distante? Pero es que... ¿tú? ¿Desde cuándo eres...? ¡Maldita sea, Emily! Explícame esta mierda porque no entiendo nada —gritó Santiago, llevando sus manos a la cabeza en un intento de buscar la respueassta que no conseguía.

—Cálmate y déjala hab...

Intenté decir algo, pero él no me lo permitió.

—¡Tú te callas! Estoy seguro de que esto es obra tuya. Tú la quieres confundir. —Caminó hacia mí, y Emily se detuvo frente a él evitando que se me acercara. La ira se estaba apoderando de su cuerpo y se veía reflejada en sus ojos.

—Ella no tiene la culpa de nada. Necesito que me escuches, por favor —solicitó Emily.

—Es que si no fueras mujer te juro que te rompería la cara. —Me apuntó con el dedo al tiempo que empuñaba la otra mano, pero lo que dijo después, terminaría de derrumbar absolutamente todo—. Primero te acuestas con Nico, y ahora quieres convertirla a ella en una lesbiana ¡Das asco, Hamilton! —agregó Santiago.

Emily volteó a verme y lo que vi en su mirada rompió todo dentro de mí. Sus ojos se llenaron de lágrimas en cuestión de segundos.

—¿Eso es verdad? —Hizo una pausa que acompañó con un respiro hondo—. ¿Estuviste con Nico? —terminó de preguntar.

—¡Emily! Déjame explicarte —le dije.

—¿Cómo pudiste no decirme nada? —Las lágrimas empezaron a caer por sus mejillas.

—Bienvenida a mi puto mundo —refutó Santiago—. ¿Me vas a decir algo o tengo que presenciar la escena de celos lésbica del año? —El sarcasmo fue su medio de defensa.

—No soy lesbiana, ¿okey? Y a ti el papel de imbécil no te queda —le gritó Emily, con enojo.

—¿Ah, no? Entonces, ¿qué hacías comiéndole la boca a una mujer? ¿O me vas a decir que ahora las amigas se besan apasionadamente como ustedes lo estaban haciendo? El papel de imbécil me lo pusiste tú cuando decidiste burlarte de mí —replicó él.

—Santiago, lo que menos he querido es hacerte daño. —Emily intentó acercársele, pero tampoco lo permitió.

—Siempre pensé que eras de las chicas que valían la pena. Que eras diferente. Aposté por nosotros y me esforcé día a día para estar a tu altura. ¿Y de qué sirvió? Al final eres igual que todas. Una egoísta a la que no le importa lastimar a los que la aman, así como tu herma-na —concluyó, y fue un golpe bajo del que no saldría bien librado.

Emily, sin pensarlo, le dio una bofetada. Él sonrió con ironía y decepción. Se dio la vuelta y se fue, dándole una patada a un cesto de basura que se encontró en el camino. Ella solo lo observó llorando y se puso las manos en la cabeza mientras lo veía irse.

Me acerqué en un intento por consolarla y se soltó de forma brusca de mi agarre.

—No quiero que te vuelvas a acercar a mí, ¿entiendes? —me dijo, con voz firme.

—Emily, solo déjame explicarte. Las cosas no sucedieron así.

Intenté hacer que me diera la oportunidad de hablar, pero una llamada nos interrumpió, y una noticia sobre Emma, sería el boleto que la llevaría directo a un abismo, haciéndola caer hasta lo más profundo.

# EL CICLO DE LA VIDA
## *Emily Wilson*

Hay momentos en los que la vida te empieza a golpear. A empujarte tan fuerte que te deja en la punta de un precipicio y te dice que todo depende del paso que des. Que si das uno al frente todo llega a su final y el dolor desaparece, pero si lo das hacia atrás te seguirá golpeando, el dolor no se irá y la oscuridad será quien te acompañe por el resto del camino. Pero si algo bueno tenemos los seres humanos es que somos entusiastas por naturaleza, y siempre vamos a querer encontrar la luz al final del túnel. Si nos caemos, nos levantamos. Si nos parten las costillas, nos volvemos a levantar. Si la vida quiere rompernos, le demostramos que podemos seguir caminando estando rotos.

En ese momento yo no sabía que entre mis opciones estaba ser fuerte, pero ver el mundo derrumbarse frente a mis ojos me nubló la vista y opté por dar el paso al frente, directo al abismo.

Santiago creía en mí y yo rompí su corazón. Le entregué el mío a Victoria y ella lo aplastó. Supongo que el karma existe, lo que no podía saber es que pasaba factura de inmediato. Pero ya ven... la vida es un *boomerang* y todo lo que hacemos, tarde o temprano regresa a nosotros, solo que a mí me lo cobrarían con creces.

Quería escucharla. Oír de su boca que no era verdad. Que Santiago lo había inventado porque estaba herido y solo quería vengarse, pero la avalancha caería sobre mí antes de que ella pudiera decir su versión.

—¿Todo bien con Emma? —fue la pregunta que usé para contestar la llamada de mi madre que entró justo en ese momento.

Se mantuvo en silencio y pude escuchar que tenía el llanto contenido. Le di la espalda a Victoria para dirigirme al auto. Algo no estaba bien y quería ir al hospital, de donde no debí irme nunca. Ella me habló, pero no me detuve a escucharla. Necesitaba irme.

Llegué y papá estaba siendo atendido por una enfermera, quien le estaba tomando la presión. Su cara estaba roja, incluso más que la primera vez. Mamá estaba llorando desconsoladamente mientras Tete, quien lloraba en silencio, acariciaba su cabello.

Mi respiración empezó a ir más rápido. El corazón me latía a mil pulsaciones por segundo, y las lágrimas corrían por mis mejillas como si tuvieran vida propia. No estaba lista para lo que sea que iban a decirme. Quería que todo fuera una pesadilla, pero lo que no pude predecir era que apenas estaba empezando.

—¿Mamá? —Fue lo único que pude decir.

Ella corrió hacia mí y me abrazaba como si valorara mi presencia. Como si agradeciera que estuviera allí a su lado, viva.

Eso que dicen de que cuando estás en tu último suspiro tu cerebro revela tu vida como fotografías instantáneas, es real, pero no dicen que cuando piensas en la muerte de las personas que amas también sucede de la misma manera. En ese momento, durante los segundos que mi madre estuvo abrazándome sin poder hablar, mis recuerdos con Emma invadieron mi cabeza como un reproductor de películas.

Mi primera vez en *bici*. Las noches con pesadillas en las que ella se escondía conmigo dentro de las sábanas y me prometía que ningún monstruo se acercaría a mí. Cuando peinaba mi cabello después de bañarme y me hablaba de todo lo que soñaba con hacer cuando fuese grande. Primer día de kínder. Noches de películas. *Picnic*s. Navidades. Cumpleaños. Todo se reprodujo como un cortometraje en mi cerebro.

—¿Qué ha pasado, mamá? —me animé a preguntar.

—Tu hermana recibió un golpe en la cabeza que causó heridas graves en su cerebro, y para protegerlo de lesiones secundarias, los doctores optaron por el coma inducido —respondió, y la voz se le hizo más débil al final.

—¿Emma está en coma? —pregunté por inercia—. Pero ¿se va a poner bien? —agregué, en un intento por comprender todo lo que estaba sucediendo.

—Los doctores están haciendo todo lo posible, pero tu hermana está muy delicada, mi amor —respondió mi padre, quien arreglaba su camisa y se acercó a abrazarme.

—¿Eso qué quiere decir? ¿Se puede morir? —Mis preguntas no tenían sentido, aunque en realidad nada lo tenía para mí en ese momento.

—Nadie va a morir, ¿*okey*? Tenemos que tener fe y mente positiva. Tu hermana saldrá de esto —agregó mi madre, usando los métodos de motivación que utilizaba en sus conferencias de autoayuda.

Los días pasaban tan lentos que parecía el camino a la eternidad. Emma no mostraba señales de estar mejorando y yo no quería separarme de ella. Mamá llamó al instituto para justificar mi falta y solicitar que se me diera el permiso para ausentarme. Por desgracia, solo me otorgaron diez días. Lo lamenté porque lo que menos deseaba era ver a Santiago, y mucho menos a Victoria.

—¡*Hey*! ¿Cómo estás? —preguntó Daniela, quien llegó en compañía de Laura y Joaquín.

—Hola, bebé, ¿cómo está Emma? —inquirió Joaquín, dándome un beso en la frente y Laura solo sujetó mi mano, regalándome una sonrisa de apoyo.

—Todavía no sale del coma. Los médicos repiten día tras día lo mismo, pero no hay ninguna señal de que esté mejorando.

—¿Pudiste verla? —me preguntó Laura.

—No, el doctor dice que podremos pasar pronto para ver si al hablar con ella logramos estimular sus funciones cognitivas —respondí, esperanzada—. ¿Cómo están en el instituto? —pregunté, mirando a Daniela, quien por su forma de verme, supe que entendió a qué me estaba refiriendo específicamente. Ella supo que solo necesitaba saber de Victoria.

—Todo sigue igual. Los alumnos con poca materia gris en el cerebro. Las hormonas a millón. Exámenes sorpresas y Amanda, como siempre, con sus delirios de grandeza creyéndose la reina del mundo —expresó Laura—. Pero bueno, el premio a los más raros se lo llevaron la chica Brown y tu queridísimo novio, sin duda. ¡*Freakys!*

—Saludemos al señor y la señora Wilson. —Joaquín siempre se sentía apenado por los comentarios de Laura. La haló llevándola hacia donde estaban mis padres y Daniela se quedó conmigo.

—¿Qué quiso decir Lau con eso? —inquirí.

—No quería decirte nada para no agregarle más caos a tu vida, pero Santiago ha llegado ebrio al instituto. Les ha respondido mal a los profesores y se ha peleado con varios compañeros. Él, que estaba a un paso de ganarse el premio Nobel de la paz, ahora se cae a guantazos con cualquiera que le respire cerca. Y en otras noticias... Victoria no muestra interés en las clases. Llega tarde y parece un puto *zombie* caminando por los pasillos. Hay cierta tensión entre ellos dos y en varias oportunidades intercambiaron indirectas en clase de filosofía. Desconozco los motivos porque no quiso darme detalles, pero intuyo de dónde se origina o de quién. ¿Quieres hablar al respecto?

Esa pregunta fue bastante democrática de su parte.

—Ahorita no. Debo hacer una llamada —pronuncié, al tiempo que me levanté de la silla.

Un choque, una decisión o una llamada pueden cambiar el rumbo de tu vida para siempre.

Pensé que no me contestaría, pero lo hizo. Como de costumbre no supe qué decir. Así que le pedí que viniera al hospital para poder hablar mejor. Daban las siete de la noche cuando bajé a la salida del hospital a tomar un poco de aire mientras esperaba su llegada.

—¡Hola! —Salté del susto cuando escuché la voz de Victoria; no esperaba que estuviera allí.

—Hola, ¿qué haces aquí? —pregunté, confundida. Tenía un poco de ojeras y su ropa no era de fin de semana.

—No has contestado mis mensajes y tampoco vas al instituto. Solo quería saber cómo estabas. Daniela me contó lo de tu hermana, ¡lo siento mucho! Quería venir antes, pero estos momentos es mejor pasarlos en familia —dijo, y a pesar de mi molestia, verla volvió a hacerme sentir esa paz que siempre me dio tenerla cerca.

—¡Estoy bien, gracias! Emma saldrá de esta, estoy segura. Es tan testaruda como yo. ¡Tú lo dijiste! —expresé, regalándole una sonrisa con la que le confesaba que me daba gusto verla y ella me sonrió también.

—¡Tiene que ser una puta broma! ¿Para esto me llamaste? —exclamó Santiago al verme con Victoria.

—Los dejo para que hablen. Me dio gusto verte —dijo Victoria.

—¡Oh, qué considerada!, pero no creas que voy a agradecerte por dejarme a solas con mi novia —contestó Santiago, de forma irónica.

—Ya deja de comportarte como un imbécil y madura, por Dios —le dijo Victoria a Santiago—. ¿O qué crees? ¿Que Emily y yo planeamos esto? ¿Que un día despertamos y dijimos «vamos a reírnos de Santiago en plan siniestro»? Ponle un poquito de realismo al asunto y deja de comportarte como un puto niñato. ¡Sé un hombre! —concluyó, y Santiago se puso rojo de la ira.

Se paró frente a Victoria con un movimiento acelerado y lo siguiente sucedió demasiado rápido. Todavía puedo escuchar ese fuerte sonido en mi oído y los gritos de las personas al correr. Todos entraban de forma desesperada al hospital, pero nosotros estábamos paralizados.

Dos sonidos secos parecidos a las detonaciones de un arma de fuego, hizo que la disputa entre ellos terminara. No entendíamos qué estaba sucediendo hasta que Santiago cayó al piso. Victoria corrió hacia la moto de donde provinieron los disparos y yo me lancé sobre Santiago al tiempo en que pedía que llamaran a un doctor. Él me miraba como si no supiera lo que estaba sucediendo, hasta que ver mi mano llena de sangre lo hizo caer en la realidad.

—¡Emy... Emy! ¡No quiero morir! —dijo con voz temblorosa, mientras sujetaba mi mano.

—¡Escúchame! No vas a morir... no vas a morir, ¿okey? ¡Aguanta, por favor! —supliqué, y no sé quién temblaba más de los dos, pero ver la muerte reflejada en sus ojos, el miedo con el que me miraba, la sangre en mis manos y sus ojos cerrarse, al tiempo en que su cabeza caía a un lado, ocasionó que entrara en estado de *shock*.

—¡Un médico, coño! —escuché gritar a Victoria, y segundos después llegó alguien con una camilla.

Victoria me levantó del piso y yo solo podía escuchar voces distorsionadas y un pitido constante en mis oídos. Tenía la mirada fija en mis manos llenas de sangre, y en la cabeza, a Santiago muerto.

—Emily, ¿estás bien? ¿Estás herida? —me preguntó, sujetando mi rostro con ambas manos mientras inspeccionaba mi cuerpo buscando el origen de la sangre.

—¡Estoy bien! La sangre es de Santiago. —Me sentía desorientada, pero decir su nombre en voz alta me hizo caer en sí—. Santiago... ¿Dónde está Santiago? Debo estar con él.

Corrí hacia la entrada y Daniela venía junto a mis papás y mis amigos. Al verme llena de sangre entraron en crisis, pero enseguida les dije que estaba bien. Que lo único que necesitaba saber era a dónde se lo habían llevado y si él estaba bien.

—Emy, Santiago está siendo llevado a cirugía —exclamó Victoria, quien al parecer había ido al módulo de información y llegó corriendo hacia mí.

—¿Te dijeron si está bien? —pregunté, sin estar lista para escuchar una respuesta negativa.

—Tenemos que esperar a que los doctores salgan a darnos noticias, pero tienes que tratar de calmarte. Todo va a salir bien, ¿okey?

La abracé con fuerza hasta que escuché a Joaquín decirme que me tomara el agua que me había traído, que eso me iba a ayudar a calmarme.

—¿Qué fue lo que pasó? —preguntó Laura, confundida.

—No lo sé. Todo sucedió muy rápido. Estábamos afuera. De repente se escucharon disparos y Santi cayó al piso. —Empecé a llorar. Victoria sujetaba mi mano y no podía evitar sentir que era mi culpa. Yo lo había citado allí—. Necesito estar con él. —Me solté para ir a urgencias en donde me imaginé que lo tendrían.

Habían pasado un par de horas y no teníamos ninguna información. Los padres de Santiago estaban angustiados y aunque intentaban mover sus influencias, en ese momento, su apellido no representaba nada. La vida de su hijo dependía de algo superior a su *status* o poder adquisitivo.

Me acerqué a Victoria, quien se encontraba distanciada del grupo que conformábamos Dani, Lau, Joaquín y yo. Estaba pensativa, y a pesar de su esfuerzo por aparentar calma, podía notar que algo la perturbaba.

—¡Oye! ¿Todo bien? ¿Te pasa algo? —Ella me miró y sentí que sus ojos querían decirme lo que sus labios no podían. Me preocupé.

—¡Soy yo quien debe estar en el lugar de Santiago! —soltó, y no comprendí a qué se refería con eso; no tenía claro si era alguna manifestación de culpa.

—¡No digas eso! No podíamos saber que unos delincuentes pasarían disparando a diestra y siniestra. No quisiera que Santiago estuviera luchando por su vida en estos momentos, pero si te pasara algo a ti... yo no...

Quise decirle que no sabría qué hacer si ella no estuviera más a mi lado, pero me interrumpió.

—¡No! Es que no me estás entendiendo, Emily —dijo, con cierta angustia en su tono de voz—: Esas balas que hirieron a Sant...

—Familiares del joven De Luca. —El llamado del doctor que estaba a cargo de la cirugía, cortó con la conversación, y por su cara supe que no era portador de buenas noticias.

Dos de las personas más importantes para mí se encontraban en una cama de hospital, enfrentándose a la muerte. Desafiando al tiempo y aferrándose a esto que, para bien o para mal, llamamos vida. Dos personas que debían estar llenando sus solicitudes para ser admitidas en la universidad de sus sueños. Superando la ruptura de aquellos amores que creían para siempre. Inmortalizando a través de una *polaroid* esas fiestas que quisieran recordar toda su vida, o simplemente, sintiendo a flor de piel ese miedo universal de llegar a adultos y entender que ahora dependen de sí mismos.

Y allí radica el dilema. Damos por sentado el famoso «ciclo de la vida» sin percatarnos de que este no cumple con las leyes naturales, pudiendo acabar en cualquier momento. Posponemos y posponemos, sin darnos cuenta de que todo aquello que esperamos del mañana, puede que simplemente nunca pase.

# FUGITIVA DE MI PROPIA VIDA
## Emily Wilson

—Logramos extraer las balas, pero una de ellas perforó un órgano —dijo el doctor, y parecía que estaba hablando en cámara lenta.

—¿Pero mi hijo está bien? —preguntó la señora De Luca.

—¡Deja que el doctor termine de hablar! —ordenó el papá de Santiago, a quien la apariencia estirada y recta no se le quitaba con nada.

—Como les decía, el impacto fue recibido en el pulmón izquierdo. El proyectil tuvo migración al ventrículo ocasionando una hemorragia interna que fue controlada, pero por el tipo de bala el daño fue considerable, por lo que es posible que en un futuro el pulmón no responda de forma óptima.

—¿A qué se refiere, doctor? —preguntó el señor De Luca.

—Las balas utilizadas en el arma de fuego eran expansivas y ocasionaron daños graves en el pulmón. La operación fue exitosa, solo debemos esperar a ver cómo responde el paciente, pero por ahora se encuentra fuera de peligro.

—¿Puedo pasar a verlo? —volvió a intervenir la mamá.

—Por ahora no es conveniente. Cuando sea oportuno la haremos pasar. Por el momento tengan paciencia. Con permiso —sentenció el doctor.

Me costaba creer todo lo que estaba pasando. Primero Emma, después Santiago, pero cuando crees que ya no puede ir peor, la vida te sorprende.

Saber que Santiago estaba fuera de peligro me regresaba un poco de tranquilidad, aunque el sentimiento de culpa no se iba. Seguía pensando que si no me hubiese visto besando a Victoria, él no hubiera estado molesto y esa llamada en la que lo cité para explicarle, nunca habría tenido lugar, pero por más que quisiera regresar el tiempo ya no podía hacerlo.

A pesar de que sobre mí solo llovía, un rayito de sol me hizo pensar que la calma ya estaba por llegar.

—¡Emy, los doctores dicen que ya podemos pasar a ver a tu hermana! —dijo mi madre con los ojos llenos de esperanza—. Tu papá quiso entrar primero y ya está con ella —agregó, y sin pensarlo corrí a su habitación.

Nunca he sido de escuchar conversaciones ajenas, y puedo asegurar que no era mi intención hacerlo cuando papá le hablaba a Emma, pero esa imprudencia me llevaría a conocer una verdad muy dolorosa.

Llegué a la puerta y escuché a papá sollozar mientras le pedía perdón a mi hermana.

«Espero algún día puedas perdonarme, hija. Nunca debí colgar cuando me llamaste. Si tan solo te hubiese escuchado no estarías hoy aquí. Todo esto es mi culpa. Yo no debí pedirte que te fueras de la casa. Me dejé llevar por el miedo y la rabia. Tú eras mi bebé y era mi deber cuidarte».

—¿Qué estás diciendo, papá? —pregunté, y una sensación de tristeza empezó a albergar mi corazón.

Mi padre me miró sorprendido y no podía decir ni una palabra.

—¿Por qué dices que por tu culpa Emma se fue de la casa? ¿Y a qué llamada te referías? —terminé de preguntar.

—Hija, perdón. Yo no quería... —intentó excusarse, sumergiéndose en un llanto que no cesaba.

—¡Responde lo que te pregunté! —le exigí una respuesta, y justo en ese momento llegó mi madre.

—¿Emily, por qué le hablas así a tu padre? ¿Qué está sucediendo? —preguntó preocupada por la escena que acababa de presenciar.

—Eso es precisamente lo que quiero saber —contesté, sin dejar de ver a mi papá—. ¿Tú sabías que fue él quien le dijo a Emma que se fuera de casa? —le pregunté a mi madre.

—¿De qué estás hablando, Emily? —Su cara de confusión me dio la respuesta. Ella no estaba al tanto de lo que había pasado entre Emma y mi padre.

—Dile a papá que te lo explique. Aunque por lo que veo es posible que debamos esperar a que Emma se despierte para saber toda la verdad. ¡Si es que despierta! —dije, guiada por la rabia y la decepción que sentía, al tiempo que le regalaba a papá una mirada de reproche—. ¿Saben qué? ¡Todo esto es una mierda! —agregué, antes de salir de la habitación histérica.

Llevaba conmigo una indignación que dominaba todo mi cuerpo. Tenía la sensación de cargar algo muy pesado sobre mi pecho, y necesitaba respirar.

—¡*Hey*!, ¿qué te pasa? —Daniela intentó detenerme.

—¡Necesito estar sola! —respondí, sin disminuir el paso.

—¡Oye! ¿A dónde vas? —Victoria tomó mi mano para intentar detenerme y yo me solté de su agarre de forma brusca.

—¡Que necesito estar sola! ¿Pueden entenderlo? —respondí molesta, pero ver sus caras me hizo caer en mi error rápidamente—. Perdón, no les quería hablar así. Solo necesito estar sola y pensar, ¿sí? —Sentí mi voz quebrarse, así que antes de llorar delante de ellas me fui.

Salí del hospital queriendo olvidar toda la pesadilla que estaba viviendo. Buscando una salida del laberinto en el que me encontraba. Salí con la esperanza de que al regresar ya todo hubiese vuelto a la normalidad. Me fui con el deseo de volver y encontrar a Emma despierta. Con ver en los ojos de Santiago el brillo de quien ama la vida. Con recuperar la idea de que mi padre era un héroe, y no un egoísta que decidió dejar a una de sus hijas a su suerte. Quería regresar y que mi único problema fuera que me había enamorado de una chica.

Caminé y era tanto el dolor que sentía en mi pecho, que logró, de alguna manera, suprimir el miedo de que me pasara algo a mí también por estar sola en la calle a esas horas de la noche.

Llegué a un parque y me senté en una banca. La noche se sentía triste y la acompañé con mi llanto. Deshacerse de las lágrimas se supone que te quita el dolor, pero a mí no me estaba resultando. A medida que lloraba, más me dolía el pecho. Mientras las imágenes de Emma y Santiago acostados en una camilla de hospital se reproducían en mi cabeza, me descubrí cuestionando a Dios por todo lo que les había pasado. Lo culpaba por haberlos dejado solos cuando lo necesitaron.

—¡La vida es una mierda! —dijo una chica que no sé ni siquiera de dónde salió. Parecía la oscuridad. Sus uñas estaban pintadas de negro en combinación con su ropa y con el tono de su labial. En una de sus muñecas llevaba pulseras con púas de metal, y en la frente una pañoleta de calaveras. Se sentó a mi lado y pude ver un tatuaje en su antebrazo que decía «No existo, la vida me mató».

La miré confundida mientras secaba mis lágrimas. Lo que menos quería era que una extraña me viera llorar.

—¡Sí! No me mires así. Ve... ponte a pensar. Te dicen que el sentido de la vida es disfrutar cada segundo de ella, ¿cierto? —me preguntó, pero no respondí—. Solo que cuando esta te golpea y te golpea, ¿qué se supone que debes hacer? ¿Fingir una sonrisa? —Hizo una pausa y pensé que era esperando mi respuesta—. ¡No! ¿Sabes por qué? Porque esa mierda también cansa y nadie lo entiende —agregó, y más que una forma de pensar, se escuchaba como un reclamo a la propia vida.

—Pero supongo que siempre hay algo por lo que valga la pena sonreír, ¿no?

Se encogió de hombros, y yo solo intenté no ser tan pesimista, aunque mi tristeza me hacía compartir lo que ella estaba diciendo.

—Cuando estás tan rota, lo único que logras es romper todo a tu alrededor. Sonreír es una condena, pero ver cómo le quitas la sonrisa a quien intentó devolvértela, es peor que la pena de muerte.

Sus palabras llegaban como estocadas a mi corazón. Victoria y Santiago protagonizaron mis pensamientos. Y el dolor cada vez se hacía más profundo.

—¿Sabes lo que necesitamos a veces? —Negué con la cabeza—. Escaparnos un poco de la realidad. *Hackear* la tristeza y reírnos por un rato de ella —contestó, recostando su espalda de la banca y sonriendo como quien cree que acaba de ganar una batalla.

—¿Y cómo se hace eso? —inquirí.

—Siendo fugitiva de tu propia vida —respondió, y quedé más confundida hasta que del bolsillo de su pantalón sacó la respuesta—. En este mundo no existe el dolor, la tristeza, ni la muerte —expresó, señalando la bolsita con pastillas de colores que tenía en la mano.

El peso de la vida. El grito de la tristeza. Lo que no puedes cambiar. Las heridas de un pasado que te impide seguir adelante. El deseo de eliminar todo eso que duele, pueden servir para impulsarte a salir del hueco profundo en el que te encuentras, o por el contrario, ser el eslabón que se rompe y te hunde en un espacio abismal.

¿Quién en su sano juicio recibe una pastilla proveniente de una desconocida que salió en medio de la nada? Tenía mil razones para decir que no, pero solo una me llevó a aceptar lo que la chica me estaba ofreciendo. Que más que una droga, era un escape. Puso la píldora en mi boca y sin titubear le di entrada a mi organismo.

En poco tiempo un hormigueo empezó a recorrer mi cuerpo y se me acentuó con mayor fuerza en la lengua. Mi ritmo cardíaco comenzó a ir más acelerado y sentí mi temperatura corporal un poco más caliente. Esa sensación hizo que me arrepintiera segundos después, hasta que sin darme cuenta todo dejó de importar.

El miedo desapareció. Lo que me dolía ya ni siquiera lo recordaba. No existían razones para estar triste ni para llorar. La noche dejó de ser un lugar oscuro y nostálgico. La chica que me acompañaba me hacía sentir segura y por un momento deseé darle un abrazo de esos que curan. Quise también salvarla de lo que le dolía y hacerla sonreír.

—No tienes que estar sola, ¿sabes? —Me puse de pie sobre la banca y la droga era quien hablaba por mí—. ¡Puedes ser mi amiga si quieres! Y tengo más amigos que también te pueden querer. Seguro Daniela te haría cambiar la idea que tienes sobre reír —expresé—. Aunque es probable que quiera matarte por drogarme o quizá sea Victoria quien te mate. —Me reí eufórica de mi propio comentario.

—¡*Shhh*! Harás que nos descubran —dijo, halándome por la mano para volver a sentarme, al tiempo que soltaba una risa de complicidad—. ¡Yo no necesito amigos! La gente cree que estar solo está mal. La mayoría de las personas solo quieren tener a alguien para llenar sus vacíos. A alguien a quien culpar de sus errores y calmar el miedo de llegar a viejos solos.

—Pareces tan profunda y... triste —comenté, y las dos soltamos una carcajada—. Por cierto, soy Emily —me presenté entre risas.

—Alexis.

No sé cuánto tiempo estuve mirando las farolas que iluminaban el parque, pero todo parecía ir bien. Me sentía enérgica. Plena. Desinhibida. Me puse de pie y comencé a caminar en el borde de la acera. De repente me llegaron unas ganas descontroladas de gritar.

—¿¡Por qué lloramos si reír es tan gratificante!? ¿¡Por qué nos preocupamos por el mañana, si el hoy tiene tanto por entregarnos!? ¿¡Por qué le tememos a la muerte, si es lo único certero que tenemos!? ¿¡Y por qué demonios no se puede amar a dos personas al mismo tiempo!? ¿¡Por qué!? —grité, y más que preguntas que esperaban ser respondidas, eran protestas hacia mí misma.

—Porque estamos hechos a merced de una sociedad de mierda que sigue reglas de mierda. Porque quieren controlar nuestra manera de vivir y sentir con base a criterios que fueron creados hace miles de años. Porque no comprenden que hay personas que necesitamos vivir en libertad, sin que seamos juzgados por crear nuestras propias reglas. ¡Porque no entienden que la maldita tecnología no es la única que necesita avanzar y evolucionar! —concluyó, también eufórica.

—Y menos cuando a medida que avanza, más retrocedemos como humanidad —agregué.

—¡Exacto! —gritó.

—¿Dónde habías estado todo este tiempo? Te juro que siento que eres mi alma gemela —dije, dejándome llevar por el momento y ella volvió a soltar una carcajada.

—No creo en almas gemelas, pero me gustó coincidir contigo, Emily.

—A mí también, Alexis. —Me reía de cualquier estupidez, pero no me importaba nada.

—Ya debo irme, pero puedes encontrarme aquí todos los días a esta misma hora. Ya sabes, si quieres escapar otra vez, aquí tendrás una compañera fugitiva —dijo, para luego desaparecer en la oscuridad gracias a su negruzco atuendo.

Regresé al hospital y por suerte nadie notó que estaba drogada.

—¿En dónde estuviste todo este tiempo? Te llamé mil veces. ¿Te costaba mucho contestar la llamada? —Mi mamá estaba muy alterada.

—¡Ya estoy aquí! No es el fin del mundo —respondí, moviendo los ojos hacia arriba.

—Emily, no me hables así. ¡Soy tu madre!

—Madre, ¿me das permiso para ir a dormir? —contesté, con altanería. Ella solo me observó y no dijo nada.

—Jorge, lleva a Emily a casa para que descanse, por favor —intervino mi padre.

No sé por qué me comporté así. Mi mamá ni siquiera tenía la culpa de todo lo que había pasado. Mi rabia era con papá, pero a él ni volteé a mirarlo.

Los siguientes días volví a verme con Alexis en el mismo lugar y a la misma hora. Me daba media pastilla y hablábamos de lo jodido que estaba el mundo. También me contó sobre su vida. La había pasado muy mal. Su madre los abandonó a ella y a su hermano cuando tenía ocho. A su padre nunca lo conoció. Y su hermano murió de leucemia a los veinte. Vivía en una casa con padres temporales, quienes eran subsidiados por el gobierno para que cuidaran de ella hasta los dieciocho. Los cumplía en seis meses y aseguraba que no querrían quedarse con ella, porque lo que les importaba era el dinero que recibían.

Luego de que se me pasaba el efecto, me sentía irritable. De mal humor. No quería hablar con nadie. No tenía apetito, y todo el tiempo estaba agotada. Poco a poco fui sumergiéndome en el escape que representaba la MDMA y la sensación de plenitud que sentía bajo su efecto.

Discutía seguido con mamá. Me negaba a hablarle a papá. No quería ver a mis amigos. Me ocultaba de Victoria y no me atrevía a pasar a ver a Santiago, hasta que él mismo pidió hablar conmigo y sus palabras darían un giro inesperado a nuestra historia, aunque era posible que ya fuese tarde.

# NADIE PUEDE SALVARTE, SOLO TÚ
## Victoria Brown

Nunca he necesitado de alguien para encontrarle el sentido a la vida. Jamás me gustó poner mi felicidad en las manos de otra persona como mecanismo para vivir, y aunque les confieso que odiaba estar sintiendo esa codependencia con Emily, cuando estaba con ella todo dejaba de importar.

Los días en el instituto se hacían cada vez más pesados desde que Emily dejó de asistir. No tenía ganas de nada y me costaba concentrarme. Era como estar sobrellevando una ruptura, con la diferencia de que ella y yo no teníamos una relación oficial.

No sabía qué era peor, si estar convirtiéndome en lo que siempre critiqué de las personas enamoradas, la ausencia de Emily, o tener que soportar las miradas e indirectas de Santiago. Estaba siendo una maldita tortura, pero aunque me costaba admitirlo, lo único que necesitaba para estar bien era a ella.

—¡Es normal, Hamilton! En esta etapa de la vida es normal —dijo Santiago, que se encontraba en el final de las escaleras del instituto haciendo girar un juego de llaves en su dedo y ni siquiera volteó a verme cuando habló.

—¿Qué se supone que es normal? A ver... —respondí, poniendo los ojos en blanco mientras me paraba frente a él.

—Lo que Emily tiene contigo. Todas las mujeres a esa edad quieren experimentar —expresó, y no sé por qué la sonrisa que tenía me daba ganas de querer golpearlo—. La conozco mejor que nadie. Ella no es lesb... Ella no es así. —Le costó completar la palabra.

—¡A ver! Dame un momento. Es que hay algo que no estoy entendiendo... ¿Ese es el monólogo que te dices para que tu hombría se mantenga intacta o es lo que le dices a tu ego cuando te recuerda que tu novia estuvo con una mujer? —solté, y vi su sonrisa esfumarse a la velocidad de la luz.

—Te lo advierto, Hamilton... ¡Aléjate de nosotros! —respondió, parándose de forma amenazante frente a mí.

—¿O si no qué? —lo reté, y vi como con su mano derecha apretó las llaves que segundos antes hacía girar en sus dedos.

Las lanzó al aire y las sujetó otra vez, recuperando la sonrisa de imbécil que tenía, y pude ver que la mano le sangraba, pero nunca mostró molestia o dolor. Su objetivo era infundirme miedo. Lo que no sabía es que nadie generaba eso en mí, y mucho menos lo haría un niño fresa con el ego lastimado.

Después de mi encuentro con Santiago y de llevar varios días sin ver a Emily, decidí ir al hospital. No con la intención de hablar de nosotras o de aclarar lo que había pasado con Nico; no era el momento. Solo necesitaba saber cómo estaba ella, pero lo que pasó no lo habría imaginado ni en mis peores pesadillas. Aunque la protagonista de todas ellas siempre ha sido Eleanor Hamilton, y esa vez no sería la excepción.

Desde que salí para el hospital, observé una moto seguirme. En ella iban dos personas vestidas con ropa de cuero y cascos con dibujos fluorescentes. Era tanto lo que tenía en mi cabeza que no les presté atención. Hasta que escuché los disparos y me percaté de que era la misma moto.

Cuando logré que Emily se calmara, revisé mi celular. Tenía dieciséis llamadas perdidas de esa mujer: Eleanor Hamilton, mi madre. Salí para llamarla a ver si ella tenía una respuesta para todo lo que le había pasado a Santiago y deseé que no fuera lo que estaba pensando.

—Victoria, tengo todo el puto día llamándote —dijo, en el momento que contestó mi llamada—. Si te llamo reiteradas veces no es porque quiera saber qué desayunaste o si ya sacaste al perro a pasear. Eso ya deberías saberlo. —Y así era ella, cero remordimiento o sutileza.

—Dime que no tienes nada que ver con esos tipos —pregunté sin titubear.

—¿Te hicieron algo? —preguntó, y no imaginen la voz de una madre preocupada, porque no es el caso. Ella solo quería saber si estaba bien para que no me sumara a uno de sus problemas.

—¡Maldita sea, Eleanor! ¿En qué mierda me metiste? ¿Por qué tu vida tiene que ser así? Donde tú estás siempre tiene que haber muerte, problemas y cosas turbias —dije molesta.

—¡Aquí vienes otra vez con tus dramas! Te llamaba para saber si estás bien y advertirte que debes cuidarte de ahora en adelante. Si no lograron su objetivo, es seguro que vuelvan. Quieren hacerme daño y creen que pueden lograrlo a través de ti.

—¿Quiénes son y qué demonios les hiciste para que quieran asesinarme? ¿En dónde está Violet?

—Tu hermana está bien y lo seguirá estando mientras viva conmigo, y tú lo estarías si no fueras una rebelde caprichosa. Te he dicho mil veces que vuelvas a casa, pero eres terca y blanda igual que tu padre, y contra eso no puedo hacer nada. Quieren mi cabeza y harán lo que sea para conseguirla, así que te advierto que te cuides. —Colgó, dejándome con mil preguntas y lavándose las manos como si el mismísimo Poncio Pilatos hubiese reencarnado en ella.

Por mi cabeza pasaban millones de pensamientos al mismo tiempo. ¿Cómo era posible que mi propia madre me haya puesto en peligro de muerte? Por mi culpa Santiago casi muere y aunque estuviese pasando toda esa rivalidad entre nosotros, jamás le desearía mal ni a mis enemigos, y a él no lo consideraba como tal.

Había pasado varios días desde que sucedió lo de Santiago, y Emily volvió a ausentarse. No contestaba mis mensajes y cuando iba a verla al hospital, sus padres me decían que no estaba, pero lo curioso es que tampoco la encontraba en su casa. No quería convertirme en una acosadora y ya había decidido darle su espacio, hasta que hablé con Daniela y me dijo algo que quedaría taladrando mi cerebro durante todo el día.

Esa mañana estaba llegando tarde al instituto, igual que los días anteriores, gracias a la apatía que me empezaba a dominar. Daniela se encontraba afuera esperándome. Parecía preocupada y ansiosa.

—¡Pensé que no llegarías nunca! ¡Te estaba esperando! —dijo, halándome de la mano para llevarme al otro extremo del edificio.

Supuse que para no ser vistas por los profesores, ya que todos estaban en clases menos nosotras.

—¿Qué sucede? Tengo intenciones de entrar a la primera hora, ¿sabes? —expresé.

—¡O sea, *Darling*!... Llegaste cuarenta minutos tarde. No hay manera de que la profesora te deje entrar. A la de *Lite* no la tienes en el bolsillo como a todos y lo sabes. —Le regalé una sonrisa con la que confirmé lo que acababa de decir—. Pero si para ti es más importante entrar a clases que saber de Emily, pues adelante.

Ella sabía cómo tener mi atención por completo.

—¿Está todo bien con Emily?

—Eso es precisamente lo que quiero que averigüemos. —Empezó a hablar como actriz de película de detectives y lo que dijo después lo entendería muchísimo menos—. No sé si te lo había comentado, pero fuiste nombrada «Reina de Galletalandia», y yo seré tu fiel ayudante en cada misión.

—¿Reina de qué? —pregunté, confundida.

—¿Emily no te habló de la galleta? Dime que por lo menos comieron galleta antes de todo este caos, por favor. —Definitivamente Daniela hablaba un idioma diferente al del resto del mundo. ¡Esa chica estaba demente! Y lo peor es que me caía muy bien.

—¡No tengo ni puta idea de lo que estás hablando, Daniela!

—¿Qué demonios pasa con las lesbianas *millennials* que no saben qué es la galleta? Lo de activa y pasiva sí lo sabes, ¿o tampoco? —La miré arrugando mi entrecejo y ella sacudió la cabeza a ambos lados.

—Tengo *muuucho* trabajo qué hacer con ustedes. ¡No pueden andar por la vida siendo unas lesbianas piratas! ¡Yo no lo voy a permitir!, pero bueno, por ahora lo importante es rescatar a la princesa.

Daniela había hecho el trabajo de detective del año. A esa chica había que tenerle miedo, ya que era un peligro con una computadora.

—Te explico… La mamá de Emily me ha llamado todos los días a la misma hora para preguntarme por su hija. Dos veces es casualidad, tres es sospechoso, pero seis veces ya es un patrón —expuso, mientras sacaba unas papitas de su mochila.

—¿Y en dónde estaba Emily todas esas veces a la misma hora? —pregunté, intentando que mis neuronas entendieran su lenguaje y su veloz manera de hablar.

—¡Exacto! La misma pregunta me hice yo. ¿Adónde va Emily todos los días a las siete y treinta de la noche? —Daniela estaba sumergida en el papel y yo empezaba a desesperarme—. Utilicé mis habilidades y pude acceder a sus mensajes. Paréntesis... Esto lo hago solo cuando es estrictamente necesario, ¿okey? Y es información CON-FI-DEN-CIAL, pero tú eres la reina de este pueblo, así que haré la excepción.

—¿Puedes terminar de llegar al punto? Estás haciendo que mi paciencia se vea desafiada.

—¿Eres celosa? Bueno, espero que no porque aquí vamos... Todos los días a la misma hora se textea con una tal Alexis. Y aunque preferiría creer que es una nueva novia, en vez de una nueva mejor amiga... ¡Perdón, se tenía que decir y se dijo! Mi inquietud aumentó cuando en uno de los mensajes Emily le decía: «Necesito escaparme, ¿la traes contigo?». A lo que esta chica que llamaremos «fantasma» como seudónimo para proteger las identidades de los involucrados, le contestó: «Sabes que siempre llevo conmigo la *felisidad*». Y sí, cabe destacar que escribió felicidad con «S». No puedes confiar en alguien que escribe «felicidad» con «s», ¿cierto?

—¿A qué crees que se estén refiriendo? —le pregunté.

—Puede ser cualquier cosa... cervezas, juegos de mesas, un consolador o hasta...

—Drogas. —la interrumpí.

—¡No! Imposible. Emily odia esa porquería —respondió, y sus palabras sonaron como un intento de convencerse a ella misma—. Dime qué haremos. Yo expongo las problemáticas y tú las soluciones. ¡Vamos, que eso hacen las reinas! —Empezaba a sonar nerviosa y preocupada, pero sus chistes se mantenían presentes.

—No tienes idea de lo que es capaz de hacer alguien que siente que el mundo se le está viniendo encima, y es justo allí cuando las drogas hacen su entrada magistral, haciéndote creer que son la puta salida de todos tus problemas, cuando en realidad lo único que hacen es arrastrarte a un pozo, del que es posible que nunca vuelvas a salir.

—¡*Okey*, ya entendí!, pero por favor dime que ya sabes el plan que llevaremos a cabo. Tú me dices qué hacer y yo lo hago. —Daniela se preocupaba por su mejor amiga y estaba dispuesta a todo por ella.

—Yo me encargo, ¿vale? Solo necesito que me avises cuando Emily se escriba con la tal Alexis.

—¡Fantasma! Que le digas fantasma... aunque en eso la convertiré si resulta cierto lo que estás diciendo. Pero está bien, te mantengo informada de sus movimientos.

Fuimos a clases y si antes no podía concentrarme, en ese momento era más que imposible.

Las drogas no podían estar llegando a mi vida otra vez. Ellas representaban todo lo que me había hecho mierda en el pasado. No podían venir a quitarme lo único bonito que pude conseguir después de lo que pasó con mi padre. No lo iba a permitir. A él no pude salvarlo, pero a ella no la dejaría caer. Me tenía a mí aunque sintiera que la vida estaba en su contra.

Llegó la hora y Daniela me escribió, tal y como lo acordamos. Yo estaba afuera del hospital cuando recibí su mensaje y tres minutos después vi salir a Emily. Caminaba como si fuese a llegar tarde a algún sitio. La seguí percatándome de que no me viera. Llegó a un parque y me estacioné para continuar a pie. Ella tomó asiento en una de las bancas y se veía intranquila. Miraba para todos lados mientras pasaba las manos por sus piernas en señal de ansiedad. No me gustaba el panorama, hasta que una chica vestida toda de negro, salió de la parte de atrás de los arbustos para convertir la escena en mi peor pesadilla. Se saludaron y enseguida sacó de su bolsillo una bolsita con pastillas que empezó a sacudir frente a Emily, quien la veía como si de verdad le estuviese enseñando un puto boleto a la felicidad.

Sentí mi cuerpo arder en cuestión de segundos. Quería asesinar a esa chica y darle sus restos como alimento a los buitres. Caminé a gran velocidad cuando la vi sacar una de las pastillas.

—Si te atreves a darle esa mierda, juro por Dios que no vas a vivir para contarlo —grité.

—Victoria, ¿qué haces aquí? —preguntó Emily—. ¿Me estás espiando? —agregó, con cierto tono de molestia.

—¿Con que ella es Victoria? Emily me ha hablado muchísimo de ti —expresó, mirándome de arriba abajo—. Aunque, bebé, olvidaste decirme el pequeño detalle de que tu chica es jodidamente *sexy* —soltó, y al parecer no le importaba que la hubiese descubierto dándole drogas a Emily.

—¡Quiero que te vengas conmigo ahora mismo! —dictaminé, ignorando lo que la tal Alexis terminaba de decir.

—¡Uuyy! Y de paso con carácter. ¡Que así hasta yo me hago lesbiana por ti, guapa! —dijo riéndose, y no sabía si era su estado normal o ya estaba drogada.

—¿Puedes cerrar la puta boca? ¿Y quién te dijo que podías decirle «guapa»? Se llama Victoria —soltó Emily, poniéndose de pie para dirigirse hacia mí. Y aunque estaba furiosa y triste al mismo tiempo, verla celosa me devolvió el alma al cuerpo.

—¡Vale, vale! No te tienes que molestar. Ya sé que es tu chica, y pues yo tengo códigos. Tú lo sabes —dijo, cuando vio que Emily me sujetó del brazo.

—¡Vamos! —me dijo, y sentí tranquilidad al escucharla decir eso.

—¿Qué? ¿Te vas? ¿Entonces ya no somos amigas? —agregó, y era lo que me faltaba para hacerme explotar.

Me regresé, y aunque lo que más deseaba era romperle la puta cara, no lo hice. No porque fuera una representante activa de la paz mundial, sino porque lo que vi en sus ojos, era peor que cualquier paliza que yo pudiera darle. Esa chica era tristeza, soledad, dolor, agonía. Esa chica era muerte y oscuridad. Era un fantasma con vida, tal y como dijo Daniela, pero por otra parte, sus ojos escondían el deseo de quien sueña con volver a creer. De quien anhela conseguir eso que le han arrebatado de las manos y por más que lo busca, no termina de encontrarlo. En sus ojos se reflejaba el deseo ardiente de quien desea volver a amar la vida y que esta también la ame de vuelta, o que por lo menos le regresara un poquito de todo lo que le había quitado.

—Un amigo no mete en la mierda a alguien que intenta salir de ella. Un verdadero amigo representa un escape, pero no a través de aquello que te lleva a extraviarte. Un amigo ofrece abrazos o un hombro para llorar, no esta porquería. —Golpeé la bolsa de pastillas que conservaba en su mano haciendo que cayera al piso—. Pero sé que buscas almas pérdidas porque la tuya ya lo está. Arrastras a los demás a la oscuridad porque eso es lo que llevas contigo. No puedes ser su amiga porque ni siquiera sabes lo que significa ser una, y esa chica a la que has estado envenenando, no es como tú y ¡NO ESTÁ SOLA! —expresé, y Alexis no dijo ni una sola palabra, pero sus ojos llenos de lágrimas que se negaban a salir, me dijeron todo lo que no pudo decir. Y aunque sentí pena por ella, mi prioridad era alejar a Emily de todo lo que esa chica representaba y eso fue lo que hice.

Llegamos a mi moto, y la actitud de Emily cambió.

—No iré contigo y ni siquiera sé por qué te hice caso. No me vas a decir lo que puedo hacer y lo que no. Sé cuidarme sola.

Verla en ese estado me traía recuerdos que me seguían doliendo. Tenía unas ojeras bastante pronunciadas debajo de sus ojos. Su cara estaba pálida y la irritabilidad me daba certeza de que lo había hecho varias veces.

—No soy quien para decirte qué es correcto o qué no, porque ni siquiera yo lo sé. Nadie puede salvarte cuando no quieres ser salvada, pero créeme, consumir esa porquería no hará que los problemas desaparezcan, al contrario, te hundirá más en ellos. Solo que de eso te debes dar cuenta tú misma —expresé.

—Ya mi vida es una mierda, ¿no lo ves? No he podido hacerte feliz a ti. Ve donde está Santiago por mi culpa. No soy tan valiente como tú y no creo que debas estar cerca de una persona como yo. Mereces a alguien que esté a tu altura.

Y aunque después de ese momento quise abrazarla y decirle que era todo lo que quería en mi vida, no lo hice. No por mí o porque tuviera miedo de que me rechazara, sino por ella. Porque no quería que pensara que sentía compasión por todo lo que estaba atravesando. Se iba a enterar de que la amaba, pero no en ese momento. No de esa forma.

—Deja de hablar tonterías y toma el casco. Me gustaría que me acompañaras a un lugar, y luego dejaré de molestarte si es lo que quieres, ¿okey? —propuse, estirando mi mano para entregárselo y ella lo tomó a regañadientes.

Condujimos hasta nuestro destino y al llegar supe que la vida me estaba dando una nueva oportunidad de salvar a quien quería, pero para eso necesitaba dar un paso que me haría revivir todo aquello que alguna vez me mató. Viajar a mi pasado. Reabrir mis heridas. Reencontrarme con el deseo de lo que no pude lograr. Con aquello que no pude cambiar y con la incertidumbre de si esta vez, el resultado sería diferente.

# MÁS HUMANOS
*Emily Wilson*

Es común escuchar decir que de los errores ajenos no se aprende. Que debemos equivocarnos y degustar con nuestra propia lengua el desagradable sabor de nuestras fallas, pero ¿es eso cierto? ¿Es necesario tocar fondo para salir del hoyo en el que te encuentras sumergido?

Santiago había despertado y a la primera persona que pidió ver fue a mí. Su mamá se opuso. Estaba desesperada por entrar a verlo, pero el señor De Luca tenía la última palabra y la petición de su hijo fue muy clara, así que eso era lo que iba a hacer su padre, quien se encargaba de cumplir siempre los deseos de su único heredero.

Yo también insistí en que debía ser la señora Helena quien pasara primero, pero mi intento de huir de un encuentro para el que todavía no estaba lista, fue inútil.

Aunque Santiago estaba fuera de peligro, verlo tan quieto en esa cama me quemaba por dentro y los sonidos de las máquinas a las que se encontraba conectado, comenzaban a convertirse en esa canción que odias y que no puedes escuchar ni un segundo más. Cada pitido me hacía pensar en lo vulnerable que somos. En que la brecha entre la vida y la muerte es demasiado angosta y no nos damos cuenta hasta que ya es tarde.

Al verme llegar me regaló esa sonrisa que lo caracterizaba. Siempre alegre. Siempre lleno de vida.

—Princesa —dijo, estirando su mano hacia mí—. Ven, siéntate conmigo —solicitó con amabilidad.

—¿Cómo te sientes?

—¿Sabes esos días en los que Nico me daba a tomar vodka con tequila mezclada? Bueno, peor. —Soltó una risa que salió con dificultad.

—No puedes hacer esfuerzo. No te hagas el gracioso ahorita, por favor —le pedí.

—Es bonito saber que todavía te preocupas por mí. —Sujetó mi mano.

—Siempre me voy a preocupar por ti. Deja de decir tonterías.

—Lo sé. Eres hermosa y no debes preocuparte. A este mundo le falta mucho por conocer de Santiago De Luca. Además, las fiestas de la universidad no me las perdería por nada. —Me guiñó el ojo.

—Tú no cambias. —Sonreí, y me daba felicidad verlo animado, pero todavía podía ver tristeza en su mirada.

—Te equivocas. ¡El cambio es inevitable cuando te encuentras frente a frente con la muerte, princesa! Y sí, mis ganas de vivir al máximo siguen intactas, pero la definición que tenía sobre varios aspectos de la vida, cambiaron por completo —expresó, y parecía que intentaba ir a un punto más importante.

—Ahora te me convertiste en filósofo. No vayas a querer hacerle competencia al profesor Erick —bromeé.

—¡Para nada! —Sonrió apenado, pero volvió al semblante serio y reflexivo—. Entendí muchas cosas, ¿sabes? Tuve algunas revelaciones, pero aunque intente explicarte lo que vi en ellas es posible que no entiendas, porque es algo que me supera. A mí y quizá al raciocinio humano, pero que me transformó por completo.

—Puedes intentarlo y me esforzaré por entender lo que me digas.

—¡No! No te lo voy a complicar mucho y solo te diré lo que vi de nosotros dos, ¿te parece? —Asentí.

—Emy, cuando te conocí me enamoré de ti profundamente. Desde ese día lo único que quise fue compartir cada segundo de mi vida contigo. Mi futuro lo veía a tu lado. En cada uno de mis sueños ibas tú sujetando mi mano. Y cuando sentí que te perdía. Cuando te vi besando a Victoria, todo dejó de tener sentido. No podía imaginar estar sin ti y por un momento me sentí perdido. Estaba lleno de rabia, y el dolor empezó a corromperme. —Escucharlo decir eso, acompañado del nombre de Victoria, ocasionó que en mi garganta se formara un nudo—. Estaba dispuesto a separarlas. Quería vengarme de ella por haberse metido entre nosotros. Las estaba odiando y no dejaría que se burlaran de mí.

—Santi, nosotras no... —intenté hablar, pero no me lo permitió.

—¡Ya lo sé! Ese día de los disparos, lo entendí. Mi ego no me dejaba ver la realidad. Me cegó y no me permitía ver que nadie elige de quien enamorarse y tampoco si será correspondido. Y que el hecho de no ser amado por la persona que amas, no debería ser una razón para odiar o arrepentirse de lo vivido. Tampoco un motivo para cerrarse al amor o dejar de creer en él.

Comenzó a toser, y le pedí que por favor parara. Que lo que necesitara decirme podía hacerlo cuando estuviera más estable, pero insistió en que debía escucharlo.

—Emy, lo que quiero decirte es que, el hecho de que yo te ame, no quiere decir que debas amarme. Y que te hayas enamorado de alguien más no significa que deba odiarte. El amor es libre y si es verdadero no espera nada de la otra persona. Yo te voy a seguir queriendo aunque no seas mía. Aunque no estés conmigo. Y te lo digo de verdad. No puedo permitir que lo que vivimos, se convierta en víctima de un ego que no sabe reconocer que no somos de nadie, y que en el corazón no se manda. Quiero que seas feliz, y no seré un egoísta que se interponga en tu felicidad por no saber aceptar que perdí.

Escucharlo hablar de esa forma hizo que fuera imposible contener mis lágrimas. Yo lo había traicionado y él me estaba dando el perdón de la forma más humana que existía.

—¿La amas? —inquirió, y no me esperaba esa pregunta —. ¡Vamos! Puedes decírmelo. Si dos balas no me mataron, no lo hará tu respuesta. —Por la sonrisa que tenía en su cara pude darme cuenta de que su comentario fue solo para que confiara en él.

Me mantuve en silencio por unos segundos hasta que me animé a responder.

—¡Sí! Creo que la amo —contesté, nerviosa.

—¿Y ella también te ama?

Me encogí de hombros.

—Averígualo, y si ella también te ama a ti, no lo pienses tanto y vive lo que tengas que vivir.

195

—No es tan fácil como lo pintas.

—Nadie dice que el amor es fácil, pero dime algo que lo sea y que valga la pena. Emy, el cincuenta por ciento de la sociedad sufre por amores no correspondidos, y cabe resaltar que yo estoy en ese porcentaje gracias a ti. —Volvió a reír, y la risa vino acompañada de una tos que pudo controlar de inmediato.

—¿Puedes tratar de no hablar, por favor? Ya basta. Luego puedes seguir dándome tus argumentos filosóficos, maestro Santiago.

Simulé una reverencia hacia él y presionó mi nariz haciendo que ambos riéramos.

—Solo te digo que si el amor tocó tu puerta, déjalo pasar e invítale una taza de café, es todo —dijo—. ¿Ya ves? Por tu culpa empiezo a hablar como mi abuelita.

—Y no solo pareces una señora hablando, sino que también la filosofía te hizo olvidar que odio el café.

—Bueno, hasta hace poco te gustaban los hombres, pero mira las vueltas que da la vida. Todos cambiamos en algún punto. Y lo que ayer era, es posible que hoy ya no lo sea —dijo, y esa era una verdad innegable, ya que siempre estamos en constante evolución. Aunque yo no podía asegurar que me gustaban las mujeres, porque la que me gustaba era Victoria. Nadie más.

Me despedí de él sintiendo paz en mi alma. Sus palabras llegaron a lo más profundo y pude sentir como sanaban heridas que yo misma había provocado, pero lo que no entendía era por qué si ya estaba tranquila, seguía teniendo la necesidad de tomar otra pastilla de las que Alexis me daba.

Le envié un mensaje, diciéndome a mí misma que sería la última vez.

Cuando estaba a punto de tomarla, escuché la voz de Victoria. No sé cómo supo que estaba ahí, pero ver a Alexis comiéndosela con la mirada me hizo querer alejarla de ella. Mi instinto asesino se asomó cuando la escuché decirle «guapa», y después era yo quien quería llevármela de allí.

Nos fuimos y volví a recordar lo que causaba en mí su cercanía. Me di cuenta de que extrañaba su olor y lo mucho que amaba tenerla conmigo.

Llegamos a una calle que estaba un poco oscura y había algunas personas sentadas en el piso. Unos parecían indigentes. Otros llevaban ropa normal, y también pude ver que había jóvenes de nuestra edad que se veían igual que nosotras. No entendía qué estaban haciendo allí en ese estado, y por qué Victoria se había detenido en ese lugar.

El ser humano es la única especie que cree que la autodestrucción es una forma de salvarse del dolor. Somos los únicos que saboteamos nuestra felicidad cuando no nos creemos merecedores de serlo. Porque el mundo nos ha obligado a reír bajito. A llorar a escondidas. Nos han enseñado que pedir ayuda es para débiles, y nos impulsan a construir nuestras propias cárceles mentales, de las cuales nosotros mismos nos negamos a salir, incluso, cuando la llave que abre la puerta la tenemos en nuestras manos.

—¿Ves a esa chica de allá? La de sudadera azul. —Señaló con la mirada y yo asentí. Junto a ella estaban dos chicos más y hacían un semicírculo entre ellos.

—¿Quién es y qué están haciendo?

—Se llama Valeria. Tiene dieciséis y en este momento está a punto de inyectarse heroína para olvidar que su madre no le creyó cuando le dijo que su tío la tocaba donde no debía —confesó, y sentí algo moverse dentro de mí—. Los dos chicos que están a su lado son Alex y Samuel, uno de diecinueve y el otro de veintiuno. Son hermanos y hacen lo mismo para no tener que recordar que su madre los abandonó, dejándolos con el monstruo que los golpeaba hasta verlos sangrar. Que apagaba su cigarrillo en sus brazos y los obligaba a verlo mientras tenía sexo con prostitutas, y les repetía una y otra vez que las mujeres solo servían para satisfacer las necesidades de un hombre.

—¿Por qué me estás enseñando todo esto? ¿Acaso crees que soy una drogadicta? ¡Porque si es así, estás equivocada! ¡Quiero irme ya mismo de aquí!

—No creo que seas una drogadicta y precisamente por eso te traigo aquí.

—¿Cómo diablos conoces este lugar y la historia de esos chicos?

—¿Ves aquel letrero luminoso que dice «Un nuevo mundo»?

Señaló una casa que estaba a unos cincuenta metros de nosotras.

—No entiendo qué estás haciendo, y ya quiero irme. Además no respondiste mis preguntas.

—Es lo que intento hacer. Déjame terminar y nos vamos. Para mí no es fácil estar en el lugar que consumió a mi padre hasta llevarlo a la muerte —soltó, y un frío recorrió todo mi cuerpo.

Todo el tiempo me enfoqué en mí y no me di cuenta de que jamás le pregunté sobre su familia. Sobre sus heridas o sus sueños. Me dejé llevar por su apariencia de niña ruda que no le teme a nada, y no vi que su alma también estaba necesitando sanar. No me percaté de que se dedicaba a curar mis heridas, incluso cuando ella estaba más rota que yo.

—Esa casa que ves allá es la puerta para un nuevo mundo, pero ante los ojos de quien le han nublado la visión con tanto dolor, esa puerta es invisible. Cuando lo único que conoces es la noche, ver salir el sol te asusta, y ese miedo te hace correr a un lugar en donde la oscuridad vuelve a hacerte sentir seguro. Porque lo conviertes en tu hábitat. En tu mundo. Y no hay nada más difícil que salvar a alguien que no quiere ser salvado.

—¿Pero por qué si tienen ese lugar tan cerca siguen haciéndose daño? —pregunté, y mis emociones estaban a flor de piel. Sentía una necesidad de llorar que se me estaba haciendo imposible contener.

—Valeria, Samuel y Alex han entrado a ese centro unas doce veces aproximadamente. Pero las heridas más difíciles de curar son las del alma. Porque, ¿cómo le dices a alguien que la vida tiene algo mejor que darle cuando las personas que se supone que debían cuidarte, fueron quienes te enseñaron lo peor de ella y rompieron tu mundo haciéndolo pedazos? ¿Cómo se supone que vuelves a creer? —expuso, y vi como una lágrima cayó por su mejilla y se limpió con rapidez para evitar que la viera, pero fue inútil.

—Y ahora, ¿sí me vas a decir por qué decidiste traerme a mí hasta acá? —le dije, sujetando su mano, mientras controlaba mis ganas de abrazarla.

—Porque quiero que veas con tus propios ojos la tristeza de unos corazones que gritan, pero que no quieren ser escuchados. De unas almas que anhelan en silencio encontrar la fuerza que los ayude a salir del abismo a donde los llevaron, pero que no son capaces de ver que todo lo que necesitan está en lo más profundo de su ser. Porque ahí, justo donde habita la nobleza de nuestro espíritu, la maldad no llega —hablaba con la misma pasión con la que lo hacía en clases.

—Pero prácticamente son almas perdidas. Sus padres acabaron con sus vidas sin piedad. Son heridas muy difíciles de curar —dije, con cierta tristeza.

—No existen las causas perdidas, y las heridas, por muy profundas que sean, tarde o temprano sanan. No eres lo que hicieron tus padres. No eres un reflejo de los que te dañaron. Y tampoco vale la

198

pena tirar todo a la basura porque un día estuvo nublado, o porque una tormenta inundó tu corazón —alegó, y sonaba convencida de cada palabra que soltaba—. Emily, yo no te puedo decir lo que está bien o no. Tampoco puedo salvarte de todo lo que pueda herirte, pero te traje hasta aquí porque quiero que sepas que, aunque el mundo esté cayéndose en pedacitos sobre tu cabeza, siempre tendrás mis manos para ayudarte a reconstruirlo otra vez. Porque no estás sola, ¿okey?

—¿Por qué haces esto por mí? —pregunté, intentando contener las lágrimas.

—Porque me importas y porque te... —guardó silencio por un segundo y continuó—. Porque te quiero cuidar. No quisiera que algo malo te pasara. No puedo perderte a ti también.

Aunque no era lo que mi corazón quería escuchar, fue suficiente para llevarme a sus labios y darle un beso con el que le dije lo mucho que la había extrañado, y cuan afortunada me sentía de tenerla en mi vida.

Ese día junto a Victoria, descubrí que existe una realidad que consume al mundo, y es la apatía de aquellos que pensamos que porque no nos pasa a nosotros, todo está bien y nada nos debe afectar. La indolencia de aquellos que se niegan a ponerse en los zapatos del otro para no incomodarse. Porque estamos tan enfocados en nosotros mismos que no logramos darnos cuenta de que el egoísmo nos está consumiendo el alma, y la falta de solidaridad nos convierte en seres humanos desechables.

Ese día, tres personas que no necesité conocer: Valeria, Alex y Samuel, me enseñaron que no importa qué tan grande o pequeña sea la herida que tenemos, todos sufrimos por algo, pero lo más importante es lo que hacemos para no convertirnos en ese daño que nos hicieron. Porque nadie vive o siente el dolor de la misma manera. Tu dolor es tuyo, y no es menos que el de los demás, pero aunque cada tormenta sea diferente, si optamos por la salida fácil, todos nos encontraremos en un mismo lugar: la perdición y la desesperanza.

Alexis se encontraba sumergida en ese lugar desde hacía mucho tiempo y quiso llevarme también, pero así como a mí me salvaron, yo también empecé a desear ser la Victoria en la vida de alguien. La pregunta era... ¿Podía salvar a Alexis o ya era demasiado tarde? La respuesta llegaría más rápido de lo que pensé.

# ELLA TIENE EL CONTROL
## Victoria Brown

¿Es posible sanar tus heridas sanando las de alguien más? Cuando traes contigo las secuelas de un pasado lleno de marcas, a veces enfocarte en las heridas de otra persona, te permiten ignorar que las tuyas también duelen. Es como si a través de ellos pudiéramos lograr lo que no pudimos con nosotros mismos, pero hay algo que siempre me he preguntado, y es que no sabemos a qué le tenemos más miedo: si es a que las heridas del pasado nunca cicatricen, o a que en el futuro volvamos a vivir eso que tanto nos dolió.

Yo me di cuenta de que gracias a mis heridas empecé a vivir al revés. Que cuando todos querían conocer el amor, yo me hice la idea de que no existía. Cuando todos deseaban encontrar a alguien a quien amar, yo me dediqué a romper los lazos que pudieran atarme. Cuando todos soñaban con que les dijeran «te amo», yo eliminé esa palabra de mi diccionario porque vi a la humanidad convertirla en un arma que destruye todo a su paso.

Dejé de creer en el amor cuando vi a las dos personas que más amaba, destruirse, después de amarse tanto. Ellos me enseñaron que el mismo que hoy te dice «te amo», puede romperte en mil pedazos mañana.

Cuando conocí a Emily entendí que puedes amar estando rota, pero si el pasado sigue caminando a tu lado como una sombra, seguirás siendo esclavo de tu dolor, y este te impulsará de forma inconsciente a reprimir todo aquello que pueda ocasionar la abertura de esa herida que tanto te costó cerrar; en mi caso, decirle a alguien «te amo» significaba abrir la posibilidad de terminar rompiéndonos de manera irreparable.

Estaba en casa cuando recibí un mensaje de ella donde me decía que me extrañaba y que quería verme. Después de que la llevé al sitio en donde conoció la historia de tres almas rotas, nos veíamos todos los días. Dejó de verse con Alexis, pero no quiso perder el contacto con ella porque estaba decidida a ayudarla y mostrarle la otra cara de la moneda, pero primero Emily debía ganarle la batalla a cada uno de sus demonios. Los síntomas por la abstinencia se hacían presentes, sin embargo, le costaba reconocerlo, pero yo estaba al tanto de que se debía a la necesidad de anestesiar eso que aún le dolía. Y la forma en la que pudo conseguirlo fue a través de las drogas que, aunque ya no las necesitara, su cuerpo le hacía creer que sí.

Su humor era bastante cambiante. En momentos estaba bien y de repente se perdía en ella misma y la irritabilidad le ganaba.

Fui a buscarla para ver si conseguía que se distrajera y la llevé al lugar en donde por primera vez quise curarle el dolor. Fuimos a mi lugar mágico.

—¿Cómo es que todavía no sé nada de ti? —preguntó Emily, mientras caminábamos por la orilla de la playa.

—Se avecina un interrogatorio —dije, y ella embozó una sonrisa.

—A ver, solo sé que te expulsaron del instituto anterior, pero desconozco los motivos. Sé que tienes a un amigo al que quieres como un hermano, pero no sé si tienes hermanos de sangre. También que no te gusta que te relacionen con tu madre, a pesar de que es una de las mujeres con mayor influencia y de las más poderosas del país. Pero... ¿quién es Victoria Brown? ¿En qué cree esta chica ruda amante de la adrenalina y las chamarras de cuero? ¿Cuáles son sus sueños? ¿Qué es lo que espera de la vida o del futuro? —preguntó, y yo que odiaba hablar de mí o dar información sobre mi vida, me dispuse a responder.

—A mí no me expulsaron. Ellos creen que eso fue lo que hicieron, pero no. Solo demostraron lo jodido que está el sistema, porque no te prepara para defender tus ideales, luchar por las causas en las que crees o para romper con eso de que ya todo está establecido. Al contrario, cuando levantas la voz, te silencian, ¿y por qué? Porque en realidad educan como fábricas al por mayor. No les interesa que sobresalgas porque quieren personas obedientes. Que sigan órdenes. Que se adapten y no se salgan de los esquemas sociales ya constituidos.

—Pero ¿qué fue lo que hiciste? —volvió a preguntar.

—Hice un grafiti en la pared de la entrada. —Me quedé en silencio por un segundo y me adelanté a responder la pregunta que supuse me haría—. El grafiti decía «Váyanse a la mierda», y lo firmé con mi nombre y apellido.

—¿Váyanse a la mierda? —repitió, soltando una carcajada—. Pero ¿por qué hiciste eso? —preguntó, riéndose de mi hazaña.

—Mis compañeros y yo organizamos una huelga para conseguir igualdad de beneficios para los becados. Las cosas se salieron de control y yo que era la que estaba al mando, fui la menos perjudicada a la hora de las sanciones. ¿Por qué? Porque era la hija de una de las mayores benefactoras del instituto, y Eleanor ya había pagado una buena suma de dinero para conseguirme el «perdón». Eso me puso furiosa.

—¿Entonces quisiste darles una razón con más peso para que te sancionaran? Pero al final te salió mal, ¿o no?... digo, terminaste siendo expulsada.

—¿Mal? Lo mejor que me pudo pasar fue que me expulsaran de ese instituto. Y te puedo dar mil razones, pero la más importante ya la sabes.

—No, no la sé, ¿me la puedes decir? —preguntó, con picardía.

—Tengo una hermana. Se llama Violet y vive con Eleanor, pero no por mucho tiempo —respondí, intentando evadir su pregunta. Ella lo notó y no lo dejaría pasar tan fácil.

Se detuvo frente a mí poniendo su cuerpo muy cerca del mío.

—Te faltó responder mi pregunta. Quiero saber, ¿por qué fue lo mejor que te pudo pasar?

—¡Ya sabes la respuesta!

—Quiero escucharla otra vez —dijo, y no quitaba la mirada de mis labios mientras que se mordía los suyos.

—¡Lo mejor que me pudo pasar fue que me expulsaran, porque gracias a eso pude conocerte a ti! —respondí.

—¡Sí! Pero bien que estuviste con Nico, ¿no? —Su cara tomó un aspecto serio y se dispuso a seguir caminando, pero ahora sería yo quien detendría su paso.

—Déjame explicarte lo que pasó, ¿sí?

—¡No! No tienes que darme explicaciones de con quién te acuestas. Eres libre de hacerlo con quien quieras —respondió, con cierto enojo en su voz.

—¿Siempre eres así de malcriada o es solo conmigo? —Puso los ojos en blanco e intentó soltarse de mi agarre, pero no se lo permití—. Escucha... lo que pasó entre Nico y yo fue antes de conocerte a ti. Bueno, en realidad sí te conocía, pero no te conocía.

—Decídete..., ¿me conocías o no? —dijo, para luego agregar—: ¿Sabes qué? Olvídalo. Como te dije, es tu vida y eres libre de hacer lo que quieras. —Su molestia iba en aumento y debía responder rápido, pero para serles sincera, no sé por qué me estaba costando tanto explicarle.

Tomé aire y me animé a responder.

—Fue la noche del club, ¿*okey*? El día que me viste ebria en el baño. No recuerdo cómo conocí a Nico, pero lo cierto es que amanecimos juntos.

No sabía si decirle eso empeoraría las cosas, pero las mentiras no iban conmigo y mi pasado formaba parte de lo que era, y no estaba interesada en borrar pedazos de él para evitar decepcionarla o que dejara de quererme.

—Y tienes razón. Hay muchas cosas que no sabes, porque no me gusta hablar de mí. Pero lo que sí te puedo decir es que, a pesar de que no sepa qué somos o no entienda mucho lo que me pasa contigo, desde que te conocí, no soy la misma. Y tampoco sé si es correcto, pero en todo momento, mi libertad siempre te escoge a ti.

Ella me miró en silencio por unos segundos. Los más eternos de mi vida, y, sin esperarlo, entrelazó su mano con la mía para invitarme a seguir caminando por la playa, mientras que la arena y el agua rozaban nuestros pies.

—¿Qué quieres hacer cuando salgas del instituto? ¿Irás a la universidad? —insistía en querer conocerme, a pesar de que ya tenía conocimiento de que no me gustaba hablar de mí, pero así era Emily. No puedo decir que era una egoísta, porque sabía que no lo hacía con mala intención. Era como si tuviera la curiosidad de una niña de siete años y no pudiera controlarlo, y por supuesto, era una mandona que siempre hacía lo que quería.

—Es algo que no he decidido aún —respondí, a secas.

No podía decirle que entre mis planes estaba descubrir el misterio que representaba mi propia familia. Que ansiaba cumplir los dieciochos para poder dar los primeros pasos y que era posible que mi vida se fuera en una guerra contra mi madre y su oscuridad. No podía decirle que si el futuro de por sí es incierto, el mío, lo era aún más.

—¿Qué pasó con tu padre? ¿Por qué es que no te gusta que te relacionen con la señora Hamilton? —preguntó, sin mostrar timidez. Su inocencia no le permitía ver que mis padres eran un tema que me seguía torturando.

—A ver, señorita inspectora, ¿se permite que la interrogada coma? No me diga que no, porque conozco mis derechos —fue lo que utilicé para evadir su pregunta.

Entramos a la casa y preparé unos *sándwiches*.

—¡*Hey*! Qué gusto volver a verte por aquí. ¿Emily, cierto? —Ella asintió y Tommy besó su mano. Por el gesto que puso cuando me miró, supe que solo lo hizo para molestarme.

—¿Evelyn está en tu cuarto? —pregunté.

—No, ¿por qué?

—Porque quiero saber cuándo te vas a animar a buscarte una novia real y no una imaginaria. Digo, esos besitos en la mano deberían servirte para algo, ¿o no?

—¿La aguantas así de celosa? Te doy un consejo... —Se acercó al oído de Emily—: Estás a tiempo de huir y yo puedo ayudarte —susurró, pero con toda la intención de que yo escuchara. Ella sonrío con nerviosismo. Supongo que por lo que pasó la última vez que nos vimos.

—Ja-ja-ja, qué gracioso. Pero déjame darte un consejo también, consíguete una novia porque la masturbación en exceso provoca disfunción eréctil y eyaculación precoz —le dije, y él solo soltó una carcajada—. Ven conmigo. —Sujeté la mano de Emily, y ella se despidió de Tommy con una media sonrisa, a lo que él respondió con un beso en el aire.

—Ya sabes, aquí estaré cuando necesites escapar de esa demente. ¡Estás a tiempo!

—¡Creo que ya es tarde, pero gracias! —respondió ella, regalándome una mirada que me incitaba a querer llenarle la cara de besos.

Llegamos a mi habitación y no había cerrado la puerta, cuando ya Emily me había pegado contra la pared para empezar a besarme de forma desenfrenada. No parecía la misma chica tímida, o quizá yo creé una idea de ella que en realidad no era, pero lo cierto es que me encantaban sus dos facetas, en la misma medida.

—¿Te he dicho que me encanta cuando te pones celosa? —expresó en medio de los besos, y no me dejó responder porque cubrió mi boca con otro de ellos.

Ya no había rastros de timidez en ella. Intenté tocarla, pero me sujetó las manos esbozando una sonrisa de picardía. Le gustaba mandar. Tener el control. Y en el sexo no habría excepción.

Recorrió mi cuello con su lengua, para después proceder a deshacerse de mi camisa mientras me guiaba con pasos cortos hasta la cama, y sin dejar de besarme. Me dejó caer en ella y me observó como una depredadora. Verla en ese papel me estaba llevando poco a poco a perder la cordura. Me hacía desearla más, pero lo que no pude predecir es que Emily subiría el precio de la apuesta, llevándola a otro nivel y dándome a entender que era ella quien tenía el control total sobre mí.

Dejó de mirarme para dedicarse a buscar algo en mis gavetas.

—¿Qué se supone que estás buscando? —pregunté, confundida.

—*Shhh...* puedo encontrarlo sin tu ayuda, solo dame un momento —dijo, e inmediatamente gritó «¡Bingo», pero no me dejó ver lo que había encontrado.

Colocó su celular en la mesa y reprodujo su *playlist*. Sonó de primera 🎵*Rosenfeld - Do it for me*🎵. Y por el tipo de música y su mirada seductora, intuí que alguna locura planeaba, pero nunca me imaginé lo que estaba a punto de hacer.

Se sentó detrás de mí y comenzó a dejar besos en mi espalda y cuello. Con sus manos apretaba suavemente mis senos, hasta que sentí sus manos llegar a mi cara con lo que parecía una bufanda.

—¿Qué haces? —pregunté.

—Desde este momento ya no tienes el control. Desde ahora, Victoria Brown, ¡yo mando! —respondió, mordiendo el lóbulo de mi oreja y una corriente eléctrica recorrió todo mi cuerpo hasta llegar a mi parte íntima. Emily era lo más *sexy* que existía y la tenía toda para mí.

Puso la bufanda en mis ojos y dejó besos húmedos en todo mi cuello. Me tumbó en la cama poniendo mi cuerpo en horizontal y el hecho de no ver lo que hacía, provocaba que mi nivel de excitación aumentara de forma considerable.

No podía ver nada. Solo podía sentir sus labios desplazándose por mi cuerpo. Paseaba sobre él con su lengua y con sus manos transitaba como quien no quiere dejar ni un centímetro sin recorrer.

Me pidió que no me quitara la bufanda de los ojos y dejó de tocarme por unos minutos. No entendía qué estaba haciendo, pero mi cuerpo ardía en llamas y solo ella podía apagar el fuego.

Sujetó mi mano y lo que pude percibir es que me estaba atando a la cama. ¿A ese nivel quería llevarlo? No entendía nada, pero la dopamina no solo explotó en mi cerebro, sino que se esparció en cada espacio de mi cuerpo, y lo que vendría después, superaría cualquier fantasía sexual.

Sin poder ver ni moverme, me fui dejando llevar por las sensaciones que iban apareciendo gracias a su tacto. Mis sentidos estaban más sensibles y cada roce con su piel, generaba en mí un deseo descontrolado de tocarla y hacerla mía, pero era su juego, y yo ya no tenía el control.

Se deshizo de mi ropa dejándome completamente desnuda. Empezó a besar mis senos, pasando su lengua por el borde del pezón. Subía a mis labios, luego bajaba a mi cuello y en varias ocasiones jugó con su lengua en mi oído. Así se mantuvo por varios minutos hasta que decidió subirle la potencia al acto de tortura al que me había sometido.

Emily comenzó a besar mi abdomen y bajaba lentamente rozándome con la punta de su lengua. Llegó a mi vientre, y sentirla tan cerca de mi zona de placer, sin poder tocarla o verla, me empezó a desesperar. Era una sensación diferente, pero demasiado excitante. La sentí besar la parte interna de mis muslos, a escasos centímetros de mi vagina. Con sus manos apretaba mis caderas y sabía que estaba disfrutando torturarme.

Después de jugar por unos segundos, sentí su lengua llegar a donde deseaba que llegara. Al rozar mi clítoris mi cuerpo se arqueó de forma involuntaria. El primer gemido salió de mi boca y el deseo ya no conocía de prudencia.

Empezó a besar mis partes y con su lengua jugaba con mi clítoris. Emily me estaba presentando el verdadero placer y de mi boca no solo salían gemidos, sino que también le daba indicaciones de lo que quería que hiciera, pero ella solo me dijo «Recuerda, ya no das las órdenes».

Pasó sus dedos por mi centro y la escuché decir «*Hmm...* mira todo esto», cuando se percató de lo mojada que estaba. Lo siguiente que sentí fue a ella subirse sobre mí, cruzando sus piernas con las mías, hasta que nuestras partes hicieron contacto. Comenzó a moverse, y sentirla a ella mojada sobre mí me estaba llevando al éxtasis.

Le pedí, o mejor dicho, le imploré que me dejara verla. Necesitaba hacerlo y ella cedió, no sin antes decirme que solo haría una excepción, pero que me volvería a cubrir cuando lo considerara necesario.

Sus labios se veían tan carnosos y rojos, que me provocaba besarlos hasta no poder más. Se movía sobre mí al tiempo que arqueaba su cuerpo y cerraba los ojos para concentrarse en la sensación que generaba nuestro roce. Me estaba matando no poder tocarla, y verla moverse así, me hacía desearla cada vez más.

Decidió que era momento de volver a cubrir mis ojos y aumentó el ritmo de sus movimientos. El placer que sentía con el roce de nuestros centros me hacía pisar por un breve instante el paraíso, y volver de nuevo reiteradas veces.

«Sigue» «No pares» «Emily, me vas a matar», fueron algunas de las palabras que dije antes de llegar al orgasmo.

La escuché acabar al mismo tiempo que yo. Nuestros gemidos se fusionaron para opacar cualquier música que estuviera sonando. Ella se lanzó sobre mi boca y con su mano procedió a desatarme. No dejaba de moverse sobre mí y cuando pude al fin tocarla, quise decirle con caricias que le pertenecía en cuerpo y alma. Puse mis manos en sus glúteos para ayudarla a moverse con más velocidad. La continuidad inmediata después del primer orgasmo me hizo enloquecer, y las ganas de hacerle el amor millones de veces, incrementaban con cada gemido que salía de su boca. Sexo oral, penetración y algunas innovadoras posiciones fue lo que nos hizo llegar a múltiples orgasmos. Era insaciable y parecía que sus hormonas estaban en su máximo nivel. Después del último orgasmo, me miró fijamente y sin decir una palabra, entendí todo lo que no pudo decir.

Los ojos pueden mostrarte la realidad que se esconde en lo más profundo del alma. A través de ellos puedes identificar y conocer las dolencias de la persona que miras, pero también, sirven de espejo, y en los ojos de alguien más pueden verse reflejadas tus propias aflicciones. Pero no sabes cuándo aparecerá alguien a devolverte la ilusión de aquello que creías perdido. No sabes cuándo alguien llegará a decirte que no importa lo que ocurrió en el pasado, ni lo que pueda pasar en el futuro, los dos se van a ver determinados por lo que hagas hoy. Pero ¿el amor que me daba Emily, sería suficiente para borrar el odio que sentía por mi madre y el deseo de vengar una muerte que para mí, seguía siendo un misterio por descubrir?

# NO LA MEREZCO
*Emily Wilson*

Después del día en la playa y descubrir en su cama una parte de mí que desconocía, lo que teníamos cada vez era más perfecto. Victoria me hacía sentir en el paraíso y no solo en la intimidad. Me llevó al cine, también a conocer sus lugares favoritos en la ciudad, como su restaurante preferido y el lugar donde vendían el único helado que le gustaba: El pie de limón. Patinaje sobre hielo, paseos en bicicletas, atardeceres y cenas románticas bajo la luz de la luna, fueron algunas de las ideas que se le ocurrieron para compartir conmigo.

Nunca me sentí tan plena y conectada con alguien. Victoria era el tipo de chica con la que podías hablar de cualquier cosa. Siempre tenía temas interesantes y hasta los silencios tenían su magia cuando hacían acto de presencia. Era seria cuando el momento lo requería, pero sin perder ese lado divertido y ocurrente que tanto la caracterizaba y que era una de las cosas que más amaba de su personalidad.

Todo lo que hacía lo llevaba a un nivel superior. «Especial» sería la palabra para describirlo, como esa noche que armó un campamento en la punta de una montaña, era como una especie de una carpa, pero un poco más grande, y tenía vista a la ciudad. La decoración tipo habitación de hotel hacía que olvidaras que estabas en medio de la nada.

—No soy la mejor compañera para un *camping*. De hecho, no está en mi lista de actividades favoritas. Soy sensible a las picaduras de mosquitos y no me gustaría ser devorada por un animal salvaje.

—¡Me ofende, señorita Wilson! Para su información esto no es un *camping*, se le conoce como *Glamping* y es un encuentro con lo mejor de la naturaleza, combinando la aventura con el lujo y el *glamour*; digno para una niña fresa como tú. Y tranquila que traje repelente y ya instalé las trampas para osos —concluyó.

Esa noche fue mágica, y entre vino tinto, risas y millones de estrellas, me di cuenta de que la estaba amando más de lo que me podía imaginar, pero ya saben, la felicidad es un estado que trae consigo una etiqueta con su fecha de prescripción.

Llegó el día de volver al instituto. A Santiago ya le habían dado el alta y mi plazo para ausentarme había expirado.

Cuando llegué, las miradas estaban puestas en mí. Todos en el pasillo me señalaban sin discreción y murmuraban, pero yo no lograba entender qué decían. Supuse que se habían enterado de lo que le sucedió a Emma y a Santiago. Imaginé que estaríamos en la boca de todos por un tiempo hasta que un nuevo chisme corriera por el instituto, pero nada era como yo pensaba.

### Clase de Ética y religión.

Tomamos nuestros asientos y Victoria se sentó a mi lado.

—¿Qué pasó, *Barbie*, no te vas a sentar con tu novia? —dijo Lucas, refiriéndose a Santiago y no entendí a qué se debía su comentario. ¿Desde cuándo le importaba que nos sentáramos juntos? Tenía el presentimiento de que algo no andaba bien y por alguna extraña razón, su comentario me puso nerviosa.

—¡Silencio, jóvenes! Quiero presentarles a su nueva compañera de clases —informó el profesor.

—¡Bieeeen! ¡Carne fresca, *baby*! —volvió a intervenir Lucas. Ese chico era insoportable.

—¡Dije silencio, por favor!... ella es Alexis Gruber y estará cursando con ustedes lo que queda de año. Tome asiento, señorita —ordenó el profesor con amabilidad, y ella obedeció. Se veía obstinada y miraba a todos con recelo. Estoy segura de que si alguien la veía raro o le decía algo, se lo tragaría vivo.

Me costó convencerla de que estudiara, así como también a Victoria le costó tener que utilizar el apellido de su madre y su poder para que la directora accediera a darle un cupo. Pero se lo pedí tanto, que no se pudo negar: «Sabes que a ti nunca te puedo decir que no, bonita», fue lo que me dijo cuando me entregó la carta de admisión a nombre de Alexis.

—Para muchos la palabra de Dios es ley. Es considerado por algunos «El creador del universo» y por otros «un simple espejismo». Unos creen en un Dios todopoderoso, aunque su existencia no haya sido comprobada con pruebas fehacientes, y otros afirman de forma irrevocable que Dios no existe. —El señor Wayne dio inicio a la clase—. Pero hablar de Dios en forma... —iba a proseguir cuando Amanda lo interrumpió.

—Disculpe, profesor. En la última clase que presenció nuestra compañera Emily, su respuesta quedó pendiente —dijo, y mis manos empezaron a sudar.

—¿Puede ser tan amable de recordarnos la pregunta o sobre qué era el tema en discusión, señorita Jones? —propuso el profesor.

—Hablábamos sobre la homosexualidad y Victoria le preguntó a Emily qué opinaba al respecto.

El silencio fue sepulcral. Todos tenían la mirada puesta en mí. Sentía como las mejillas me ardían y el corazón se me iba a salir del pecho. ¿Era posible que Amanda lo supiera? ¿Era acaso posible que todo el instituto lo supiera?

—No creo que la opinión de Emily referente a ese tema, vaya a provocar algún cambio sobre la idea que tenemos cada uno de los que estamos aquí presente. Considero que es algo en lo que no todos llegaremos a un acuerdo y somos libres de pensar diferente. Lo importante es el respeto y la tolerancia. Aceptar que cada quien es libre de amar a quien quiera sin importar su sexo, color o lo que sea —intervino Santiago, quien supongo que por ser de las personas que mejor me conocía, pudo notar que estaba deseando con todas mis fuerzas desaparecer.

—¡Sí, *Barbie*! Ya sabemos que en tu interior se esconde una hermosa princesa —dijo Lucas, con su peculiar forma de expresarse.

—¿Puedes dejar de ser tan imbécil por una vez en tu vida? —exclamó Victoria.

—¿Sabes lo que dicen de tipos como tú? —intervino Alexis.

—Me encantaría escucharlo de una voz tan *sexy* como la tuya.

—Dicen que a los más machitos, así como tú, son a los primeros que se les descubre el síndrome de la princesa enclosetada. Y tú, mi amor, tienes toda la pinta de ser uno de esos.

A Alexis no le importó ser la nueva, así como tampoco el hecho de que no conocía quiénes eran los personajes que participaban en la disputa. Lanzó el primer misil a quien ella consideraba que estaba actuando mal.

—Cuando quieras te demuestro lo que es un hombre, princesa. Lo único es que no sé si estés lista para todo esto que tengo para ti. —Se señaló sus partes íntimas con la boca.

—Hazte el favor y cierra la puta boca de una vez por todas, que das pena ajena —agregó Victoria.

—Estoy segura de que él es muchísimo más hombre que tú. —volvió a intervenir Alexis y señaló a Santiago para luego agregar—: Y por el tamaño de tu mano y la medida de tu zapato, estoy convencida de que nada extraordinario se esconde dentro de ese pantalón, cariño. —Ahora era ella quien señalaba su miembro.

Todos se burlaron y Lucas apretó la mandíbula. Su cara se puso roja y no iba a quedarse callado, pero está vez Santiago sería su objetivo, o posiblemente lo era yo.

—¿Él, más hombre que yo? —soltó una risa sarcástica—. Como se nota que eres nueva, pero déjame ponerte al día... Al «hombre» que tú ves ahí, su novia, con quien estuvo dos años, terminó cambiándolo por una mujer. Yo creo que si te dejan por otra mujer, hombre, hombre... no eres. ¿O qué pasó, *Barbie*, no supiste encontrar el punto G y otra chica tuvo que hacerlo por ti? —Santiago tiró la mesa al piso y se iba con furia sobre Lucas, pero antes de llegar a él, Joaquín lo detuvo.

—¡Te voy a romper la cara, hijo de puta! —le gritó.

Lucas logró su objetivo y se veía satisfecho. Yo estaba confundida. No sabía cómo se habían enterado. ¿Quién se los dijo si solo lo sabíamos Santiago, Daniela, Victoria y yo? El miedo invadió mi cuerpo y empezaba a sentir que me faltaba el aire. Victoria sostuvo mi mano, pero yo la quite sin pensarlo. Necesitaba respirar. Salí corriendo del salón y en el camino escuché al profesor intentar poner orden.

—¡*Hey*! Espera. —Laura me alcanzó—. ¿Estás bien? ¿Es verdad todo lo que están diciendo? —me preguntó sin rodeos.

—Necesito estar sola, ¿*okey*? —sentencié, y seguí corriendo hasta llegar al baño.

Lo primero que se vino a mi mente fue cómo sería la reacción de mi madre si llegaba a enterarse. Ella era muy estudiada y daba muchos discursos motivacionales, pero el tema de la homosexualidad era algo que no compartía ni apoyaba.

No supe cuánto tiempo estuve ahí, hasta que sonó el timbre que daba por finalizada la primera clase. Inmediatamente escuché los pasillos llenarse de voces y a alguien tocar la puerta, pero no respondí.

—Emy, sé que estás aquí, ábreme. —Era Daniela.

—¡Quiero estar sola!

—Y yo quiero un reloj que me haga viajar en el tiempo, ¡pero ya conoces el final! Abre, por favor. No retes a mi paciencia porque se pone muy loquita cuando llega a su máximo nivel y lo sabes —insistió.

Tenía razón. Sabía que si no le abría era capaz de hacer cualquier locura hasta conseguirlo, así que le abrí, pero para mi sorpresa no fue ella quien entró, sino Victoria.

—Hablen tranquilas. Por esta puerta no va a pasar nadie o tendrán que matarme primero. —No entendía por qué mi mejor amiga estaba tan dañada del cerebro.

Puso el seguro a la puerta y cerró, dejándonos solas.

—¿Estás bien?

—¿Cómo se supone que se enteraron? ¿Quién se los dijo? No entiendo nada.

—No lo sé. Un día solo estábamos en boca de todos.

—¿Ya tú sabías todo esto?

—Simplemente no le di importancia. No sabía que te ibas a poner así. Nunca pensé que lo nuestro sería secreto.

—¿Lo nuestro? ¿Y desde cuándo piensas por mí?

—En ningún momento he pensado por ti. Te estoy diciendo lo que pensé yo, ¿*okey*? Perdón si no te dije, como ya te mencioné... no le di importancia, pero tienes razón, debí decírtelo. —Su voz tomó un tono más severo.

—¡Mierda! ¿Qué se supone que voy a hacer ahora?

—Puedes empezar por explicarme por qué te pones así. ¿Qué es lo que te preocupa? ¿Cómo puedo ayudarte para que estés tranquila?

Me quedé en silencio un momento y me llevé los dedos a la sien intentando pensar con claridad.

—Quiero que llevemos esto con pausa. Todo pasó demasiado rápido. Han sido demasiadas cosas juntas y no estoy lista para otra tormenta, ¿entiendes lo que quiero decirte? —intenté explicarle, aunque lo hice a medias, porque no le dije que la verdadera razón era mi madre.

—Entiendo y no voy a presionarte. Tómate tu tiempo. Estaré contigo en todo momento y lo haremos como te sientas más cómoda, ¿te parece? Por ahora no hagas caso a las idioteces de Lucas. Ya sabes que es una bestia con forma de humano. —Acarició mi mejilla y yo me lancé sobre ella en un abrazo.

Salimos y nos dirigimos todos a la cafetería. Las miradas seguían sobre nosotras, pero lo más incómodo era el silencio de Laura y Joaquín. Y aunque sentía su apoyo, sus ojos me hacían sentir insegura. Me preocupaba lo que pudieran estar pensando.

Llegamos a donde estaba sentado Santiago y detrás de nosotros llegó Alexis.

—Emily, ¿me vas a poner al día o lo harás tú, Victoria? —dijo Alexis—. De haber sabido que el instituto era la puta locura, me animaba a estudiar antes. Chicos, ¿sí entienden que esto es el cielo para alguien que le encanta cerrarle el hocico a pendejos como ese tal Lucas? —Al parecer era la única que estaba disfrutando la situación.

—Ya va, ¿ustedes se conocen? —preguntó Joaquín—. Me graduaré y jamás dejaré de ser el náufrago que se siente perdido en su propia isla. Es que nunca me entero de nada.

—Yo soy Santiago. ¡Bienvenida!

—Alexis. —Se dieron la mano.

—Gracias por lo que hiciste en el salón de clases. Pusiste a Lucas en su lugar —agregó Santiago.

—No fue nada. Estoy acostumbrada a lidiar con tipos como él. —Los siguientes diez segundos fueron muy raros, ya que ese tiempo estuvieron mirándose a los ojos, con una sonrisa en sus caras y sin soltarse de las manos, hasta que nuevamente Lucas y Amanda llegaron a terminar lo que empezaron.

—Tengo una adivinanza —gritó Lucas, subiéndose en una silla y refiriéndose a todos en la cafetería—. ¿Cuántas pelotas te tienen que faltar para sentarte en la misma mesa con la chica que te quitó a tu novia en tus propias narices? —Todos empezaron a reír.

—¡Ah, bueno! Es que la princesa enclosetada está pidiendo a gritos que la saquen a la luz. —Alexis fue la primera en hablar.

—Hermosa... tú y yo hablamos después en privado. —Le guiñó el ojo y ella soltó una carcajada.

—¿Nadie? ¿Nadie sabe la respuesta?... ¿Tú? —Lucas señaló a un chico, y este negó con la cabeza.

—Perdón que te contradiga, Lucas... —Amanda había tardado en hablar, y por su mirada sabía que venía por mí—... Pero yo creo que la pregunta correcta es: ¿qué tan anormal tienes que ser para dejar a Santiago De Luca por una mujer?

—Yo digo que bastante anormal —respondió Sarah, su clon más fiel.

—La pregunta se responde solita cuando ves a Santiago —agregó Cinthya—. ¿Cómo cambias a alguien así por esto? —preguntó, señalando a Victoria con desprecio.

—O están ciegas o su envidia colapsa su cerebro, ¡porque hasta yo me meto a lesbiana por alguien como Victoria! —La defendió Alexis—. ¿Cuál es su problema? Santiago parece lo suficientemente seguro y hombre como para superarlo, pero me doy cuenta de que ninguna de ustedes supera que él haya escogido a Emily y no a alguna de ustedes. —Alexis caminó dos pasos hacia Amanda—. ¿No te da pena verte así de desesperada por un hombre? —preguntó, y en cuestión de segundos la cara de Amanda se enrojeció.

Lo único que quería era que me dejaran tranquila. No pensé que volver a clases sería una pesadilla, pero las cosas no siempre suceden como lo planeamos. A veces el miedo nos supera y yo, que detestaba estar en boca de todos, me sentía completamente fuera de lugar.

Vi a Lucas saltar de la silla y acercarse a Alexis, pegándose a su espalda.

—¡Me ponen las que tienen carácter! —exclamó, y antes de que Alexis se lo quitara de encima, Santiago se adelantó dejando un golpe en su cara.

Mi primer día de clases no podía ir peor.

Dos chicos agarraron a Lucas impidiéndole que se defendiera. Todos estaban del lado de Santiago, que tenía más amigos y era más querido que Lucas.

Ojalá que se hubiese quedado en eso. Ojalá que la Amanda molesta y denigrada no hubiese actuado como actuó. Pero fue ella quien llamó la atención de todos en la cafetería, y a *vox pópuli* gritó que yo era una «sucia lesbiana», y que por eso se había distanciado de mí.

Comenzó a atacarme y a decir que cuando éramos amigas, siempre la miraba raro. Luego de decir miles de mentiras, finalizó diciendo que Victoria y yo éramos unas asquerosas. Escuché las risas y no fui valiente cuando ella y sus amigas estaban acosándome. Victoria intentó cogerme de la mano para sacarme de allí, pero me solté de su agarre. No quería que me tocara.

—¿O no, Emily? ¿Acaso puedes negar lo que estoy diciendo? Y ahora que has salido del *closet*, y tienes noviecita, me imagino lo que dirá tu madre cuando se entere. ¡Vaya decepción! Y eso que todos pensaban que serías la salvación de tu familia. ¡Qué puto asco! —Me atacó y la paciencia de Victoria tocó su límite.

Vi cómo la empujó, pero no fue buena idea.

—¡Muero de ternura! Mira cómo la defiendes. Por lo menos ya sabemos quién de las dos es el hombre de la relación.

—Tal para cual —gritó Lucas, que estaba retenido por cada brazo por los amigos de Santiago—. ¡A la *Barbie* también lo defienden sus noviecitos! Ya veo que su relación siempre fue una tapadera. —Se rio y no quería eso.

Jamás hubiese querido estar envuelta en un problema, ni mucho menos arrastrar a Santiago o a mi familia a otro escándalo.

—¡No soy lesbiana! No me gustan las mujeres, Amanda, y si me gustaran, Victoria ni siquiera sería mi tipo, así como tampoco lo serías tú. —Salí corriendo de la cafetería.

No pude controlar la presión que estaba sintiendo. Corrí hasta alejarme de todos y pensé que Victoria lo entendería, que iba a ir a buscarme. Que ella sabía que solo estaba mintiendo, pero me equivoqué.

Cuando te encuentras entre la espada y la pared, tu corazón deja de tener el control y es la razón quien toma el mando, guiada por un único objetivo: escapar a toda costa de todo aquello que pueda convertir tu vida en un completo caos, aunque eso signifique dañar a la persona que amas. Y es que muchas veces el miedo es tan poderoso que termina, incluso, ganándole la batalla al amor.

Después de lo que dije sobre Victoria, me merecía todo lo que ella haría, incluyendo alejarse por completo de mí.

# SER VALIENTE
## Victoria Brown

La palabra «valentía» tiene un significado universal en el mundo. *Wikipedia* lo define como: «Determinación para enfrentarse a situaciones arriesgadas o difíciles», pero ¿qué es exactamente lo que nos convierte en personas valientes? En mi opinión, eres valiente cuando hablas siempre con la verdad, aunque esta duela. Cuando no le temes a equivocarte ni a lo que puedan pensar o decir los demás. Cuando sigues tus ideales de manera inquebrantable. Ser valiente es saber lo que quieres e ir tras ello. Aprender a superar tus inseguridades y entender que no se trata de no sentir miedo, sino de enfrentarlos y superarlos, porque una persona valiente también llora, sufre y siente dolor, pero comprende que no se trata de lo que está viviendo, sino de cómo actúa ante ello.

Emily se dejó ganar por el miedo y esta vez no podía ser yo quien le enseñara a ser valiente, por más que la estuviera amando, necesitaba ponerme a mí misma como prioridad.

Podía entender que no estuviera lista para los comentarios estúpidos de personas estúpidas, pero también sabía que personas como Lucas y Amanda abundaban en el mundo. Así que lo mejor era que me alejara de ella, aunque no quisiera, aunque eso me partiera en mil pedazos. Porque no das esperando recibir lo mismo, pero llega un punto en el que si sabes lo que mereces, no te conformas con menos de lo que tú estás dispuesto a dar.

Quería irme del instituto, pero si lo hacía dejaría en evidencia que me había afectado lo que dijo de mí en la cafetería o la dejaría en evidencia a ella misma, así que no lo hice. Era la última clase y me senté junto a Emily, igual que en todas las anteriores, pero ni la determiné, y por supuesto que lo notó. Después de insistir en hablarme de temas irrelevantes y recibir respuestas en monosílabas, se animó a decirme:

—¿Puedes dejar de estar así conmigo? Por favor.

—No estoy de ninguna manera. Solo intento prestar atención a la clase —respondí, cortante.

—No seas mentirosa. Esta clase la llevas con sobresaliente y lo sabes. Estás molesta por lo que dije en la cafetería, ¿cierto?

—No estoy molesta por nada. Quiero prestar atención a la clase, ¿puedo? —pregunté, con severidad.

—La señorita Brown y su compañera, ¿quieren compartir con la clase lo que están hablando? Porque supongo que es más importante e interesante que lo que estoy diciendo yo. —El profesor nos interrumpió—. A todos nos gustaría saber de qué se trata.

—Seguro están hablando de tijeras, profesor. —Lucas seguía con las estupideces.

—A ti lo imbécil no se te quita, pero ni volviendo a nacer, ¿verdad? —Le lancé una mirada asesina.

—Me dejan continuar con la clase o los saco a los tres —sentenció el profesor.

—Perdón, profe, solo quise decirle de lo que seguramente hablaban —volvió a decir Lucas.

—Claro, como toda una señorita —replicó Alexis.

—¡A la mierda! ¡Yo me largo! —Me levanté del asiento y el profesor no intervino ni intentó prohibírmelo.

Salí furiosa. Quería golpear a Lucas y también a Amanda, pero al final sabía que las palabras de Emily eran la única razón por la que estaba así.

Tenía una mezcla de emociones. Estaba triste, decepcionada, sentía frustración, pero sobre todo estaba molesta conmigo misma por entregarme sin medida, por cambiar quien era por alguien a quien acababa de conocer. Y sí, es verdad que al final del día todos tenemos miedos e inseguridades, pero el punto es que debemos tratar de que ellos no lastimen a quienes nos quieren.

Iba caminando hacia mi moto cuando me llegaron dos mensajes de *WhatsApp*: uno era de Nico y el otro de Emily.

### NICO

¡Hey! ¿Qué onda? Ya tienes mucho tiempo perdida ¿no crees?... Dame señales de vida
10:59 a. m

### EMILY

¿Podemos hablar?
10:59 a. m

Nico me cayó del cielo y abrí su mensaje de primero para no verme en la tentación de caer otra vez en lo mismo con Emily.

¡Hola! Ya sé, me declaro culpable. ¿Tomamos algo más tarde?
11:01 a. m ✓✓

¡Wow! Directa como siempre. Paso por ti a las 7, preciosa.
11:03 a. m

Bueno, pero tampoco te hagas ilusiones ¿vale? Solo quiero despejar la mente, y tomar algo me ayudaría.
11:06 a. m ✓✓

No haremos nada que no hayamos hecho antes, 😌 ¡es broma!, pero déjame decirte que tienes suerte porque tengo doctorado en Despejador de mentes. Soy un profesional en el área 😎
11:08 a. m

¡Eres lo peor! 🤣 y esa profesión ni siquiera existe, pero gracias. Te veo a las siete.
11:11 a. m ✓✓

Leí el mensaje de Emily y no le respondí, esperaba hacerlo cuando llegara a casa, pero al parecer ella tenía planeado insistir hasta que le respondiera.

> ¿Puedes dejar de ignorarme? Recuerda que puedo ver que estás en línea. ¿O no me hablarás nunca más?
>
> 11:08 a. m

Unos minutos después:

> Bueno, puedes por lo menos escucharme y después si quieres no me vuelves a hablar, ¿te parece?
>
> 11:11 a. m

> Victoria, me parece muy descortés que leas mis mensajes y no me respondas. Ser educada es gratis, ¿lo sabes no? 🫥
>
> 11:14 a. m

Ella sabía que diciéndome eso conseguiría mi atención.

> A ver, Emily, lo dicho, dicho está ¿vale? No pienso darle muchas vueltas al tema y tú deberías hacer lo mismo.
>
> 11:15 a. m ✓✓

> No me digas lo que tengo que hacer, pero ¿me puedes explicar por qué te pusiste así? ¿Fue por lo que dije en la cafetería? ¿Qué esperabas que dijera?
>
> 11:18 a. m

> No se trata de lo que yo esperaba, solo que las mentiras no van conmigo. Es todo. Así que hagamos algo... yo sigo con mi vida, tú con la tuya y aquí no ha pasado nada, ¿te parece?
>
> 11:19 a. m ✓✓

> ¿Acaso me estás terminando?
>
> 11:19 a. m

> ¿Terminando? Para terminar, primero tenemos que ser algo, y hasta donde recuerdo, tú y yo no somos nada.
>
> 11:22 a. m ✓✓

Me vas a disculpar, pero eso no fue lo que me hiciste sentir en todas nuestras salidas románticas.  11:23 a. m

 Me vas a disculpar tú a mí, pero lo que dijiste en la cafetería no fue lo que sentí todas las veces que me comiste entera, pero ya ves... las cosas no siempre son lo que creemos. Saludos.  11:25 a. m ✓✓

Sé que estuvo fuera de lugar decirle eso, pero me sentía tan furiosa, que ya mi lado racional no hacía acto de presencia.

Después de mi último mensaje, guardé el celular y me fui. Intenté matar el tiempo ordenando unas cosas en mi departamento. Luego me puse a escuchar música a todo volumen mientras preparaba mi pasta favorita: *Fettuccine a la carbonara*. Intenté todo para sacar de mi cabeza sus palabras, pero era imposible, hasta que Nico me escribió:

 Preciosa, estoy afuera de tu casa.  6:58 p. m

Dame cinco minutos y salgo.  7:00 p. m ✓✓

 Por ti puedo esperar la vida entera.  7:02 p. m

Ok es broma... o quizás no 😌  7:03 p. m

¡Payaso! Ya salgo.  7:05 p. m ✓✓

—¿Te vestiste así para hacer juego con mi bebé? —preguntó, refiriéndose a mi chamarra de cuero roja, que combinaba con su auto deportivo del mismo color.

—¿Desde cuándo las chicas hacemos juego con los carros?

—¿Eres feminista o solo rebelde?

—¿Y tú machista o solo imbécil?

—¡*Touché*! —exclamó, acercándose a mí para darme un beso en la mano con la misma sonrisa seductora que lo caracterizaba.

—Por cierto, bonito corte de cabello.

—Me alegra que lo notaras, me lo hice para ti.

—Cualquier persona notaría la ausencia de aquella gran melena, créeme. —Peinó su cabello con la mano, con estilo seductor—. No hay que decirte mucho, porque enseguida te pones como pavo real. —Sonreímos al mismo tiempo.

Nico no mintió cuando dijo que tenía un «doctorado en despejador de mentes». Era muy divertido y elocuente. Tenía historias increíbles sobre sus conciertos y todo el proceso que pasaba al componer las canciones que luego se convertían en un éxito total. No era el típico famoso sin nada en la cabeza y eso me agradó.

Eran las doce y había perdido la noción del tiempo entre copas y risas, hasta que una llamada de Emily arruinó la velada. Por supuesto que no le contesté, pero Nico vio su nombre en la pantalla y no sería tan amable como para no indagar en el tema.

—¿Están peleadas? —preguntó.

—¿De qué hablas?

—¡Vamos! Dame algo de crédito, ¿sí? Que soy lo suficiente buen «mejor amigo» como para ser merecedor de que Santi me contara lo que pasó entre Emily y tú.

—Bueno, sea lo que sea que te haya contado, ya es historia.

—¿Historia? Su enamoramiento es de otro nivel y lo sabes. Es que había que ser muy ciego, o muy idiota para no darse cuenta de la química entre ustedes dos. ¡Eran demasiado evidentes! —confesó.

—¿¡Cómo vas a decir semejante estupidez si Emily y yo siempre estábamos matándonos!? Es imposible que se nos notara algo que no existía. —Traté de anular su comentario.

—Preciosa, lo que se intenta ocultar aquí... —Señaló su corazón—... Se escapa solito por acá. —Llevó el mismo dedo hasta sus ojos—. Yo me di cuenta ese día en el club, después de nuestro beso, cuando me hiciste volver usando como excusa que se te había olvidado algo.

—¿Cómo lo supiste?

221

—Ese día la llevamos a su casa. Se había embriagado mucho, supongo que porque pensó que te habías ido conmigo. El punto es que se sentaron juntas atrás y se miraban de una forma muy intensa. Ella te miraba mientras bailabas y tú le dabas caricias para que se sintiera mejor. Eso, señorita, ¡es amor! Y no precisamente amor de amigas. —Me guiñó un ojo mientras daba un sorbo a su trago.

—Ajá, todo suena muy bonito, pero lo que viste fue una ilusión óptica, porque hoy dijo delante de todos que no le gustaban las mujeres, y que si ese fuese el caso, yo no sería tu tipo.

—A ver... primero: tú serías el tipo de cualquier hombre, mujer o ser de otro planeta ¡Por Dios, solo mírate! ¡Estás tan buena que te presentaría ante mis papás! —expresó—. Segundo: Emily ha pasado por demasiadas cosas: lo de Emma, su ruptura, luego a su ex casi lo matan. Tienes que ponerte en su lugar también. Y más si no conoces a tu suegra, la señora Miranda.

—¿Qué es lo que pasa con su madre? —Me llamó la atención su comentario, porque me recordó lo que dijo Amanda en la cafetería.

—No seré yo quien te lo diga. Solo habla con Emy, ¿sí? No sean tan orgullosas, miren que ahora ustedes protagonizan mi fantasía lésbica favorita. Perdona mi sinceridad, pero es que mírense, por el amor a Dios. —Soltamos una carcajada, la cual se fue multiplicando durante toda la noche entre historias y copas, hasta que me llevó a casa.

Los siguientes días en el instituto solo se hablaba de la fiesta de aniversario de *El Cumbres*, y de nuestro supuesto romance y posterior ruptura.

Por más que quise hablar con Emily, no me animé. Me sentía herida, y no era con intensión de hacerme la víctima o algo parecido. Creo que por mucho que entendiera sus razones, yo ya había llegado a mi límite. Quería convencerme de que era lo mejor, y ella me lo confirmó cuando sus únicos métodos para hablarme eran por *WhatsApp* en los que me invitaba al baño para poder hablar con «más privacidad», o a través de mensajes que me mandaba a dar con Daniela.

Llegó el día de la fiesta y lo que menos deseaba de un viernes, era asistir a un lugar en donde no habría alcohol. Me arreglé para ir al club al que siempre iba. Quería recuperar mi vida. Necesitaba volver a ser yo y eso solo iba a lograrlo con fiestas, alcohol y sexo casual. La Victoria Brown que era antes, esa que me agradaba tanto porque amaba su libertad y no dejaba que nadie le cortara sus alas. Esa que no creía en historias de amor con finales felices. Debía recuperarla, pero un mensaje de Nico cambiaría todos mis planes.

 ¿Estás feliz porque me volverás a ver?
7:15 p. m

¿De qué estás hablando?
7:20 p. m ✓✓

¿En dónde se supone que te voy a ver?
7:20 p. m ✓✓

 Soy el encargado de acabar con la leyenda de que las fiestas de aniversario de El cumbres son aburridas😏 Aunque debo confesarte que tengo una tarea difícil. ¡Esto parece un puto funeral!
7:24 p. m

¡Ah! Te refieres a esa fiesta. No pienso ir, pero igual nos vemos otro día.
7:26 p. m ✓✓

 ¿En dónde estás? Voy a posponer mi entrada magistral por ti. Estoy en cinco minutos en tu casa y no acepto un no como respuesta. Después veremos cómo me pagas.
7:30 p. m

Pasaron cinco minutos exactos y ya tenía otro mensaje suyo.

 Tú disfrutarás ver morir de celos a Emily al verte llegar conmigo, y yo disfrutaré ver a todas las niñas pelearse por ocupar tu lugar a mi lado. ¡Ambos ganamos!
7:35 p. m

Así que sal y monta tu sexy trasero en mi auto porque tengo una presentación que hacer y voy tarde.
7:35 p. m

No les voy a mentir, su propuesta me resultó bastante interesante, así que hice lo que me pidió. Subí a su auto y fuimos hasta la fiesta.

Sentí que la suerte estaba de mi lado cuando vi a Emily parada en la puerta junto a sus amigos y Santiago. Nico la vio y me lanzó una sonrisa malévola que no pude evitar devolverle.

—Si lo vamos a hacer, lo haremos por todo lo alto —dijo, y no entendí sus palabras hasta que empezó a acelerar el auto quedándose en el mismo lugar, logrando llamar la atención de todos los que estaban afuera, incluyendo la de Emily.

—Típico de una celebridad que le encanta ser el centro de atención.

—Si esa es tu forma de decir «Gracias, Nico, eres el mejor», está bien, lo acepto —respondió, para luego bajarse del auto y correr a abrirme la puerta.

Nos dirigimos adonde estaban reunidos y Nico pasó su mano por mi cintura. No puedo describir la cara de Emily cuando me vio junto a él, pero les juro que nunca la vi tan roja como esa noche. No me quitó la mirada desde que bajé del auto, pero tampoco dijo nada. La tensión se sentía. Todos tenían la misma pregunta dibujada en sus caras, pero ninguno emitió ningún comentario.

—Bueno, tengo la tarea de animarles este funeral, chicos, deséenme suerte —expresó Nico—. ¿Vamos? En mi camerino sí hay alcohol. —Tomó mi mano, pero antes de irnos, Emily nos detuvo.

—¿Podemos hablar un momento? —me preguntó.

—Justo ahorita... no puedo, pero luego lo hacemos, ¿te parece? —Fue más una afirmación que una pregunta en sí.

Vi como su ceja se levantó, y sabía que estaba furiosa, pero ya no me importaba. No podía seguir consintiendo todas sus malcriadeces, así que seguí caminando, dejándola por primera vez con un «no» como respuesta.

Nico salió a hacer su presentación y mientras lo escuchaba cantar, sentí a alguien halar mi mano. Era Emily que me estaba apartando de la multitud.

—Definitivamente los baños siguen siendo tu lugar favorito —expresé en el momento que la vi cerrar la puerta.

—¿Por qué haces esto? ¿Cuál es tu plan? ¿Ponerme celosa? Porque te digo, te está funcionando a la perfección.

—En primer lugar, si te refieres a Nico, solo somos amigos, y segundo, no eres el centro del universo, Wilson.

—Un amigo con el que tienes sexo... Y sí, nunca me había interesado ser el centro de atención de nadie, hasta que llegaste tú y me hiciste disfrutar ser el tuyo y ahora no quiero dejar de serlo. —Se acercó hasta mi cara, y cuando estaba a punto de besarme, me aparté.

—Emily, ni siquiera sabes lo que quieres —le dije, poniéndome de frente a la llave del agua, al tiempo que fingía lavar mis manos, y le exigía a mi fuerza de voluntad que se mantuviera presente.

—Te quiero a ti, Victoria. Te quiero como jamás he querido a nadie —me habló al oído, mientras pasaba lentamente la yema de sus dedos por mi brazo, y mis ojos se cerraron haciendo que su tacto estremeciera cada parte de mi cuerpo. No podía creer lo débil que me hacía sentir con solo tocarme.

Recogió mi cabello para besar mi cuello, y entre besos y caricias iba dejando en susurros todo lo que quería decirme: «Soy una tonta» «Perdón, no sé qué me pasó» «No te alejes de mí, por favor».

Estuvimos así por unos minutos, hasta que sus palabras en la cafetería llegaron a mi cabeza e hicieron que me separara de ella de forma abrupta.

—¡Emily!, quererte significa perderme a mí misma y no puedo permitirlo, lo siento. —Salí del baño sin permitirle decir nada más, porque si lo hacía era posible que cayera otra vez.

Ese día descubrí que otra de las cosas que nos impulsan a ser valientes, es encontrarnos de frente con la posibilidad de perder aquello que queremos, pero ¿es justificado que reacciones justo en el momento en el que sientes la amenaza? ¿Eres tú el valiente o es tu ego quien te motiva?

Lo cierto es que ese día, Emily se encontró frente a dos caminos: uno que la invitaba a ser valiente y a pelear por lo que se negaba a perder, y el otro que la llevaba a ser una cobarde que prefería vivir en la comodidad del miedo, para luego justificarse diciéndose a sí misma: «Así estaba destinado a ser» «No podía hacer nada para que fuera diferente», y mil excusas que nos decimos para no reconocer que ni siquiera lo intentamos.

Vi a Emily subir al escenario sin importarle que Nico estuviera a mitad de una canción. Un fuerte ruido en la acústica hizo que todos se quejaran y posteriormente abuchearan reclamando por la interrupción. Nico esbozó una sonrisa y luego se dirigió a todos para disculparse, se acercó a Emily y lo siguiente no me lo habría imaginado nunca en mi vida.

# DECISIONES
*Emily Wilson*

Algo que nos cuesta mucho entender, es que fuimos creados como individuos autónomos. Que somos más de siete mil millones de personas que sentimos y pensamos diferente. Seres humanos a quienes se nos fue entregado ese libre albedrío que nos permite tomar nuestras propias decisiones, así como también la capacidad de amar libremente, y justo aquí es cuando me pregunto: ¿si la libertad es lo que nos define como seres humanos, por qué nos empeñamos en limitarnos y sabotear nuestra propia esencia?

Yo no planeé enamorarme de Victoria, simplemente pasó y ninguna de las dos pudo evitarlo, pero si de algo estaba segura, era de que ella había llegado a mi vida para hacerme bien, para enseñarme la otra cara del amor, para permitirme conocer cosas de mí a través de ella, para amarme incluso cuando no era merecedora de su amor. Y les confieso que nunca tuve miedo de lo que sentía, hasta ese día cuando dos mentes llenas de prejuicios y malas intenciones, intentaron llenarnos de inseguridades y dudas sobre si estaba bien o no amarnos. Y fue allí cuando entendí que no le tenemos miedo al amor, ni al hecho de habernos enamorado de una persona de nuestro mismo sexo, lo que en realidad nos aterra es la idea de decepcionar a las personas que nos quieren, y a no saber cómo enfrentar esos comentarios que nacen con la única intención de dañarnos y hacernos creer que estamos haciendo algo malo.

Pero si algo te hace bien, ¿cómo es que puede estar mal?

Después de que vi a Victoria llegar junto a Nico, los celos me cegaron. Y aunque era consciente de que ella no me pertenecía, porque siempre he sido de las que cree que no somos de nadie, con ella rompía mi propia regla, ya que la sentía tan mía que era imposible no celarla, porque de alguna manera solo la quería para mí.

Subí a la tarima con el único propósito de hablarle a Victoria, pero mis nervios no jugaban a mi favor y tuve el presentimiento de que nada saldría bien cuando, en el camino tropecé con uno de los cables de los equipos de música, ocasionando que la acústica se distorsionara y todos empezaran a quejarse por el ruido.

—¿Qué demonios haces, Emily? —Se me acercó Nico molesto, supongo que por haberlo interrumpido.

—Necesito decir algo importante —respondí, al tiempo que le quitaba el micrófono de la mano.

—Bajen a la tortillera del escenario —gritó Lucas.

—¡Espera!, que seguro nos dará su discurso de orgullo LGBT —replicó Amanda.

—Emily, ¿en dónde dejaste tu bandera de colores? —dijo Sarah.

—Sí, Emily, es un requisito fundamental para el acto de salida del *closet* —agregó Cynthia.

Todos empezaron a reírse, incluso, varios lanzaron cosas hacia mí y no entendía cómo es que podía haber tanta maldad en los jóvenes. A través de ellos podía sentir la intolerancia, la falta de sensibilidad, la discriminación y el rechazo como mecanismo de defensa ante aquello que desconocen.

Quise ignorar sus comentarios y burlas. Una vez estando sobre la tarima quería cumplir con lo que me había propuesto: recuperar a Victoria. «Eres Emily Wilson, puedes hacerlo», me dije para darme ánimos, pero al parecer mis manos, piernas y boca no estaban en sintonía con mi mente, porque nada sucedía. Estaba paralizada. Las manos me temblaban de forma descontrolada, y por un momento pensé que podía desmayarme, pero necesitaba hacerlo; era el momento.

Cuando por fin pude dar un paso adelante para empezar a hablar, otro ruido sacudió nuestros oídos.

—¿Qué demonios hiciste? —le pregunté a Nico, cuando lo vi con los cables del micrófono en la mano.

—¡Emily, necesito que bajes de la tarima ahora mismo! No es necesario que hagas el ridículo frente a todos. Si quieres recuperarla, inventarás otra forma, pero no durante mi *show*.

Iba a dirigirme a él para que me diera el cable, cuando sentí que alguien me haló por el brazo.

—Siempre supe que algo no estaba bien en tu cabecita, Wilson, pero ¿me puedes explicar qué es lo que intentas hacer? —Era Victoria.

—Tú sabes lo que quiero hacer. No tengo que decírtelo.

—Alguien me enseñó que es mejor escuchar las respuestas de la boca de quien se le hace la pregunta —dijo con picardía, y como siempre, tenerla cerca de mí me hizo sentir segura.

—La respuesta es que decidí no ser una cobarde. Que no elegí amarte, pero lo estoy haciendo con todo lo que soy y quiero hacerme cargo. También sé que fui una bruta, inmadura, malcriada, una completa idiota. Tuve miedo y sé que no es excusa, pero voy a remediarlo, porque no estoy dispuesta a perderte. Porque mereces que le grite al mundo lo increíble que eres, así que eso haré. —Iba a caminar hacia Nico para recuperar el micrófono, pero ella me sostuvo otra vez por el brazo.

—¡*Hey*, cabrita loca!, escúchame —dijo, acercándose más a mí y mirándome —. No necesito que le digas nada a esta manada de imbéciles, ni mucho menos que le hables sobre algo que no van a poder entender, porque lo que les vas a decir los supera, y no me refiero al hecho de que te enamoraste de mí, sino a lo que hay dentro de este corazoncito loco que estoy segura que no es de este planeta y no habla el mismo idioma que estos idiotas. Créeme cuando te digo que ellos no valen la pena.... Ahora, ¿podemos bajar de aquí? —preguntó.

Quise hacerle caso cuando escuché la cantidad de comentarios homofóbicos que gritaban al vernos tan cerca, y aunque no me sentía satisfecha, decidí hacer lo que me pedía, pero justo cuando iba a devolverle el micrófono al idiota de Nico para bajar, escuché la voz de Santiago:

—Princesa, son todos tuyos —gritó, al tiempo que me señalaba el cable del micrófono que volvía a estar conectado. Quise seguir el consejo de Victoria, pero ya no se trataba de ellos, ahora se trataba de mí.

Volví a pararme frente a ella y tomé su mano:

—Tú te mereces que te baje el cielo de ser posible, pero esto no es solo por ti o por nosotras, es por todos los que por miedo, todavía guardan silencio —le dije, para luego dejar un beso en sus labios en frente de todo el instituto. La besé impulsada por mi deseo de ser valiente. Por el amor que sentía por ella y por todas las veces que dejé que el miedo fuera más grande. Los escuché gritar cosas horribles, y a otros reírse, pero no me importó, porque justo en sus labios conseguí el valor que necesitaba. Me separé de ella sin dejar de sostener su mano y me dirigí al frente:

—Para algunas personas es tan fácil criticar, señalar y emitir opiniones sin pensar en el daño que pueden causar sus palabras. —Dirigí mi vista a los principales causantes de todo—. Pero personas como tú, Lucas, o como tú, Amanda, o como cada uno de los que hoy se siente con el poder de condenar o lanzar juicios sobre nosotras, me enseñaron que juzgarnos o hablar mal de nosotras no nos define, los define a ustedes, y no es más que el reflejo de sus carencias, el vacío que los alberga y esa necesidad de ver a los demás solos y tristes, para así sentirse menos infelices ustedes.

Regresé mi mirada a Victoria

—Una vez en clase de Ética y Religión me preguntaste qué pienso sobre la homosexualidad, y en ese momento no tenía idea, o quizá sí, pero le tenemos tanto miedo a esa palabra que ha llevado a muchos a odiarse a sí mismos, e incluso a quitarse la vida, y todo por culpa de personas que no aceptan que el amor es libre, que no necesitas enamorarte de alguien de tu mismo sexo para entender que el amor es amor y que si no le haces daño a nadie, nada tiene que importar.

De un momento a otro, todos se quedaron callados.

—¿Y saben qué jode? ¡Y jode mucho! No poder decidir de quién te enamoras, pero no tenemos esa potestad, y escucharlos reírse y decir comentarios estúpidos por el simple hecho de que me enamoré de una mujer, más que ofenderme, me hace sentir pena ajena, porque los veo y no entiendo cómo siendo el supuesto futuro de la humanidad, permiten que los prejuicios o los paradigmas mentales, los conviertan en personas retrógradas incapaces de aceptar que la diversidad es parte de nuestra esencia y evolución. Pero quiero que les quede clara una cosa, esto no lo hago para convencerlos de que no es pecado o algo parecido, ni mucho menos con la intención de abrir sus mentes, en lo absoluto, esto lo hago por mí, porque entendí que el miedo nunca será más poderoso que el amor, y lo que siento por ella... lo que siento por ti, Victoria Brown, es más grande que el espacio que hay entre tú y yo. —Volví a besarla y sin esperarlo, el salón se llenó de gritos y aplausos, pero no era eso lo que me hacía sentir feliz, sino el hecho de tenerla conmigo siendo lo que, inevitablemente, estábamos destinadas a ser.

—¿Ya podemos bajar, por favor? —dijo Victoria, sonriendo en medio del beso.

Bajamos y todos nos veían con admiración. Los mismos que antes se estaban burlando, ahora nos apoyaban.

—Y así de loco y bipolar está el mundo —dije, mientras caminábamos hasta la salida.

—Loca estás tú, chica justiciera, y me encantas —respondió, y ahora era ella la que me besaba.

Se siente bien ser valiente, pero más allá de eso, se siente bien ser leal a nosotros mismos.

Era viernes y nos encontrábamos en clases de literatura cuando la directora entró y me hizo salir de clases.

—Tu madre acaba de llamar y solicitó tu permiso para que te ausentes de clases por asuntos familiares. Algo referente a tu hermana —expuso la directora, una vez que estábamos fuera del aula.

—¿Le sucedió algo a Emma? ¿Qué le dijo mi madre con exactitud?

—No me dio detalles, pero puedes irte. Me dijo que el chofer ya venía por ti, así que debe estar por llegar. Yo les informo a los profesores para que te realicen las evaluaciones de recuperación a tu regreso. Deseo que todo esté bien con tu hermana. Saluda a tus padres de mi parte —concluyó.

Jorge no sabía qué pasaba, me dijo que estaba en casa cuando mi madre lo llamó para pedirle que viniera por mí a la escuela. Intenté comunicarme con ellos, pero no contestaban mis llamadas. Estaba al borde de una crisis nerviosa. Le pedí que fuera más rápido, que recortara el camino tomando atajos, pero aun así la llegada al hospital se hizo eterna.

Llegamos y ni siquiera pude esperar que estacionara el auto. Ya saben que la paciencia no es una de mis virtudes. Me bajé y fui corriendo a encontrarme con ellos.

Mi padre abrazaba a mi madre, quien al verme corrió hacia mí y pude ver que sus ojos estaban muy rojos.

—Mamá, ¿qué ha pasado? ¿Emma está bien?

Ella tomó mi cara con sus dos manos.

—Tu hermana despertó, mi amor —dijo, con una sonrisa gigante en su cara.

Escuchar esa noticia me devolvió a la vida. Me regresó eso que me faltaba para sentirme completa. Sentí cómo mi corazón se llenó de felicidad y estaba llorando, pero esta vez por fin era de alegría.

El doctor nos indicó que podíamos pasar a verla y no sé por qué estaba tan nerviosa.

Entramos a la habitación y una enfermera se encontraba examinándola, al tiempo que hacía anotaciones en una tabla. Emma, al escuchar la puerta, giró su cara lentamente hacia nosotros. Mamá y papá estaban delante de mí, pero su mirada llegó directo a mis ojos.

—¡Peque! —fue lo que dijo, al tiempo que dibujaba una sonrisa en su cara. El corazón se me quería salir cuando escuché su voz. Pensé que nunca más la volvería a escuchar llamarme así.

Mis padres se detuvieron para darme paso. Caminé hacia Emma y las lágrimas no dejaban de caer por mis mejillas. Ella estiró su mano hacia mí y yo la sujeté. Pude ver que también estaba llorando y sus ojos reflejaban tristeza.

—¡Qué bonita estás, peque! Desde el primer día que te vi supe que serías la más hermosa de la familia —dijo, con voz muy baja y mucho esfuerzo.

—No digas tonterías. Tú eres la más hermosa —objeté, sonriendo—. ¿Cómo te sientes? Trata de no hablar mucho, ¿sí? Que ya tendremos tiempo para ponernos al día.

—Su hermana tiene razón, señorita, tiene que descansar y no hacer mucho esfuerzo —intervino la enfermera.

—Por ahora lo importante es que ya estás bien, mi amor. —Mi madre se acercó a ella y acarició su frente.

—¿Y tú no me vas a saludar, viejo canoso? —Se refirió a papá, que la observaba desde lejos.

Formamos parte de la historia de cada una de las personas que nos rodean ¿pero deben sus decisiones afectarnos a nosotros?

Por mucho tiempo mi vida se vio afectada por la decisión que había tomado mi hermana de irse sin explicación, pero fui egoísta al pensar solo en lo que yo sentía, sin tomarme un segundo para preguntarme por lo que inquietaba su alma. Y no se trata de si fue o no la forma correcta de hacerlo, porque no existe un camino plano cuando decidimos iniciar la búsqueda que nos llevará a encontrar nuestra propia esencia, y eso fue lo que sucedió con Emma.

Habían pasado unos días cuando pidió hablar conmigo a solas.

—Sé que por todo este tiempo, tu cabecita tuvo que estar llena de preguntas, y es posible que hoy, dadas las circunstancias, ni siquiera tenga las respuestas para ellas —expresó Emma.

—Ya no me interesan las respuestas. Estás aquí y es lo único que me importa.

—Lo sé, y no tienes idea de lo que le agradezco a la vida por haberme permitido volver a verte. Ese día, mientras sus golpes me llevaban poco a poco a perder la consciencia, pensar en ti era lo único que me mantenía con vida. Emy, me aferré tanto al deseo de volver a estar contigo que, de un momento a otro, esos golpes dejaron de doler y lo único que dolía era haberte dejado así como lo hice —dijo, con los ojos inundados de lágrimas que aún no salían.

—No tienes que volver a recordar eso. Estamos juntas y ya nada nos va a separar, ¿*okey*?

—Es que necesito pedirte perdón. Fue la promesa que hice con Dios. Te fallé y no quiero fallarle a él también.

Las lágrimas terminaron de salir.

—No necesitas pedirme perdón y no le fallaste a nadie. De eso se trata la vida, de vivir. Tú misma me lo dijiste, ¿recuerdas?

—Sí, y espero que no hayas seguido mi consejo, porque mira nada más cómo terminé. —Señaló la habitación—. El punto es que nunca pensé que podía dañar a quien más amaba en la vida, hasta esa noche cuando te vi convulsionando en el piso y supe que no podía estar cerca de ti, que si quería cuidarte, la mejor forma de hacerlo era alejándome. Manteniéndote lejos de mis conflictos existenciales. Yo no sabía quién era o qué quería, y mi inmadurez no me dejaba ver con claridad, pero fui egoísta y no pensé que tú también podías llegar a sentirte tan perdida como yo. ¿Y sabes qué jode? No tener a nadie que te diga si estás haciéndolo bien o no.

—Pero es parte de crecer. Tomar tus propias decisiones y cometer tus errores, porque aunque tengas a alguien que te lo diga, siempre vas a querer tropezar con la piedra tu misma, para comprobar si es verdad que duele como dicen —dije, y ella sonrió.

—Eres toda una niña grande. ¿De qué me perdí? ¿Acaso tanta sabiduría tiene que ver con una experiencia amorosa? Quizá ese niño que moría por ti... ¿Santiago era su nombre? Cuéntame, ¿sí logró ganarse el corazón de mi M&M? —me preguntó.

—Sí, pero no. —Me reí al ver la cara de confusión que puso al escuchar mi respuesta—. Fuimos novios por dos años, pero ahora somos amigos y mi corazón le pertenece a alguien más.

—¿Y cómo se llama el afortunado?

Me quedé unos segundos en silencio, pero ya no tenía miedo.

—No es afortunado. Se llama Victoria y es la chica más increíble que he conocido.

—Si tus ojos brillan de esa forma solo con decir su nombre, no me cabe duda de que es una gran chica, y muy afortunada también.

—La afortunada soy yo, créeme, porque lo que ha tenido que aguantar la pobre, no ha sido fácil. —Me reí.

—No tienes ni que decírmelo. Eres lo más caprichoso, malcriado y consentido que existe en el planeta. —Sujetó mi mano—. Quiero conocerla ya y decirle que soy su fan. —Las dos soltamos una carcajada.

—Bueno, está muy bueno el chiste, nosotros queremos reírnos también —dijo mi madre, que entró a la habitación sonriendo junto a mi padre—. ¿De qué están hablando?

—Emily me estaba contando sobre su novia Victoria. ¿Ya vieron cómo le brillan los ojos cuando habla de ella? ¿A ustedes qué les parece la chica? —respondió Emma.

Me iba a morir. El corazón se me aceleró y por un segundo pensé que sería yo quien caería en coma. A mi madre se le borró la sonrisa de la cara, y mi padre volteó a verla de inmediato. No fue así como lo planeé, aunque para qué les miento, ni siquiera había pensado cómo hablaría del tema con mis padres, pero otra cosa que no iba a poder elegir, aparte de enamorarme de Victoria, era cómo iba a decirles la verdad a ellos sobre quién era su hija.

—¿Novia? —preguntó mi mamá—. Espera Emily, ¿me puedes explicar de qué está hablando tu hermana? Dime que fue algo que soñó mientras estaba en coma o que son los efectos secundarios. Tú no puedes ser lesb... ¡No! Es imposible. —Ni siquiera pudo terminar la palabra.

—¿No puedo ser qué, mamá? ¿Lesbiana? ¿Gay? ¿Homosexual? —Caminé hacia ella—. No sé si soy alguna de esas palabras que tanto temes pronunciar, pero de lo único que tengo certeza es de que me enamoré de un ser humano increíble, y lo que siento cuando estoy con ella va más allá del género o de cualquier regla social que tengas impuesta.

—Dios, ¿en qué momento pasó esto? Fue nuestra culpa por dejarla sola tanto tiempo. ¿Puedes decir algo, por favor? —Señaló a papá.

—Emily, casi pierdo a Emma por pensar solo en lo que yo sentía. Fui un egoísta y no volveré a cometer el mismo error. Hija, yo te voy a amar sin importar a quien ames. Es tu decisión y si eres feliz, yo también lo seré —respondió papá, dejando un beso en mi frente, para luego dirigirse a mamá—. Mi amor, sea lo que sea que no entiendas sobre todo esto, lo resolveremos juntos. Somos una familia y el amor siempre será nuestro punto de partida. Tenemos a nuestras hijas vivas, sanas, con una vida por delante y con muchos obstáculos por superar, no seamos nosotros la tranca en el camino hacia su felicidad. ¿Podemos hacerlo? —Acarició su mejilla.

—Mamá, solo tienes que ver el brillo en los ojos de Emy cuando habla de esa chica para conseguir todas las respuestas que necesitas —dijo Emma. Mi madre soltó una lágrima y caminó hacia mí.

—Mi niña, es que el mundo es muy malo. Es perverso cuando se encuentra ante cosas que no entiende. No quiero que sufras ni te hagan daño, cariño, ¿entiendes? —Acarició mi cabello.

—A mí el mundo no me importa, mamá. Los únicos que me interesan son ustedes. Y te juro que no elegí que esto pasara, pero Victoria es la persona más maravillosa que he conocido, y si pudiera elegir enamorarme, la elegiría a ella otra vez. —Me abrazó y sentí su apoyo. Pude notar que tenía dudas y miedo, pero me demostró que el amor de una madre, es más grande que cualquier cosa.

Cuando decides enfrentar los miedos que te mantienen ajeno a ti. Cuando tomas la decisión de hacerle frente a tus propias cadenas, el universo conspira, y es posible que tu historia sea diferente a la mía, porque de eso se trata la vida, pero si algo tenemos en común, es que tú y yo... podemos elegir ser valientes.

# SIEMPRE A TU LADO
## Victoria Brown

Cuando tu vida ha estado llena de mentiras, de noches frías, de sin sentidos, y llega alguien para convertirse en verdad, para ser un rayito de sol en pleno invierno o ese nuevo motivo por el cual volver a creer, te das cuenta de que en la vida, lo único que realmente puede salvarnos, es el amor.

Mis padres no supieron comprender el significado de esto, y yo por mucho tiempo pensé que estaba destinada a vivir siendo el reflejo de lo que ellos vivieron, pero descubrí que cuando el amor toca tu puerta, llega única y exclusivamente para cambiar tu vida y convertirte en todo lo que creías que no podías ser. Porque el amor es eso, la transformación de aquello que no sabíamos que existía. La paz después de cada batalla. La complicidad de dos almas que supieron encontrarse entre tantas más. La certeza de quienes se creían imposibles y al final fueron inevitables.

Después de la fiesta de aniversario del instituto, sucedieron cosas increíbles, o por lo menos algunas lo fueron.

—Bueno, ahora resulta que tenemos que soportar que las lesbianas se manoseen a plena luz del día —dijo Amanda, cuando entró a la cafetería y nos vio tomadas de la mano.

—Oye, Amanda, ¿cuál es tu problema? ¿Por qué no las dejas en paz de una vez? —gritó un chico que estaba sentado en la mesa junto a los del equipo de futbol.

—¿Por qué mejor no te callas, Pablo? Mi problema es con ellas que creen que pueden venir a este instituto y andar como si fueran una pareja normal.

—Pues si tienes problemas con ellas, lo tendrás con nosotros dos también —contestó Pablo, para luego proceder a besar a un chico delgado, alto y de piel blanca que estaba sentado junto a él, y este correspondió al beso.

—Con nosotras también —dijo otra chica, justo antes de besar a su compañera de mesa.

Después de ellas, seis parejas más hicieron lo mismo. Fueron dieciséis personas que dejaron de tener miedo, que fueron valientes y dijeron «basta» a eso que les impedía ser quienes eran; y yo me sentía feliz, no solo por ellos, sino por la cara de orgullo que tenía Emily de saber que había sido ella quien les dio el impulso que necesitaban para mostrarse tal y como eran.

Llegué a casa y después de tres horas de tratar de calmar mi necesidad incesante de estar con Emily, mi intento por no ser una intensa, fracasó.

> Desde lo más alto, los besos se convierten en promesas y en la oscuridad el mar hace magia con su brillo. Si quieres llegar a mí, el 0409 te abrirá el camino... ¡Encuéntrame!
> 3:12 p. m ✓✓

El *WhatsApp* más cursi que envié en mi vida fue un acertijo con la dirección de mi casa de la playa junto al código de acceso del portón.

> ¿Puedes explicarme por qué eres tan hermosa? Te digo algo... si quieres enamorarme, creo que ya no se puede estar más de lo que ya lo estoy ¿ok?
> 3:16 p. m

> ¡Hmm! Yo no estaría tan segura de eso, bonita.
> 3:18 p. m ✓✓

Tenía la duda de si había podido entender mi mensaje o no, pero después de aproximadamente una hora de tortura, desesperación y estar sentada en un tronco seco viendo mi celular cada cinco minutos, sentí sus manos cubrir mis ojos, para luego decirme en el oído:

—Te encontré, mi amor.

Mi cuerpo reaccionaba de forma automática a su contacto, y solo sentirla producía una dualidad en mí, porque al tocarme alteraba cada uno de mis sentidos, mi respiración y mi ritmo cardíaco, pero al mismo tiempo traía paz a mi alma y podía sentir que todo estaba en perfecta armonía, y que nada me faltaba mientras estaba conmigo.

—¡Hola, hermosa! Sabía que me encontrarías —dije, un segundo antes de levantarme y bordear su cintura con mis manos para dejar un beso en sus labios con el que le decía: «te esperé y ahora que estás aquí, no te soltaré nunca».

—A alguien le está costando mucho estar sin mí, ¿o es idea mía?

—¡Eres una presumida!, pero ya sabía que no todo podía ser perfecto —bromeé, y una sonrisa de traviesa se dibujó en su cara—. Ven, quiero enseñarte algo. Sigue esas huellas. —Señalé un camino que hice con mis pies minutos antes de que llegara.

Tomó mi mano y comenzamos a caminar.

—¿Sí te conté que Pablo y Daniel fueron mi primer encuentro con personas homosexuales? —me preguntó, mientras jugábamos a remarcar los pies marcados.

—¿Quiénes son Pablo y Daniel? —inquirí.

—Los chicos que enfrentaron hoy a Amanda en la cafetería, los del equipo de futbol. Fue en la fiesta de Santiago, el día que te odié con todas mis fuerzas y luego terminé besándote ebria, ¿recuerdas?

—¿Cómo olvidarlo? Desde ese día no dejaste de comerme la boca cada vez que tenías oportunidad —contesté.

—Y luego quién es la presumida, ¿ah? —alegó, y yo sonreí, al tiempo que dejaba un beso en la mano que le sujetaba.

—¡Hey!, hasta aquí llegan las huellas, ¿qué querías enseñarme? —preguntó, en el momento que llegamos a los troncos de madera que soportaban el muelle y donde terminaba el camino marcado.

—Ahora necesito que cierres los ojos —solicité—. Y no puedes hacer trampa, ¡qué te conozco eh, pequeña traviesa! —le dije. Ella se dio la vuelta para no verse tentada a abrirlos, y yo recogí una pluma de gaviota que estaba en el piso.

Después de unos pocos minutos, me dirigí hacia donde estaba parada y me paré frente a ella.

—Princesa, no sé si alguna vez te dije... —iba a hablar, cuando su curiosidad la llevó a voltear para ver lo que había detrás y se encontró con lo que escribí sobre la arena:

«EMILY, ¿QUIERES SER MI NOVIA?», decía el escrito.

El agua borró el mensaje justo después de que ella lo leyera. Mi corazón latía muy rápido. No sabía si era oportuno o si me había apresurado, pero ¿cómo sabes cuándo es el momento indicado para pedirle a alguien que sea tu novia? Yo no lo sabía. Todo era nuevo para mí también, y solo estaba siguiendo lo que dictaba mi corazón. Quizá me dejé llevar por el famoso dicho que dice: «No hay momento indicado, solo momentos inolvidables», y eso era justo lo que quería regalarle a Emily, deseaba que cada instante que estuviera a mi lado fuera inolvidable. Que se sintiera feliz, que se llenara de ganas de vivir y sobre todo, hacerla reír como si fuera nuestro último día juntas, porque yo nunca fui de apostarle al futuro y menos cuando el mío siempre fue tan incierto.

—Estoy segura de que eres del 1% de la población que no odia los *spoilers*, ¿verdad, Emily impaciente Wilson? —dije, con la intención de disimular mis nervios por no saber cuál sería su respuesta.

—Amor, las sorpresas me desesperan, ya deberías saberlo. No soy buena ni para darlas porque siempre termino revelando el regalo antes de que la persona lo abra, ¿me perdonas? —Utilizó su talento para hacer pucheros que hacían imposibles todos los «no» que pudiera querer decirle—. ¿Me ibas a decir algo?

—No. Ya se me olvidó lo que quería decirte.

—¡*Hmm*! ¿Alguien me está haciendo un berrinche? ¿Sabes que me encanta cuando te pones malcriada?

—No estoy malcriada, no sé de qué hablas. Pero creo que te estás proyectando.

—¡Creo que te estás proyectando! —Me remedó—. Sí lo estás, y lo sé porque cuando te pones malcriada subes la ceja sin darte cuenta y haces ese movimiento rápido con tus labios que lo único que causa es que quiera comerte la boca —dijo, para luego dejar una mordida en mi labio inferior—. Y para tu información, no hace falta que me digas un discurso con palabras bonitas, porque desde que llegaste a mi vida, la transformaste de una manera que no tengo palabras para explicarte. Victoria, contigo estoy conociendo lo que en realidad es el amor y me gusta todo lo que me haces sentir.

Puso su mano en mi mejilla y antes de que pudiera seguir hablando, la persona que menos deseaba ver, nos interrumpió.

—Bueno, esto sí que es una sorpresa viniendo de alguien a quien le gustaba tanto amanecer con desconocidos en su cama —la voz de Eleanor rompió toda la atmósfera que habíamos creado.

—¿Me puedes explicar qué diablos haces aquí? ¿Cómo entraste? Sabes muy bien que no eres bienvenida en esta casa —expresé.

—El parásito que tienes viviendo aquí como si fuera tu hermano o parte de la familia, me abrió la puerta, y ya que no contestas mis llamadas tuve que venir hasta acá, y te recuerdo que esta también es mi casa.

—Era de papá y me la dejó a mí. Y si no contesto tus llamadas será por algo, ¿no crees? ¿Qué quieres? —pregunté.

—Necesito hablar contigo... ¡a solas! —sentenció, dándose la vuelta para caminar rumbo a la casa y por lo que entendí, pretendía que la siguiera.

—Ahorita estoy ocupada —respondí.

—Estoy segura de que tu «amiguita» sabrá entender lo importante que es Violet para ti —contestó, sin detener el paso ni voltear a mirarnos.

Tomé la mano de Emily y caminamos en la misma dirección que ella.

—¡Perdón, Vick! No tuve otra opción —dijo Tommy, cuando me vio entrar.

—¿Será que la servidumbre me puede dejar sola con mi hija? —solicitó de forma despectiva, mientras sacaba de su bolsa un cigarrillo de esos largos que te hacen lucir muy elegante y refinada, aunque seas todo lo opuesto.

—Yo ya debo irme. Quedé con mis papás en ir a ver a Emma. Me llamas en cuanto puedas, ¿sí? —dijo Emily, y yo asentí. La necesidad por saber qué pasaba con Violet me generaba ansiedad.

—Tommy, ¿puedes acompañarla hasta su auto, por favor? —solicité, y ellos procedieron a irse dejándonos solas.

—¡Muy bonita tu amiguita! —expresó, mientras expulsaba el humo de su boca, y la similitud conmigo al hacerlo, me impedía negarme a mí misma que estaba frente a mi madre.

—¡Ajá! ¿Puedes ir al grano?

—No puedes seguir viviendo sola. ¡Necesito que regreses a casa conmigo y con tu hermana! Fueron por ti una vez, ahora por Violet. No van a parar hasta conseguir debilitarme a través de alguna de ustedes... y no puedo permitirlo.

—¿Cómo que por Violet? ¿Qué sucedió? —pregunté, exaltada.

—El auto que la llevaba al colegio fue interceptado —respondió, con más calma de la que amerita un suceso como ese.

—¿Dónde está mi hermana? ¿Ella está bien? ¿Qué le hicieron?

La rabia hacia esa mujer iba en aumento con cada segundo que tardaba en responder, porque estaba consciente de que todo lo malo que nos sucedía, era por su culpa.

—Tu hermana está bien. Los escoltas que le contraté eran los mejores. Lástima que uno de ellos no tuvo tanta suerte. —Se encogió de hombros—. Pero bueno, era su trabajo —agregó, con esa frialdad que la caracterizaba.

—¿Quiénes son esas personas que quieren tu cabeza? ¿Qué demonios les hiciste para que quieran lastimar a una niña inocente? ¿Algún día me dirás en qué estás metida? —inquirí.

—Precisamente a eso vine. No solo quiero que vengas a vivir con nosotras, sino que también necesito que te conviertas en mi mano derecha. Serás mi sucesora algún día y para eso debes conocer cada detalle.

—Ni lo sueñes, Eleanor. No quiero tener nada que ver con tu mundo lleno de mierda, y nunca lo haré —sentencié.

—Victoria, ya vas a cumplir dieciocho años, es momento de que dejes de ser una inmadura y asumas tu realidad. ¡Eres una Hamilton! No puedes escapar de lo que está destinado para ti.

—¡Te equivocas, Eleanor! Yo decido mi futuro. Y créeme, vivir en tu mierda no está en mis planes.

—¡A ver si me hago entender, pendejita! Mis enemigos no vienen solo por mí. Ellos no van a descansar hasta acabar con todo lo que me rodea. Con todo lo que amo y lo que ustedes aman también, incluyendo a esa chica de ojitos azules que tanto quieres.

—¡Ni se te ocurra involucrar a Emily en todo esto! Ella no tiene nada que ver con nosotros y si le pasa algo te juro que soy capaz de mat... —No quise terminar la palabra, pero me sentía furiosa.

—¿Ves? Al final no eres tan diferente a mí. Y para tu información, fuiste tú quien la involucró cuando decidiste dejarla entrar en tu vida. Ahora ya sabes lo que tienes que hacer si lo que quieres es protegerla.

Hay tres cosas de las que no podemos escapar; del amor, de la muerte y de lo que el destino tiene escrito para nosotros.

—Cariño, lo quieras o no, hay muchas cosas que te unen a mí, pero es solo cuestión de tiempo para que lo aceptes y empieces a hacer lo que debes hacer: representar nuestro apellido. Pero por ahora te recomiendo algo, aléjate de esa chica. El amor te hace débil y en toda guerra la debilidad se paga con sangre y para tu desgracia, no será precisamente la tuya. —Sus ojos se tornaron tristes y era una expresión que se me hacía difícil ver reflejada en su mirada, pero eso no impidió que me generara intriga saber a qué se refería. ¿Tenía algo que ver con mi padre?

Se hizo de noche y sus palabras daban vueltas en mi cabeza. Emily no dejaba de escribir y llamar, pero mi mente era más caos e incertidumbre que cualquier otra cosa. ¿Qué debía hacer? Tenía claro que las advertencias de Eleanor no eran un juego. Nadie mejor que ella conocía de qué eran capaces las personas que la querían muerta, y yo no quería llevar a Emily a toda la mierda que representaba mi mundo.

—¿Puedo saber por qué no me respondes los mensajes ni las llamadas? —Me interceptó apenas llegué al instituto y se veía furiosa. Debía pensar rápido en una respuesta.

—Perdón, mi teléfono estuvo actuando muy raro ayer. No sé qué le pasaba. —No pude pensar en una mejor excusa. ¡Bravo, Victoria!

—¿Sabías que eres pésima mintiendo? —alegó—. La única que está actuando rara eres tú y me vas a decir ahora mismo qué sucede. ¿Fue por la visita de tu madre?

—Es más complicado que eso —respondí a secas.

—Si me lo explicas, estoy segura de que puedo entenderlo, no soy tan idiota como crees.

—Nunca he pensado que eres una idiota, es solo que... es muy difícil de explicar —balbuceé.

—Victoria, necesito saber qué sucede.

—No podemos seguir juntas, ¿okey? Necesito que te alejes de mí. No insistas ni me preguntes nada, solo... aléjate de mí, Emily —solté, para luego irme, dejándola sola y confundida.

No sabía si hacía lo correcto, pero supongo que de eso se trata el verdadero amor, de convertirte en escudo. De sacrificar tu felicidad por el bienestar de la persona amada. De aceptar que aunque todo sea perfecto cuando estás a su lado, hay cosas que no pueden ser y que van por encima de la valentía de luchar por lo que quieres, e incluso, que van por encima del amor. Porque a veces no se trata solo de amar y ser correspondido, o de ser suficiente o el indicado para alguien, sino de que hay amores que por más que tengan lo que se requiere para ser, el destino o el tiempo decide hacerlos imposibles.

Emily y yo teníamos lo que se necesitaba para estar juntas y ser felices, no solo nos complementábamos, sino que éramos perfectas con nuestras similitudes y diferencias, pero nos convertimos en el juego perverso de un destino que se empeñaba en desafiarme, y yo, decidí darle la victoria.

Estuve en todas las clases con un nudo en la garganta y una sensación de vacío que no se me quitaban con nada. Ella se veía triste, enojada y confundida, pero no se me acercó en ningún momento, y aunque deseaba que lo hiciera, que me diera solo una razón que me impulsara a luchar para quitar las barreras que nos impedían estar juntas, entendí que alejarnos era lo mejor.

**Última clase.**

—A ver, guapa... que si no quitas esa cara en cualquier momento me pongo a llorar sin motivo alguno —expresó Alexis, quien estaba sentada junto a mí—. Aunque a decir verdad, entre la tuya y la de Emy, no sé cuál me da más ganas de suicidarme.

—Ahora no, Alexis, por favor. No estoy de humor —aclaré.

—No, si eso no es necesario que me lo digas, creo que ya todo el instituto se dio cuenta. Desde que llegaron parecen dos fantasmas deambulando por los pasillos. Solo quiero que sepas que estoy aquí para lo que necesites, ¿vale? ¡Qué nunca es tarde para aprender a ser una buena amiga!

—Es jodido, ¿sabes? Encontrar lo que tanto esperabas, para luego tener que dejarlo ir. ¡Es muy jodido! —exclamé, y el nudo en mi garganta se hizo más intenso.

—¿Sabes qué es jodido? No tener nada por lo que luchar, porque te han dado tan duro que hasta las ganas de vivir te han quitado. ¡Eso sí es jodido! —dijo, con cierta nostalgia—. Personas como tú son dignas de admirar, ¿sabes? Lo que hiciste esa noche en el parque por Emily y luego lo que hiciste por mí al traerme aquí, no lo hace cualquiera —reveló, y el hecho de que supiera que fui yo quien le consiguió entrar a la escuela me sorprendió—. Sí, sé que fuiste tú quien solicitó un cupo para mí. Tu chica me lo confesó, porque es tan buena que no podía quedarse con el crédito ella sola.

—Lo hice porque Emily me lo pidió. Ella quería ayudarte y yo...

—Y tú querías hacerla feliz. Lo sé. De igual forma te lo agradezco y déjame tomarme el atrevimiento de decirte que sea lo que sea por lo que estén pasando ahorita, ustedes deben luchar por su amor, porque si hay algo más jodido que todo lo que dijimos antes, es encontrar a alguien que te ame en la misma medida que tú lo haces. ¡Eso sí que es jodido! Y ustedes lo hicieron. No permitas que nada ni nadie se interponga ante eso.

—Sí, pero a veces se escapa de nuestras manos y es imposible.

—¡A la mierda! —Golpeó la mesa y todos voltearon a vernos, incluyendo el profesor—. Perdón profe, fue efecto de la mioclonía, ya sabe...tirones musculares que generan movimientos involuntarios —explicó, y lo peor es que el profesor creyó en lo que dijo y continuó dando la clase—. Haz lo que tengas que hacer para que sea posible, porque esa chica que ves allá... —Señaló a Emily—... lo vale, y mucho. Escúchame, guapa —respiró hondo y exhaló—, que te lo digo yo... ustedes se merecen, y eso supera cualquier estúpida imposibilidad. ¡Hazme caso!

Supongo que la intención de su discurso era darme valor o dejarme más tranquila, pero fue todo lo contrario. Sentía que la cabeza me iba a estallar de tantas voces internas que me hablaban al mismo tiempo.

Sonó la campana que indicaba el final de la clase. Vi a todos salir del salón, pero yo no me podía mover, estaba sumergida en preguntas de las cuales no conseguía respuestas.

—Señorita Brown —me interrumpió el profesor—. Ya puede retirarse. —Señaló la puerta, y yo asentí, al tiempo que me ponía de pie para salir y dirigirme a mi moto.

A veces, lo único que necesitamos es que esa persona nos diga que también está dispuesta a luchar. Que nos dé una señal que nos impulse a querer arriesgarlo todo. Que te haga saber que no importa si el universo se opone, si los planetas conspiran en nuestra contra, si nos conocimos en el momento menos indicado o si tenemos el mundo entero en desfavor.

La luz roja me recibió en el primer semáforo y cuando era mi turno de avanzar, un auto aceleró por el lado contrario, impidiendo el paso y ocasionando que todos empezaran a tocar la bocina de forma impaciente. Lo primero que llegó a mi cabeza fueron las advertencias de Eleanor. Al ver el auto frenarse de esa forma, solo esperé lo peor, hasta que un rostro conocido se dejó ver.

—Vas a hablar conmigo o me quedo aquí hasta que venga Dios a quitarme —dijo Emily, al bajar la ventanilla del piloto.

—¿Estás demente, Wilson? ¿Qué rayos estás haciendo?

Los otros autos no dejaban de tocar la bocina y gritarle que se quitara del camino, pero ella ni los determinaba. Se veía decidida a quedarse en medio de la calle.

—¿Puedes por favor orillarte? Porque harás que nos fusilen a las dos aquí —solicité, dirigiéndome a la esquina—. ¿Me puedes explicar qué estás haciendo? ¿Acaso te volviste loca o ahora eres una suicida? —exclamé, caminando hacia ella que apenas iba a bajarse de su auto.

—Creo que las preguntas me corresponden a mí —exclamó, azotando la puerta en señal de molestia—. ¿Me puedes explicar por qué un día me pides que sea tu novia de la forma más bonita del mundo, y al otro me terminas sin ninguna explicación? Hasta donde sé, la bipolar de la relación soy yo —dijo, con el ceño muy fruncido y su típica voz de niña malcriada.

—Emily, ¿puedes hacérmelo menos difícil, por favor?

—Es que necesito entender. Si se te hace tan difícil es porque no quieres alejarte de mí. Me necesitas tanto como yo te necesito a ti y lo sabes. ¿Por qué quieres complicarlo ahora?

—No entiendes nada.

—¿Cómo demonios voy a entender si no me explicas una mierda? Solo vienes y me dejas como si nada ha pasado y yo necesito una explicación lógica ahora mismo.

—No quiero que te hagan daño. No quiero que te pase nada por estar conmigo. Necesito que estés a salvo y solo estando lejos de mí puedes estarlo.

Su cara se tornó mucho más confundida.

—¿De qué estás hablando? ¿Por qué me lastimarían por estar cerca de ti? Victoria, no entiendo nada.

—Emily, las personas que le dispararon a Santiago... —Me quedé en silencio por lo que pareció una eternidad—... iban a matarme a mí.

—¿Qué estás diciendo?

—Lo que escuchaste, Emily. Es por eso que necesito que te alejes de mí. No quiero que te veas perjudicada por nada que tenga que ver conmigo, y la decisión ya está tomada. ¡Cuídate mucho, bonita!, ¿okey?

Acaricié su mejilla, para luego caminar otra vez en dirección a mi moto y el nudo en mi garganta volvió a aparecer.

—¿Sabes lo que pienso cada vez que veo ese mural?

Señaló el mural que estaba justo donde yo estaba parada, y era el grafiti del chico caminando hacia una pared fronteriza con algunos objetos en su mochila y una lágrima en su mejilla. El mismo que ocasionó que me distrajera y terminara chocando contra su auto aquel viernes trece.

—Pienso que ese chico es un valiente, porque se necesita mucho coraje para volar con las alas y el corazón roto por haber tenido que dejar todo lo que ama atrás. Y siempre me preguntaba si yo tendría la oportunidad de conocer a alguien tan valiente como él...

Miraba el mural mientras caminaba hacia mí

—... Y justo aquí sucedió, sin esperarlo, apareció la chica más valiente que he conocido en mi vida. La que fue capaz de enfrentarse a un desconocido en un callejón oscuro. La que agarra su moto y conduce a doscientos kilómetros por hora como si no le importara la vida, pero sí que le importa, y no solo eso, la valora y la disfruta como el regalo que es, enseñándonos a quienes la rodeamos, a verla con sus mismos ojos. Esa chica que no le teme a colgarse de un viejo faro, o abrir su corazón y dejar al descubierto sus heridas del pasado con tal de sanar las heridas de alguien más. Porque es tan valiente que sonríe, incluso cuando el alma le llora. Que ama con miedo, pero ama. Que es capaz de enseñarte el mundo solo con mirarla a los ojos. Esa que hace un camino de huellas, te pide que seas su novia y tiene los nervios a flor de piel y la incertidumbre de no saber si es el momento indicado, pero aun así se arriesga y lo hace, porque como te dije antes, ella es la chica más valiente que existe y su coraje la convierte en un ser único, y eso me hizo amarla con todo lo que soy.

Emily estaba frente a mí, y sus ojos azules estaban tan intensos y brillantes que era imposible dejar de mirarla. Mi corazón se sentía lleno otra vez, y era ella, con su amor, quien hacía realidad aquello que siempre consideré inconcebible.

Sentí como mis ojos se llenaron de lágrimas, me acerqué más a ella introduciendo mi mano por su cabello, y después de unos segundos mirándola fijamente, la besé. Ella sonrió durante el beso y las lágrimas corrieron por mis mejillas.

—¡Te amo, Emily Wilson! —me atreví a decir por fin.

—¿Qué dijiste?

Se separó de mis labios con una sonrisa juguetona.

—¡QUE TE AMO, EMILY WILSON, TE AMO! —repetí, pero esta vez con más fuerza. Pensé que nunca sería capaz de decir esa palabra, pero la amaba y no podía seguir negándome la oportunidad de expresar lo que sentía por miedo a que el futuro doliera como había dolido el pasado.

Todo final significa un nuevo comienzo. Cada objetivo logrado supone el inicio de una nueva etapa, con más retos, más experiencias y obstáculos que vienen a medir tu fortaleza e ímpetu. Y es mentira que todo tiene un final, ya que ni la muerte ha sido capaz de lograr que algo lo tenga, porque incluso después de muertos, nuestros recuerdos siguen vivos y esa es una forma de continuar presentes, solo que en un plano diferente al que conocemos todos. Y podría decirles que Emily y yo vivimos felices para siempre, pero seamos realistas, eso es algo que solo vemos en las películas de *Hollywood*.

Mi cumpleaños número dieciocho marcaría un antes y un después de nuestra historia, pero eso se los contaré más adelante, por ahora quiero contarles que: Daniela, logró entrar a la universidad de sus sueños y ahí no solo encontró la más alta tecnología, sino que también conoció a su alma gemela, y si los vieran juntos no podrían contener la risa, porque ni yo puedo hacerlo. Él es todo lo contrario a ella, amante de la naturaleza, los animales y todo lo que te permita conectarte con lo maravilloso del mundo, pero de una forma espiritual.

Laura y Joaquín, una vez que salieron del instituto y que la amistad que los unía a los cuatro ya no estaba en peligro, decidieron intentarlo, se confesaron su amor y aunque ella sigue siendo una controladora y él un fiel admirador de todas las mujeres, han logrado entenderse y llevan una relación sana, en la cual dicen que el secreto ha sido la comunicación y la honestidad.

Alexis sigue en la lucha contra su adicción, continúa buscando eso que le dé motivos para seguir viviendo y Santiago ha sido de gran ayuda. Él, con su nobleza, paciencia y su forma tan especial de amar, ha logrado llevarla por un mejor camino. Alexis tiene recaídas, y no ha sido fácil para ninguno de los dos, pero él ha estado ahí siempre dispuesto, y estoy segura de que con amor y perseverancia, lo lograrán.

Santiago sigue disfrutando de sus fiestas, pero ahora disfruta la vida desde otra perspectiva. Si pudiera decir que hay alguien que se merece lo mejor del mundo, es él, porque después del incidente en el hospital, entrega su mejor versión en cada cosa que hace y a cada persona que se cruza en el camino. Tenemos una bonita amistad y siempre le voy a agradecer la forma en la que cuida y quiere a Emily. Él significa mucho para ella, y los dos son el vivo ejemplo de que el amor puede convertirse en amistad.

Tommy por fin me presentó a Evelyn, lo hizo el mismo día que le pidió que se casara con él. Emily y yo seremos sus damas de honor y estoy planeando su despedida de soltero.

Nico logró llevar su música a la pantalla grande. Una de sus canciones fue escogida para ser el tema principal de una película y comenzó su gira por todo el mundo. Todavía seguimos en contacto, aunque a Emily no le gusta mucho la idea de nuestra amistad, pero lo respeta.

A Lucas lo vimos en un restaurante, estaba cenando con dos señores y para molestarlo nos acercamos a su mesa y descubrimos algo que no podíamos creer. Los hombres que lo acompañaban era una pareja homosexual, y para nuestra sorpresa, eran sus padres. Él no hizo ningún comentario mientras estuvimos frente a ellos, y nosotras no le dijimos nada a nadie sobre su vida, hasta ahorita que se los cuento a ustedes.

Amanda también entró a la universidad, y el mundo empezó a ser un lugar menos agradable para ella cuando se encontró siendo una más del montón. Ahí entendió que para sobresalir, la única forma de hacerlo era a través de la inteligencia.

Emma, después de salir del hospital, inició una ONG contra la violencia de género. Realiza talleres de ayuda para las mujeres que han vivido maltrato y sigue en la búsqueda del hombre que casi le provoca la muerte, pero logró perdonarse. Su relación con Emily y sus papás sigue fomentándose positivamente. Las tres tenemos de ley «noche de chicas» todos los jueves. Nos llevamos muy bien y siempre me da la razón cuando Emily me hace alguna malcriadez. Nadie la conoce mejor que ella.

Jorge sigue trabajando para la familia de Emily, y tuvo a su primer hijo. El rol de padre lo puso más estricto, pero sigue manteniendo la nobleza de siempre.

Los padres de Emily redujeron los días de trabajo para compartir más tiempo con sus hijas. Están recuperando el tiempo perdido, y aunque la mamá todavía no entiende mucho de nuestra relación, ha mostrado apoyo y se ha informado sobre cómo manejar las miradas prejuiciosas de los demás. Como esa vez que fuimos juntas al supermercado, y una señora no dejaba de mirarnos y ella la enfrentó diciéndole: «¿Pasa algo o es que nunca ha visto a dos personas amándose?».

Emily entendió que no podía presionarlos para que entendieran nuestra relación, porque ellos también necesitan su tiempo para comprender, y al final ha visto los frutos de su paciencia.

Fue un camino lleno de tropiezos, lágrimas, sonrisas, nuevas experiencias y sobre todo, mucho aprendizaje, tanto para Emily como para mí, pero no había un día que no le agradeciera a Dios, a la vida y al universo por presentármela.

No puedes escapar de tu pasado para siempre, y a mí me había llegado el momento de enfrentarlo. Reabrir heridas que seguían latentes, responder preguntas que por un momento, llegué a pensar que no tenían respuestas, pero todo lo que estaba a punto de descubrir, podía superarlo gracias a una sola cosa: su amor. Porque ya no estaba sola, porque alguien estaba a mi lado para ayudarme a levantar cada vez que creía perder la batalla. Porque a pesar de la tempestad, del caos, del peligro que representaba para nosotras el mundo en el que me involucró Eleanor Hamilton, y todos los obstáculos que quisieron interponerse después, Emily con voz dulce me decía: «Pase lo que pase, estaré siempre a tu lado».

Pase lo que pase,
estaré siempre
a tu lado

# ¿CUÁNTO DURA LA FELICIDAD?
## *Emily Wilson*

Dice una antigua leyenda que las almas gemelas son dos mitades de un alma que fue dividida, y que estas, a lo largo de su existencia se buscan para volver a unirse y convertirse en una sola alma.

Dice la antigua leyenda que todos tenemos un alma gemela que nos espera en alguna parte, con quien estamos predestinados a reencontrarnos para no separarnos jamás.

Yo, por fortuna, encontré a mi otra mitad, a esa que me hace mejor, que me inspira cada día a convertirme en lo que estoy destinada a ser. Con quien puedo ser yo misma, porque me ama con mis virtudes y defectos, y no solo eso, sino que me enseña a amarlos.

En Victoria encontré a esa otra mitad que no me limita, que no intenta cortar mis alas para mantenerme a su lado, al contrario, las acaricia y me impulsa a volar. En ella encontré un amor que me enseña a confiar. Que me enseña que se puede querer sin que duela. Que se puede amar sin condiciones, con la libertad que te da un amor que no posee, y que pudiendo estar con cualquiera, nos elegimos cada instante.

Nadie sabe con exactitud cómo sucederá ese evento en el que te reencuentras con tu otra mitad, con esa que llevas buscando, incluso, durante algunas vidas atrás. A veces, ni siquiera sabemos identificar en el momento que la hemos encontrado. Puedes cruzarte con ella en un bar, en un café o en la entrada a una sala de cine y lo sabrás, tu alma va a reconocer a su otra mitad. Y no vas a entender nada al principio, quizá te opongas como lo hice yo, pero sin importar lo que hagas, la conexión existe y está ahí, como un imán justo en medio de tu pecho y el suyo.

Victoria es todo lo que está bien en el mundo. Ella es eso que yo necesitaba y no lo sabía, eso que encuentras cuando ni siquiera estás buscando. Ella es más de lo que pude haber soñado.

Ella es dinamita, fuego y valentía.

Y yo... solo intento ser calma en medio de todas sus tormentas.

Amo todo lo que representa, su energía en su esencia más pura. Su forma de desplazarse por el mundo, de ver la vida, y sobre todo, de vivirla. La amo completa, y cada segundo lo hago con más intensidad. Es noble, justa y hermosa. Es tanto que, definirla, es lo mismo que limitarla.

Con ella descubrí el verdadero significado de la magia. Victoria me enseñó que la magia es poder *estar* y *ser* con la persona que amas. Encontrar tu hogar en su boca, tu lugar seguro en sus brazos y en sus ojos, esos millones de universos a los que te llevan cada vez que te mira. Es como apostarle a un juego en el que ambos salen victoriosos.

Pero pasa que, muchas veces, que quieras y que te quieran, no lo es todo; el amor en sí, no siempre es suficiente.

Victoria y yo estábamos en nuestro mejor momento. Mis padres empezaban a quererla, tanto, que mi madre organizaba días de chicas a los que siempre la invitaba. Hasta que un día, por alguna extraña razón, dejó de hacerlo. Sin embargo, no le di importancia. Nosotras seguíamos sumergidas en el cuento de hadas que ella estaba creando para mí.

Llegó el día de su cumpleaños y quería que fuera especial. Me advirtió que no quería que le hiciera regalos, ni fiestas, ni sorpresas llamativas; que con estar conmigo sería más que suficiente. Pero Victoria merecía que le bajaran el cielo, y yo no iba a dejar de hacerlo.

Siempre fui pésima con eso de recordar cumpleaños, así que lo puse de recordatorio hasta en la caja de cereal que me comía en el desayuno, y no, no estoy exagerando. Aparte de eso, le pedí ayuda a Tommy, ya que era la única persona de su familia a la que conocía. Yo aún no había conocido ni siquiera a Violet, su hermanita pequeña, la cual era un misterio para mí, así como lo era todo su pasado, pues nunca me hablaba al respecto.

—¡Cumpleaños feliz, cumpleaños feliz, cumpleaños, Victoriaaa, cumpleaños feliiiz!

La desperté cantando, mientras me acercaba a la cama con un pequeño pastel y una vela encendida con el que acompañaba el desayuno que, torpemente, me esforcé en hacerle. Era un intento de *omelette* con tocino y pan tostado, pero digamos que terminó siendo un huevo revuelto con tocino y pan extra tostado. Y no me preguntes cómo quedó el café. Pero aprovecho para darte un consejo: si no tomas café, no intentes hacer uno para alguien que es adicta, porque la pondrás en la difícil decisión de tomárselo por obligación o escupirlo en tu cara.

No siempre me quedaba en su casa, pero quería despertar con ella en el primer cumpleaños que pasábamos juntas, así que me quedé a dormir con ella la noche anterior.

—¡NOO! Tienes que pedir un deseo —exclamé cuando vi que iba a soplar la vela—. Y para hacerlo debes cerrar los ojos y desearlo con todas tus fuerzas para que se cumpla.

—Deseo…

—¡NOO! Mi amor, escucha… no puedes pedirlo en voz alta porque entonces no se te va a cumplir. Un deseo es como un secreto entre tu corazón y tu mente. Nadie más puede saberlo hasta que se cumpla.

Victoria cerró los ojos y se quedó en silencio por unos segundos, tomó aire y sopló la vela.

—Gracias por este despertar, niña hermosa. —Me dio un beso tierno en la frente—. Y por cumplirte. Aunque no te haya pedido con los ojos cerrados en mis cumpleaños anteriores, eres más de lo que pude haber deseado.

Agarró los cubiertos para empezar a comer el desayuno horrible que le había hecho, con mucho amor que es lo que importa, pero había un deje de tristeza en sus ojos. Noté en el silencio y en los movimientos inertes que hacía al comer, cómo se trasladó a otro lugar. Su cuerpo estaba ahí, conmigo, pero su mente viajaba por otra parte. Algo no la dejaba estar del todo bien, y yo no sabía qué era.

—¿Qué se siente ser legalmente un adulto? —le pregunté, en un intento por sacarla de ese viaje mental que supuse no le estaba haciendo bien.

—Ya no corro el riesgo de ir a prisión porque me atrapen entrando a los clubes con identificación falsa. Eso es un gran paso.

—Una probabilidad menos, eso me gusta —bromeé.

Nos metimos en la tina juntas, la cual horas antes, mientras ella dormía, decoré con pétalos de rosas, velas aromáticas y espuma; y con ♪*Para siempre - Kany García*♪ sonando desde mi móvil, se llevó a cabo la entrega de su segundo regalo. Hicimos el amor como un acto de celebración por la vida, por habernos encontrado, por amarnos como lo estábamos haciendo. Hicimos el amor en honor al primer cumpleaños que celebrábamos juntas y por todos los que deseamos compartir en el futuro. Le entregué una vez más mis besos, mis caricias y el amor que llevaba dentro de mí y que era suyo. No es que fuera la primera vez que lo hacíamos en esa tina, pero ese momento se sintió diferente, se sintió especial. Éramos ella y yo dejando en nuestros cuerpos millones de infinitos imposibles de borrar. Entregándonos en cuerpo y alma como si la vida se resumiera a eso. Como si se resumiera a sus labios sobre mi piel y a los míos sobre la suya.

Debía volver a casa antes de las tres de la tarde. Mi madre, cada viernes, organizaba una reunión con las personas que conoció en la iglesia a la que asistía después de lo que pasó con Emma, y pedía que todos estuviéramos en casa para compartir como familia. Ellos también llevaban a sus hijos, y entre los invitados estaban: el pastor de la iglesia, su esposa y sus mellizos Isaías y Magda, quienes tenían unos dos años más que yo.

—Nos vemos más tarde, ¿vale?

—A las nueve, ¿cierto? —me preguntó.

—Sí, y ponte guapa. Bueno, para eso no tendrás que esforzarte.

—A las ocho pasaré a ver a Tommy, y luego voy por ti. Me iré arreglada, aunque me esforzaré más en elegir la ropa interior, ya que espero que lo que lleve arriba no me dure mucho tiempo puesto —insinuó.

—Mientras tanto, estaré muriendo de ganas por quitártelo y descubrir qué llevas debajo. —Me acerqué a ella y mordí su labio inferior.

—Anda, porque si te quedas un segundo más aquí, no te dejo salir en todo el día, y tu madre me matará por no dejarte ir al almuerzo del Señor. Y por más que quiera secuestrarte y tenerte hoy solo para mí, no quiero tener a tu mamá de enemiga.

Me dio un beso largo, de esos que no quieres que terminen nunca, hasta que se separó de mí. Bajé las escaleras y me subí a mi auto para dirigirme a casa, en donde encontré a mi madre con los preparativos del almuerzo y se veía algo estresada.

—Hija, ¿te parece que este lomo de cerdo está bien? ¿Crees que deba decorarlo con rodajas de naranja o con hojas de romero? —me preguntó mi madre cuando entré a la cocina.

—Con ambos quedaría bien, mamá. Se ve delicioso —le respondí—. Hoy es el cumpleaños de Victoria, así que es posible que me vaya antes para terminar de coordinar la sorpresa.

—¿Ya no pasaste la noche y parte de la mañana con ella? ¿También tienes que irte toda la tarde?

—Es su cumpleaños.

—Y nosotros tu familia.

—Es importante, mamá. Quiero que sea un día especial y todavía me falta ajustar unos detalles de la sorpresa. Pero puedo decirle que pase un rato por acá para no tener que irme tan temprano.

—¿A Victoria? Que venga porque hace mucho que no la veo y la hemos echado de menos, ¿verdad, mamá? —preguntó Emma, que venía entrando a la cocina justo cuando yo estaba hablando.

Mi madre se quedó en silencio. Agarró una naranja, la cortó en rodajas, las puso sobre el lomo y agregó hojitas de romero por encima.

—Es algo más... familiar —expresó segundos después.

—Victoria es la novia de Emily, eso la hace ser de la familia.

—Sí, pero... ustedes me entienden. Ellos vienen solo con sus hijos y estos no traen a sus parejas.

—¿Pasa algo, mamá?

Emma y yo nos quedamos esperando que respondiera, pero no lo hizo, por lo menos no mi pregunta.

—Ya deben estar por llegar y aún tengo un desastre en esta cocina.

Emma y yo, al verla tan estresada, nos dispusimos a ayudarla. Tete estaba de permiso visitando a uno de sus hijos, razón por la cual mi madre se encontraba al borde del colapso. Y es que Tete cumplía un factor muy importante en lo que era el orden de la casa.

Una hora después, ya estaba toda la visita en casa. Intentaba concentrarme en todo lo que decían, pero era complejo; me perdía entre la cantidad de versículos que pronunciaban y las miles de veces que veía el reloj, ansiosa porque llegara la hora de irme.

Salí a la terraza a tomar un poco de aire.

—¿También necesitas escapar de este martirio? —Los mellizos se me acercaron, y fue Isaías el que habló.

Llevaba un corte de cabello un poco rebelde y desenfrenado, labios finos, una nariz perfilada en la que se marcaba una pequeña hendidura en la punta, que no le quitaba lo bonita. Tenía un rostro grueso y masculino pero sin llegar a ser tosco. De estatura alta y brazos con músculos que se notaban en el ajuste de las mangas de su camisa. Ella tenía el cabello largo con ondas doradas, ojos marrones de un tono muy claro, labios carnosos, alta y con un gran sentido de la moda. Ambos eran muy guapos, pero, a pesar de ser mellizos, no se parecían en nada.

—Solo tengo un compromiso, y ya casi llega la hora de irme.

—¡Llévanos contigo, por favor! ¡Sácanos de aquí! Estamos seguros de que esta reunión terminará tarde y no soportamos un segundo más escuchar a nuestros padres por hoy, por favor, por favor —me suplicó Isaías.

—No te preocupes, no tienes que llevarnos contigo adónde vas. Solo te necesitamos como llave para salir de aquí. Si mis padres piensan que saldremos contigo, no tendrán problema en dejarnos ir, ya que ahora tus padres son su familia favorita —intervino Magda, quien era la versión rubia de Merlina de *Los locos Adams*, o por lo menos esa fue la impresión que me dio desde que la conocí. Siempre seria y sin modulaciones o expresión al hablar.

Se veían desesperados por irse, y lo entendía a la perfección. Mi madre solo tenía pocos meses asistiendo a la iglesia y todo lo que hablaba era referente a Dios. No puedo imaginar ser hija de un pastor y tener que escuchar la palabra de Dios hasta en canciones.

—Está bien, me voy en una hora. Hablen con sus padres.

Isaías dio unos saltitos emocionado y me agradeció repetidas veces, mientras que Magda solo se dio media vuelta y caminó hacia la mesa, en donde estaban sus padres conversando con los míos sobre las profecías bíblicas que se estaban cumpliendo y que daban señal de que el mundo estaba llegando a su fin. Decían que debíamos arrepentirnos de nuestros pecados y entregarnos al Señor.

—Ya va siendo hora de que Dios limpie el desastre de humanidad que somos y acepte que se equivocó al crearnos —dijo mi hermana.

—¡Emma! —la reprendió mi madre.

—Dios no se equivocó al crearnos, Él nos hizo perfectos, pero el diablo siempre ha querido sabotear su obra y como fue expulsado del cielo, ahora lo hace en la tierra, pero el poder de Dios es más grande, por eso hay que honrarlo a Él y alejarnos del pecado para recibir su gracia y que nos salve de todo lo que se avecina —dijo el pastor.

—Y con lo que le gusta al ser humano pecar —murmuró Emma, pero igual todos pudimos escuchar lo que dijo.

—El ser humano nace con la tendencia de desobediencia hacia los mandatos de Dios, eso sucede desde Adán y Eva. No nacemos pagando su culpa por haber pecado, pero sí con la inclinación natural de desobediencia y con la influencia de Satanás. Quienes no escuchan al Señor, son más vulnerables ante el llamado del mal. El asesinato, la fornicación fuera del matrimonio, el adulterio, la blasfemia, la homosexualidad, todos esos son llamados que hace Satanás al ser humano para que vayan en contra de los mandatos de Dios...

Mi madre volteó a mirarme cuando el hombre dijo la palabra *homosexualidad* y pude ver en sus ojos la duda sembrándose en su interior.

—... Para que se dejen llevar por la piel y se hagan esclavos del mal. Nacemos con la tendencia natural de pecar, pero también podemos elegir, y si conocemos la verdad de Dios, si tomamos la Biblia como lo que es: nuestra Ley, sabríamos elegir en obediencia a la palabra de Dios, y tendríamos todos su gloria y su promesa de entrar al paraíso.

Un hormigueo recorrió mi cuerpo y no era por sus palabras. No me sentía ofendida ni identificada con las cosas que decía el hombre, pero ver los gestos en el rostro de mi madre, me daba indicios de que nada bueno iba a pasar.

—Disculpen, ya tengo que irme o llegaré tarde. —Me levanté de la mesa y caminé hacia la cocina. Emma y mi madre me siguieron.

—¿Estás bien? —me preguntó Emma.

—Es eso, ¿cierto? —Miré a mi madre—. ¿Es por eso que no has invitado más a Victoria a las reuniones que organizas? ¿Crees que somos pecadoras?

—Hija. —Mi madre hizo una pausa para acercarse más a mí—. No lo dicen ellos, lo dice la Biblia. Dios nos creó varones y mujeres fecundos para reproducirnos y poblar la tierra. El Dios que te creó, hija, no te creó con deseos de ser lesbiana. Él no se equivoca. Él te ama, mi amor, incluso más que tu padre y yo. En la Biblia nos dejó plasmado su gran amor hacia nosotros sus hijos, y nos dice que ama al pecador, pero que no aprueba el pecado. —Un nudo empezó a formarse en mi garganta—. Y le pido perdón por mi ignorancia y aprobar conforme y complaciente la desviación que existe ahora mismo en el mundo. Y por no haber investigado y buscado su palabra mucho antes.

—¿Qué me estás queriendo decir, mamá?

Sentí mis ojos inundarse de lágrimas.

—Yo no te estoy juzgando, mi amor, no soy Dios para hacerlo. Yo te amo y nunca te juzgaré, lo que no puedo aprobar es la manera equivocada en la que estás viviendo.

No pude seguir escuchándola y tampoco pude decirle nada. No solo porque las palabras no me salían, sino porque sería la rabia quien hablaría por mí. Preferí callar porque, a pesar de que me dolía su cambio de opinión brusco y su facilidad para ser manipulada, no quería faltarle el respeto. Y quien pide que respeten sus ideas, debe aprender a respetar la de los demás.

—Debo irme.

Tomé mis cosas, le di un beso a Emma y me dirigí a mi auto. En el camino no pude evitar que las lágrimas que retuve frente a mi madre, salieran, pero antes de que el llanto se apoderara de mí por completo, sentí la puerta del copiloto abrirse.

—No pensarás irte sin nosotros, ¿o sí? —Eran Magda y su mellizo, quien se subió en la parte de atrás. Intenté secar mis lágrimas antes de que pudieran notarlo.

—Lo siento —me limité a decir.

—Déjanos en cualquier parte lejos de aquí. En alguna estación que te quede en la vía —ordenó Magda con poca amabilidad, al tiempo que abrochaba su cinturón.

—¿Y tú a dónde vas? —me preguntó Isaías, asomándose en el espacio que quedaba entre los dos asientos delanteros.

—A un cumpleaños.

—¿De tu novio? —siguió preguntando.

—Isaías, ¿no ves que Emily no tiene ganas de hablar? Déjala en paz. —Magda ni volteó a mirarlo, pero él obedeció sentándose detrás de ella y no habló por el resto del camino.

No sé cómo lo notó, pero tenía razón; no quería hablar con nadie. Sentía una tristeza extraña dentro de mí, un nudo en la garganta y muchas ganas de llorar. Los recuerdos de mi madre con Victoria recorrieron mi mente, tenían un deje de nostalgia, como esos recuerdos que sabes que no volverán. Y quizá piensas que estaba siendo dramática, pero para mí significaba un retroceso, porque era feliz al pensar que no formaba parte de ese grupo de personas a los que sus padres rechazaba por quien decidieron amar. Me hacía feliz saber que contaba con el apoyo incondicional de mi madre, y ahora, las cosas iban a cambiar.

Me sumergí en mis pensamientos y cuando me di cuenta, ya estaba llegando a la casa de la playa de Victoria, en donde había quedado de verme con Tommy.

—¡Perdón! Olvidé dejarlos en la estación. ¡Mierda!

—Te vi tan concentrada en lo que sea que estabas pensando que no quise molestarte, pero no te preocupes, puedes dejarnos aquí. Nosotros tomamos un taxi. Igualmente no vamos tarde a ninguna parte —indicó Magda.

—Por aquí no pasan taxis, a menos que pidas el servicio, así que no puedo dejarlos aquí. —Miré mi reloj y ya se había hecho la hora que acordé con Tommy. Volteé a ver a ambos lados de la autopista, pensando en dónde sería más rápido dejarlos.

—O podemos ir contigo a ese cumpleaños. Somos bastante *cool* y no te vamos a molestar para nada. —Isaías volvió a sentarse hacia adelante y Magda lo fulminó con la mirada—. ¿Qué? Ni siquiera tenemos a dónde ir y hace mucho que no vamos a una fiesta.

Si me desviaba perdería tiempo que no tenía. Todo estaba calculado a la perfección y no había espacio para desviaciones. Los invitados empezarían a llegar en tres horas, incluyendo a Victoria, que no estaba al tanto de que me encontraría a mí en su casa, y una gran fiesta sorpresa, de la cual todavía quedaban detalles por ajustar para que todo saliera según lo planeado.

—Está bien. No tengo problemas con que se queden en la fiesta. Si no tienen planes, pueden quedarse.

—No tienes que hacerlo. Dame la dirección y yo pido un taxi, no te preocupes. Hiciste mucho sacándonos de aquella tortura, no tienes que cargar con nosotros también. —Magda sacó su celular.

—No es una carga. Si no tienen planes, pueden quedarse, no tengo inconveniente, pero es su decisión. Yo ya debo llegar porque es tarde.

—Por favor, Magda, por favor —le rogó su hermano.

—Si quieres, llega a tu destino para no retrasarte más y desde ahí llamamos al taxi —concluyó ella y vi por el retrovisor como Isaías se tiraba hacia atrás molesto. Al parecer su hermana tenía la última palabra.

Conduje los pocos metros que faltaban para llegar, estacioné y Tommy salió a recibirnos. Me miró confundido cuando vio a los mellizos bajarse del auto. Los presenté y nos dirigimos al área en donde sería la fiesta.

—¿Invitados tuyos? —me preguntó en el camino.

—Es una larga historia —respondí—. Dime, ¿pudiste conseguir todo lo de la lista?

—Todo, jefa —bromeó—. Pero si no empezamos ya mismo, llegarán todos y no habremos terminado.

—Lo sé, lo siento, debimos empezar más temprano, pero mi madre y su estúpido almuerzo… —Hice una pausa—. *Equis*, vamos a empezar.

—¿Está todo bien? —inquirió Tommy.

Me quedé en silencio.

—Entiendo, ¿otra larga historia?

Tommy era bueno para descifrar los silencios, lo hacía con Victoria, y en poco tiempo de conocerme, aprendió a hacerlo conmigo también.

—Nosotros podemos ayudar y así terminan a tiempo los preparativos —propuso Isaías, caminando sigiloso hacia nosotros—. Perdón, escuché que están retrasados, y bueno, son cuatro manos que servirán de mucha ayuda si las aceptan. —Se encogió de hombros.

Tommy y yo nos miramos por unos segundos, hasta que fue él quien tomó la decisión.

—Agarra esa bolsa de pétalos y haz un camino desde la entrada de la casa, hasta esa puerta de allá. —Señaló la salida que daba a la playa, que era en donde celebraríamos el cumpleaños—. Cuando termines, los bordeas con estas velas y me preguntas qué sigue después. Es una sorpresa con muchos detalles, así que tenemos trabajo que hacer. ¡Manos a la obra!

—¿Y quién es el festejado? —preguntó Magda.

—Ah, ¿es que no conocen a Victoria?

—En realidad, son los hijos de los nuevos amigos de mi madre.

—Entiendo, entiendo. Bueno, la festejada es la persona más increíble que conocerán en sus putas vidas. Es la hermana del humilde servidor que les habla y la nov...

—¿Y si dejamos de hablar y empezamos? Ya tendremos tiempo para conocernos y todo eso. Ahorita lo importante es terminar con todo esto —lo interrumpí.

Nos dividimos las tareas. Tommy se enfocó en los arreglos de la parte de afuera, en donde estaba la piscina y el área de la playa, que incluía más sorpresas en el área de la fogata, como la pequeña tarima que montamos para Nico, quien sería el encargado de la música en vivo. Magda se ocupó de colocar distintos puntos con comida y bebidas. Isaías hacía lo que Tommy le indicaba y yo me enfoqué en las sorpresas que había ideado para hacerle a Victoria desde su llegada. Quería que todo saliera perfecto porque ella se merecía eso y mucho más.

Una hora más tarde llegó Nico para terminar de ajustar los detalles de la música, y después de él, fueron llegando los otros invitados, entre ellos estaban Santiago, Alexis, Daniela, Laura, Joaquín, algunos compañeros del instituto, y otras personas que invitó Tommy que conocían a Victoria.

Todo parecía marchar bien. La noche nos ofrecía un gran escenario con su cielo lleno de estrellas y una luna llena gigante que opacaba cualquier bombillo que alumbraba la casa. Victoria debía llegar en cualquier momento, pero Tommy la llamó para asegurarse, puso el altavoz y la escuchamos decir que ya estaba afuera, que era un intenso.

Salió a recibirla con el regalo que tenía para ella, y todos se escondieron, excepto yo que me quedé parada en la entrada para recibirla cuando abriera la puerta.

No había estado tan nerviosa después de ese día que le declaré mi amor frente a toda la escuela. Las manos me sudaban y el corazón me latía a una velocidad incalculable. Era la primera vez que organizaba una sorpresa de esa magnitud, y la primera vez que amaba a alguien de una manera tan desmedida. No tenía la certeza de que a Victoria le gustaran ese tipo de sorpresas, así que tenía una mezcla de miedo, nervios y emoción recorriendo mi cuerpo. Pero por encima de todo eso, me sentía feliz.

Pero ¿cuánto dura la felicidad?

Ojalá pudiéramos saberlo. Ojalá pudiéramos saber cuánto dura, o, por lo menos, ver la pequeña luz amarilla que indica cuándo algo se está agotando.

Pero puedo decirles que Victoria amó cada detalle. Y no tengo palabras para explicar lo que reflejaron sus ojos cuando vio a todos sus amigos salir de la oscuridad siendo iluminados solo por la luz de las velas, pero el brillo que tenía opacaba esas velas y a la mismísima luna. Estaba siendo feliz y yo era parte de esa felicidad.

—Sin fiestas ni sorpresas, ¿no? —me dijo cuando llegó a mi encuentro, después de pasar por el camino de flores bordeado de velas y leer las diez notitas que le dejé colgando en la hilera de globos que la llevaron hasta mí, notitas en donde había escrito las diez razones por las que la amaba.

Podía escribir mil razones, pero las otras quería demostrárselas con hechos.

—¿No pensarás que iba a dejar pasar tus dieciocho así nada más? No, señorita, había que celebrar por todo lo alto el hecho de que hay una posibilidad menos de que vayas a prisión, así que, ¡sorpresa!

—¡Estás muy loca, chica justiciera!, pero te amo a ti y a tu hermosa locura.

Me abrazó como quien desea que no faltes nunca, y mientras ella me abrazaba, alguien encendió las luces y todos empezaron a gritar «Beso. Beso».

Me besó delante de todos y no pude evitar sonrojarme. A pesar de que ya teníamos un tiempo juntas, seguía siendo —incluso en la actualidad— de las que no hace muchas demostraciones de afecto delante de la gente. Sonreí apenada cuando se separó de mí y en el trascurso de mirarlos a todos, me encontré con la mirada de Magda, quien se encontraba con Isaías en un rincón apartados de todos, pero su mirada, contraria a la de su hermano, era diferente. Inquisitiva, profunda, pero al mismo tiempo, indescifrable. Mi mirada se quedó puesta en ella sin motivo alguno.

¿Por qué su mirada me pesaba tanto?

De alguna manera logró incomodarme, pero no le di importancia en ese momento. Todo aquello que no fuera Victoria, pasaba a segundo plano en automático.

La fiesta se celebró en la playa, con Nico y su banda tocando en vivo a la luz de la luna y las estrellas, con el sonido de las olas sirviendo de

música también. Celebramos su vida en el lugar que más la hacía feliz, en donde empezó todo, en donde, en una noche llena de olas bioluminiscentes, la besé con la consciencia de querer hacerlo. En donde, por encima de sus nervios y el miedo a lo que estaba sintiendo, me pidió que fuera su novia. Ahí, en el lugar en donde todo empezó, en el que empezamos a ser ella y yo.

Éramos felices, y lo estábamos siendo aún más esa noche, hasta que la llegada de alguien que traería su pasado de vuelta, cambiaría por completo el rumbo de nuestras vidas.

—¡Feliz cumpleaños, V! —Una voz gruesa y profunda, con cierto tono de ronquedad, nos interrumpió—. ¡Cuánto tiempo sin verte!

Victoria estaba frente a mí y pude ver cómo se tensó al escuchar la voz del chico. La expresión en su rostro me indicó que sabía quién era sin siquiera voltear a verlo. Estaba paralizada. Sus labios y mejillas perdieron color, y sus manos, que tenía entrelazadas con las mías, empezaron a ser un cubo de hielo. El chico dio unos pasos más hasta quedar junto a nosotras, y cuando sus miradas se encontraron, una fuerte tensión se abrió camino entre los invitados para cubrirlos solo a ellos dos, expulsándome a mí del momento. O eso fue lo que sentí cuando Victoria soltó mis manos.

—¿Qué mierda haces aquí? —le preguntó Victoria de manera hostil, poniéndose delante de mí como si intentara protegerme.

—¿Por qué te sorprendes? Tú más que nadie sabe cuánto tiempo llevo esperando este día —le respondió, con una sonrisa ladina en su rostro.

—¿Por qué no te largas antes de que me ponga loquito y te saque a patadas? —intervino Tommy, y yo no estaba entendiendo nada.

¿Quién era y por qué su presencia los había alterado tanto?

—Solo vine a entregarte un presente y hacerte llegar mis mejores deseos en tus dieciocho. —Extendió una caja forrada con papel de regalo. Victoria tardó en aceptarla, pero al final lo hizo—. Nos vemos luego. Recuerda que tenemos muchas cosas pendientes y ya esperé demasiado.

La presencia de ese chico la había inquietado, pero era evidente que se conocían, que tenían un pasado. Pude sentir la conexión que había entre ellos. Era una conexión extraña, inquietante, pero sin duda, algo los unía. Y por la forma en la que se miraban, podía deducir que no era nada bueno.

Ese día descubrí que Victoria y yo tendríamos muchos retos que superar, retos para los cuales no sé si estamos preparadas. Porque

Victoria, por más que lo desee, no puede cambiar la sangre que corre por sus venas, así como tampoco la herencia de una familia que vive en la oscuridad. Las huellas de un pasado que nunca será pasado, porque siempre lo arrastra con ella en busca de esa verdad que no la deja soltarlo. Victoria lleva en sus hombros el peso de la muerte. La carga de esas preguntas con necesidad incesante de respuestas que necesita desde que su padre murió. Victoria no puede construir un futuro porque el pasado es un ancla que no la deja avanzar. No puede porque su propia madre, la persona que se supone debe enseñarla a volar, es la misma que corta sus alas, y la condena a una cadena perpetua que la mantiene encerrada en una cárcel sin rejas y con una mísera entrada de luz, por donde yo trato y trato de entrar sin éxito alguno.

Porque a veces, la felicidad es un espejismo. Una realidad ilusoria. Una imagen engañosa que no te permite ver lo que realmente sucede.

Y no podemos cambiar el pasado, tampoco hay cabida para el «qué hubiese pasado sí», y el futuro es improbable, porque no sabemos qué pasará. Pero hoy puedo sentir que lo que nos depara el futuro no es más que una guerra en contra de algo que no sabemos si vamos a poder ganar. Victoria enfrentándose a su pasado y a una madre que solo le causa dolor, y yo enfrentándome a la creencia de que Dios insiste en quitarme todo lo que me hace feliz.

Y mientras estoy aquí escribiéndote, con la nostalgia en la punta de mis dedos, pensando en lo todo aquello que fue, y con la melancolía de aquello que no. Viendo cómo la felicidad que creí inagotable se evapora poco a poco frente a mí, me pregunto, ¿será verdad que el amor puede con todo?

Y mientras estoy aquí, escribiéndote, empiezo a creer en la posibilidad de que algunos obstáculos no son más que señales. Que el destino diciéndonos a gritos que en vez de intentar superarlos, debemos más bien reconocerlas como lo que son: señales que intentan decirnos que algunas personas, es posible, que no hayan llegado para quedarse.

Pero sigo preguntándome, ¿el amor puede con todo? ¿Puede el amor liberarte de tus miedos, del pasado y de los prejuicios de la sociedad?

¿Podremos Victoria y yo superar todos los obstáculos que hoy se interponen entre nosotras?

Ya lo veremos…

# AGRADECIMIENTOS

Después de mucho tiempo, hoy por fin tienes este libro contigo, y eso solo significa una cosa: lo logramos.

Sí, lo logramos. juntos, porque nada de esto hubiera sido posible si no existieras, así que agradezco tu existencia y a ti. Agradezco que hayas creido en esta historia, y que llegaras hasta el final conmigo.

Escribir este libro ha sido una experiencia increíble. Cuando comencé a escribirlo, lo hice con la esperanza de que alguien pudiera encontrar en él algo que los inspirara, los emocionara o les brindara una nueva perspectiva sobre la vida, espero de corazón, haberlo logrado.

Deseo que hayas encontrado en estas páginas algo más que una simple historia. Espero que hayas encontrado un mundo nuevo y fascinante que te haya permitido reflexionar sobre tu propia experiencias y desafios en la vida. Espero que esta historia te haya brindado la oportunidad de soñar, imaginar y creer en algo más grande que tú mismo.

También agradezco a Nacarid. No puedo expresar con palabras lo mucho que ha significado para mí el hecho de que haya creido en mí desde el principio. Le agradezco infinitamente por haberme guiado en este proceso y enseñarme todo lo que hoy sé, pero sobre todo, por haber visto en mí un talento que ni siquiera yo había descubierto.

Por último, quiero decirte que creas en ti, que creas en cada uno de tus sueños y nunca dejes de ir tras ellos. Vale la pena dedicar hasta nuestro último aliento por todo aquello que el corazón desea, y cuando digo todo, me refiero a absolutamente TODO.

Espero que este sea el inicio de nuestra gran historia juntos.

Con amor, Katherine Hoyer

Made in United States
Orlando, FL
11 June 2024

47750827R00147